梦是故乡真

孙文胜 著

陕西新华出版

太白文艺出版社·西安

图书在版编目（CIP）数据

梦是故乡真 / 孙文胜著. -- 西安：太白文艺出版
社，2020.12（2024.1重印）
ISBN 978-7-5513-1900-3

Ⅰ.①梦… Ⅱ.①孙… Ⅲ.①散文集－中国－当代
Ⅳ.①I267

中国版本图书馆CIP数据核字（2020）第206309号

梦是故乡真
MENG SHI GUXIANG ZHEN

作　　者　孙文胜
责任编辑　申亚妮　张婧晗
整体设计　侯梅梅
出版发行　太白文艺出版社
经　　销　新华书店
印　　刷　三河市嵩川印刷有限公司
开　　本　787mm×1092mm　1/16
字　　数　240千字
印　　张　16.75
版　　次　2020年12月第1版
印　　次　2024年1月第2次印刷
书　　号　ISBN 978-7-5513-1900-3
定　　价　52.00元

都市文明背景下的农耕文化远眺

范亚团

作为一个生于乡村、长于乡村而后又在都市中生活的作者，孙文胜的作品有着浓郁的乡土文学气息。尽管自20世纪英美新批评学派出现以来，人们赏析作品只注重文本本身，不再注重分析作家的经历，但是在孙文胜的作品中，我们还是不能回避他的农村生活经历对他创作造成的影响。其诸多作品正是站在都市文明背景下远眺农耕文化，表现了新时期农民对农村生存世界和农人思想情感的感悟。

现代文学中，乡土文学的主题有寻根怀乡的，有批判落后文化的，更有为现代文明挤压下农村生存困境而唱挽歌的。孙文胜乡土文学的主题则不同，除了表现时代挤压的困惑外，他主要是在叙述农村自然之美、纯朴之情、生存之道、发展之惑。

一是自然生命之美。农耕文化的一个突出特点便是极具自然之美。农村有大量未被人类征服的自然存在，农村的花鸟虫鱼、一草一木和各类庄稼，在孙文胜的笔下都有着美感。这种美感，不是绚丽如画的山水风景，而是他对自然生命力的感悟：在春天，"茔上成片的草，手牵着手，臂挽着臂，也连缀成了清香的翠衣"(《花草祭》);在夏天,"艳阳下,大片大片泛黄的麦子,顶着硕大的穗子,手挽手肩并肩组成了浩瀚的黄金阵"(《迎接麦子》);在秋天,"这儿是金黄饱满的油葵,那儿是蔓长荚鼓的黄豆……蛐蛐伏在菜叶上饮露放歌"(《秋天的情绪》);在冬天,"孩童的眼里,冬天就是童话的世界。屋檐下的棒冰,是冬天长短不齐的牙齿;缀在娘发梢的雪花,是雪神送给她的发夹"(《等待落雪》)。正如孙文胜在《遇见茅草》一文中说的那样:"在乡村,遇见草,应该是遇见美好。""田野里,我们呼喊奔走,纵情欢歌,谁的童年都会因草而生动。"自然之美对农村劳作的人们来说是习以为常的,但在城市时处处看到的只是人类对大自然的征服,除了绿化带就看不到自然生命的痕迹,因而农村的自然之美更显珍贵。在这一视角下,孙文胜笔下的自然景物和庄稼生命之美得以淋漓体现:在《行走的玉米》中,大雨落过后,玉米苗就像初生的牛犊,秋初时节的玉米却像待字闺中的女子般羞涩;在《种菜看露》中,"月儿悄悄地挂上树梢,劳碌的村庄睡眼蒙眬。猛一扭头,核桃树干上缠绕的丝瓜,又绽开一朵耀眼的黄花。那袅袅摇曳的喇叭,吹奏着无声的夜歌,撩得细小的韭花摇头歌唱"。自然的生命就这样被他演绎得多彩多姿。

二是人的纯朴之情。孙文胜散文中的农人生活,不但有着亲人间的浓浓亲情,还有着邻里间的和睦与友善。《红手绢、花手绢》中,有妻子送给自己的钢笔,那是对写作的肯定与鼓励。《暖暖的压岁钱》中,有长辈对小孩的关爱与祝福。《扭扭捏捏回娘家》中,大包小包盛满女儿的快乐和亲情,填满了对母亲思盼生发的念想。《吃货的世界也精彩》中,写出门在外,亲人叮嘱最多的都是吃饭,使吃饭饱含了浓浓的亲情。《阳婆底下喝糊糊》中,老而缺齿的父亲、远行参军的三哥、大病初愈的丈夫喝糊糊时,喝的是儿子、母亲和妻子的关爱。《没有谁能追上风》中,美莲家和铁头婆姨平时有小摩擦,但大雨中却能互相帮忙,"嘻嘻哈哈、亲亲热热的样子,好像就是一家人"。《搂紧你的腰》中,能看到绯红的夕阳里老哥携着老伴蹒跚而行的温馨剪影。《狗撵羊》中，由最初狗羊相争到雷雨夜狗救羊，再到后来狗羊和谐相处，诠释了一种阳光坦诚的相处之道。

三是生存勤奋之道。农耕时代的挥汗劳作，体现了劳动之美，也是人们的生存之道，那里面当然有艰辛，更有收获的乐趣。《年节豆腐香》中有对六叔收黄豆、推磨杆、点豆腐等艰辛过程的诉说，而《木匠二哥》中，一凿一刨、一刻一画，二哥都做得十分虔诚，尽管"他背上的汗就流淌得一绺一绺的"，却"忠于规，不逾矩，拒绝短期诱惑"，诠释着手艺人厚道实在的生存之道。《冬藏的韵致》一文，给我们生动地描述了冬天收获萝卜白菜的场景："寒风里的人们，有拔萝卜的，有挖白菜的，有摘菜叶的，还有捣鼓红薯、洋姜的。他们把收获装进袋子，扛着口袋，提着担笼……你来我往，个个急急火火的……"在《点瓜种豆》一文中，作者从妻子在房前屋后种树种瓜写起，回忆起哥哥小时学农业生产基础概论课后自得其乐地谈兔子的养殖、树木的嫁接，抒发了农村人"家有万贯，不如薄艺在身"的感悟，在这里，好学、上进、勤劳、坚忍不仅是哥哥的生存追求，学技术、求生存、盼丰收更是农民的生存之道。在《那一片庄稼地》中，作者学种地，学施肥、浇水等打理庄稼的活计，把它们看作农人必学的生存科目。在《捧碗》中，作者写道："他们端碗的方式，与其说是'端'，不如说是'捧'。我知道这是对劳动的敬重、对活着的感激、对生命的崇拜！"劳作之态是农人的生存之道，这不由得使人想起农村人常说的"干活干活，能干就说明活着"的朴素话语。

四是时代发展之惑。进入21世纪以来，工业文明带来的生产方式和生活方式的转变，也使农村人的文化传统、价值观念、精神信仰、思想观念等受到了冲击，农村人的生存空间受到了挤压。孙文胜站在都市文明时代背景下，对此有着清醒的认识。在《迎接麦子》中，收割机代替了镰刀："那一年的夏天，无疑是父亲最失落的季节……"在《木匠二哥》中，钉木楔和套木榫的技艺被现代木匠的气枪代替，二哥不服，说："只用五金件，那、那也算是木匠？"尽管如此，面对农村孩子结婚买现成的家具而不请木匠，"二哥的声音渐渐低了，眼里流露出阻遏不住的迷惘"。作者不由叹道："二哥蹒跚的步履还能走多远呢？"生产方式的变化必然带来思想的变化，而最让作者心绪复杂的是工业化发展使得大量农村土地被征用。在《告别一片玉米》中，快成熟的玉米即将被推土机铲掉："这片玉米地，给不了我想要的生活，可我依然离不了，包括和玉米一起生长着的豆荚、瓜果和麦子；忘不了，曾经盼望庄稼茂盛的焦渴和收获时的喜悦；更抹不去，晨曦里父亲和我扶犁前行的剪影……"可贵的是，作者在作品中并不是为农村的生活唱挽歌，即使身处都市，他依然不忘接通地气的生存和处世之道。在《那一片庄稼地》中，他感慨道："城市的风很大很硬，有些人被吹得一生都找不见回家的路。我不想丢失了自己，我的根还得扎在那一片庄稼地里。"

我们说，任何文学作品的内容和形式都难以真正分割，孙文胜的乡土文学主题与他在作品中运用的技法是分不开的，其描写自然之美、纯朴之情、生存之道和发展之惑，主要采取了以下技法：

一是跳开距离的远眺视角。孙文胜的叙述视角，不同于古代文学中描写的自得其乐式的田园生活场景，也不是背井离乡的眷恋故土，他始终是站在现代都市文明的视角下眺望农耕文化的。说是远眺，一类表现在时间上，几乎每篇散文中都有对儿时生活的追忆。散文《点瓜种豆》中还有20世纪70年代学习农业生产基础知识与现代人才缺少农耕技能的对比。《毛豆毛，毛豆香》中有少时看父亲种植黄豆、母亲炒五香豆和自己偷吃毛豆的回忆，更有如今种豆"是在种心情，种一种寻找童真快乐、体验劳动滋味、回归质朴纯洁的心情"的感悟。另一类体现在空间上，《那一片庄稼地》末尾写道："收拾好车子，我得替父亲、替自己补上那几车粪。城市的风很大很硬，有些人被吹得一生都找不见回家的路。我不想丢失了自己，我的根还得扎在那一片庄稼地里。"一二句由农村到城市的空间距离转得太突兀，却被最后一句自然地黏合在一起。

二是富有张力的描写技法。孙文胜的散文，描写生动形象，有色彩，有动态，有声音，有特写，有拟人化的情感，有形象化的比喻，使文学语言的质感、密度、张力得到了充分的体现。在《酸酸甜甜西红柿》中以拟声词形成鲜明的形象："我把西红柿倒进去洗洗，拿起一个掰开，沙红的瓤、粉红的籽，啊呜咬一口，酸甜的汁液就挂满了下巴。剩下的柿子拿回家，娘净几根葱，切几段青椒，磕一枚鸡蛋，哗啦哗啦炒一盘，再擀好一案旗花面，一会儿一锅酸辣香的面片就烩好了。哥哥们一人一大碗，吸溜吸溜，个个吃得额头冒汗。"在《迎接麦子》中，"夏风吹过，麦子们笑着、舞着，簇拥着他溢金漾波"；麦子将近成熟时，"也知道张扬和拿捏。它们先是将馨香散出一丝，隔几天又散出一缕，直至庄稼汉们等得有些浮躁了，它们才唤出了鸟鸣，散出了芬芳浓郁的香气"。在《秋天的情绪》中，"这儿是金黄饱满的油葵，那儿是蔓长荚鼓的黄豆；左首是金黄酥脆的鸭梨，右首是躲藏在叶底的南瓜……燥热的秋风吹过，这些成熟了的伙计们，动作笨拙，表情幸福，像临盆的孕妇踏实地等待着惊喜的日子"。在《行走的玉米》中，玉米苗大雨过后疯长，"像初生的牛犊，带着一股蛮气，噌噌地往上蹿"；而夏末秋初时节，"像一个待字闺中的女子，开始迎来最妩媚的日子"。在《冬藏的韵致》中有秋收热闹的场景："碎娃们撅着屁股拔萝卜，吭哧吭哧地憋红了脸蛋，萝卜依然不出窝。白发的老婆婆也来凑热闹，看着年轻人咯嘣咯嘣嚼鲜脆，张着没牙的嘴巴干着急。"即使风雨晦明的自然天象，作者也能赋予它们生命的情感，写来也是充满张力。比如："天向黑的时候，头顶咯嘣嘣地滚过一阵炸雷。接着，就有铜钱大的雨滴噼里啪啦地落下来，扑起的土腥味呛得人直打喷嚏。"（《迎接麦子》）又如："春雨淅沥、绵密，是涂鸦的好手。无风的时候，它躲在闲游的云朵里。风儿紧了，劲了，它就汇聚成浓浓的一团，慢慢洇染了四周的天空。漫长的塬坡焦黄寂寥，它抽出晶亮的丝线，绣一片萌芽的草尖；桃树杏树枝干如铁，它就点缀上探头探脑的叶卵花苞；孩童们四处奔跑，神情迷茫，它就在柳丝上拂动鹅黄，让柳笛哇哇吹响。"（《喊醒春天的小花》）这真正体现了中国传统文论讲体验而不谈观察的高明之处：观察只能带来景物的客观描述，而体验则使自然饱含生命意识。而这种生命意识，依然保留在农耕时代人们的心中，如《豇豆花开藤缠人》中的"娘就不一样了，豇豆在她眼里，就像奶大的孩子、看门的小黄狗。她能听懂它们的话，能猜透它们的心"。类似的还有《木匠二哥》中"在他眼里，家具就是有生命的树，树就是活着的家具。家具沁入了二哥的执着和心思，才有了人的灵气和性格"。

三是事景情理的水乳交融。我们说孙文胜的作品表现的是现代文明视角下的农耕文化，还在于他总是把描写、记叙与抒情、议论巧妙地融为一体。他的每一篇乡土题材散文，不仅仅是风景画、风俗画和风情画，更有理性的思索和悄然流淌的情感流、情绪流和情操流。《秋水芦苇》中有渭水汤汤、蒹葭苍苍的自然之美。《烟雨青瓦》中有古屋静穆、鳞瓦朦胧的生活之美。《年俗画框》中，我们能看到杀年猪、除尘埃、剃新头、蒸年馍的风俗画面。《红手绢、花手绢》中，男女见面后送手绢不仅是风俗，更寄托着一份感情。《散发乘夕凉》中，有明月挂树、黄牛长鸣的风景，又有农人户外晚餐后吼秦腔、儿童月下玩耍时唱歌谣的风俗。在《麦梢黄了》一文中，我们不仅看到"田野里，一畦一畦的麦子，站成了夏天最美的姿势。有风吹来，垄头高大笔直的白杨舞动枝干，连天的麦棵此起彼伏，哗啦啦，唰唰唰，仿佛在合奏一曲波澜壮阔的丰收曲"的场景，也体会到"看麦梢黄，实际是敬畏土地、情系大爱的诠释"的哲思。《鼠打头》中，他由老鼠的贪婪想到了李斯，感慨"操守才是立身之本"。在《行走的玉米》中，玉米赶时、有分量，使汉子总会因之想起一些守信的朋友或敦厚的兄弟。在《秋天的情绪》中，他说："在庄稼人的心里，稼禾除了是生计的来源，还是沉默不语的朋友。"吃下秋柿使他品到了土地的甘醇，并感慨道：原来人和自然是如此的共生共息、相互依存啊。在《等待落雪》中，首段"没了雪的冬日，就像被遗忘在枝头的干果，没了个性色彩，没了滋味魂灵，但让人心里隐隐生出一种期待"，这是一种情绪流。第二段回忆了儿时雪中之趣的"那一刻大人小孩的脸上，挂的可是一样的惊喜和快乐"到第三段院中落雪的"雪无言，但她带来的实惠和滋润，却让庄稼人喜上眉梢"是一种情感流，随后是"长大以后，我时常感到浮躁和迷茫。但有雪的日子，心却是洁净和清爽的"，再到文末"在等雪的日子里，雪已以她的缺席，教会了我们要懂得珍惜和爱护；以她的洁白，教会了我们应懂得无私和纯朴"，使等待落雪自然转入想念着那份湿润和纯洁之情的情操流。同样，在散文《喊醒春天的小花》中，作者由迷人的野花和卑微的小草花想到平凡的女人，既感慨"它们深沉蕴藉，无论环境多么险恶，春来了，还是会不负天时，开出微笑美丽的花"，又在结尾写"春日美好，人生短暂。既然不能像奇葩一样闪亮绚丽，那就像小草花一样恬淡地开放，做好了自己，也就装点了世界"，又一次实现了从情感流到情操流的升华。

目 录

乡 情

梦
故
是
乡
真

乡　趣

乡　恋

梦
故
乡
真

乡 味

乡情

　　露珠很美，终会消逝。它们会化作水汽，奔向太阳；或洒落成水滴，重归泥土。不惊不诧，没有痛楚，似乎只要来过，就已无悔。

　　秋田、菜园是乡村的标记，它们总在离家孩子的梦境中，绿了又黄，黄了又绿。

　　秋天天高地阔，光影柔和。看了秋，就算秋走远，心里依然会藏着一幅多彩的画。

春联上的年味

踏进腊月的门槛，往日寂寥的村街上，就有性急的孩童捂着耳朵燃放起了迎新年的爆竹。那七零八落的噼啪声、丝丝淡淡的硝烟味，无不欣喜地告诉你：年就要到了。

祭灶爷，贴对联，穿新衣，包饺子……小时候，每到腊月三十，我都要早早到五哥家或村会计家求一副春联。

宋人王安石诗云："爆竹声中一岁除，春风送暖入屠苏。千门万户曈曈日，总把新桃换旧符。"其中的"桃符"，就是春联的前身。古人认为桃木是五木之精，能制百鬼，故从汉代起即以桃木作桃人、桃印、桃板、桃符等辟邪。现在，春联已是纸质的了，但依然蕴含着渲染年节、祝吉求祥的喜气。

冬日的色彩太单调，我喜欢清冷的村街上，家家门上因了火样的春联而红盛的景象，更欣喜常年愁眉凝结的父亲，因了春联而绽开的笑脸。为了未来的好年景，大字不识一箩筐的父亲，竟然也蹲在门后编联语。看着他绞尽脑汁、坐卧不宁的样子，我就想当一个能写联语的行家，为父亲圆梦。

想归想，做归做，为了生计觅食，我却一直静不下身心。有年冬天，厂子歇了业，我自谋出路，反倒觉得有了空闲。在好友的鼓励下，我买了字帖、笔墨，收集了废纸、旧报，一有空闲，就练几笔。就连吃饭、打工时，我的脑子里都装着字形、笔画。看着一堆堆皱皱巴巴的烂纸，看着一个个有了模样的毛笔字，妻笑言："进来白面书生，出去黑脸脏娃。有进步了。"

练了一冬三个月，到了腊月二十六，妻说："秀才，拿上笔墨张扬一下吧。"本来我还威武昂扬的，妻这一说，我反倒忐忑起来。妻笑了说："别扭捏了，我还等着用你卖字的钱割肉哩。"我想：是呀，我怎能像个萤火虫只躲在屋角发光呢？说到做到，我立马就进城购买了全新的笔墨纸砚。

腊月二十八那天，我在镇街上摆开了桌子。妻调色、折纸，我拿烟招呼围观的乡亲们。嘿！那气势，人一层一层的。这时，一个挺着大肚的老板拍了拍我的肩说："兄弟，一张大红纸写一个福字，写二十个。行不？"我不解，老板说："往年过年库门贴封条，今年生意好，我就贴你写的福字，赶紧写。"哈哈，没想到一开张就揽了个大活。我脱掉棉衣，饱蘸金粉就写开了。一上午虽然只练了一个字，但写完后，我还是紧张得头上直冒热气。午饭时，老板来取字，指着金灿灿的福字夸赞说："兄弟，字不赖！"随手递过了二百元。

说真的，二百元实在不算什么，但乡亲们的认可却让我颇有成就感。

此后，我就彻底走出了二帘子，年年腊月二十九或三十都要表演一番。乡亲们让我写对联，有的有现词，有的让我帮着编，我都尽力满足，因而很受热捧。那围得很圆的摊子，把卖印刷对联的商贩羡慕得直摇头。我的乡亲们识字的并不多，但劳碌一年，都希望一纸春联能够承载他们对于五谷丰登、牛羊满圈、子孙腾龙的渴盼呢！我不敢掉以轻心。后来，我到西安打工，遇到个老板很仁慈，每年过了腊月二十六，都准许我提前几天回家。我心里感恩，回家前就先给单位写上几副大对联，再给有需求的同事也送上几副。

有年春节前，天气寒冷而干燥。我写的对联被风吹得用书都压不住，妻和孩子忙得顾此失彼。可有一阵，他们却不吭气了。我奇怪，回头一看，哦，原来是乡党六哥端来一大堆碎瓷片，一个一个将角压住了。我赶紧跑过去说："六哥，麻烦你了！"六哥说："这麻烦啥，我还要麻烦你呢。"说着，他拿过两条折好的白纸说："你六嫂去了，给她写副挽联吧。"我看六哥的眼里有欲落的泪珠在打转转，心立刻就酸了。

写好后，我交给他说："六哥，回吧，天这么冷。"六哥握了握我的手，没有说话，而是蹲下又帮我压起纸来。直至妻过去扶起他，这位消瘦孤单的老人，才佝偻着腰缓缓离开了。

少年夫妻老来伴。六哥一生教书育人，可谓桃李满天下。老了回到家，妻子却病了，但好歹还有个伴，有个牵挂。现在六嫂去了，他还有什么？听着一声亮过一声的鞭炮声，也许只有将心里话写在挽联上，才能真正让他回味到老伴在世时相伴的快乐、相依的温馨、相扶的体贴……我不知道，对亡妻的追念，算不算千古吟唱的爱情的一部分，但六嫂会为之欣慰，我亦会为之动容。

前天回家，妻问我："今年还写不写春联？"我说："写呀，你没看二姐的孙子今年考上了大学，两口子都打工的鸿飞家盖了新房，奎哥家的牛刚下了牛犊，这不写，行吗？"

柴 火 垛

整理完文稿，我邀朋友创作插画。他眉头一皱，唰唰几笔就勾勒出了个草图：有土屋，有炊烟，有井台，有碌碡。让人心动的是，门外的场角上，还有一个柴火垛。穿着花棉袄的大嫂依着柴火垛纳鞋底，蜷着尾巴的小狗，懒洋洋地在一旁晒太阳。

这场景有过乡村生活经历的人都熟悉。

柴火曾是乡村生活的必需品。经济贫困的年代，谁家里过大事才买点煤，平日做饭取暖主要靠柴火。冬闲了，麦种了，老人们就提绳背筐到野外捡柴火。我们几个小伙伴放学了，也拿个夹杆或小锄，顺着地垄刨玉米根、拔棉根。夕阳照得田野晕黄黄的，我们休息时讲故事、做游戏，鼻头冻得红红的，心里却没有一丝寒冷，因为我们都捡了满满一担笼柴火。冬日的傍晚，村里村外都被烟雾缭绕着、笼罩着，远看宛若人间仙境，走近了却呛得人咳嗽流眼泪。说柴火脏吧，可谁都离不了。大头腊月在门前玩爆竹，一个炸炮扔到了柴火垛顶，一个人扑不灭，吓得躲到了村外的小河岸。一会儿火焰升起来了，急得全村子人端盆提桶用水泼。火灭了，柴火垛剩了黑焦的半拉子，心疼得他娘直跺脚。乡里人朴素重情，爱柴火是他们的共性。你没柴火了，打声招呼可以烧我的。谁要是没品偷柴火，别怪三姨高喉咙大嗓子骂大街。

夏秋是收集柴火的主要季节。夏天，麦子割倒拉进场，先打后碾，再抖落净夹杂的麦粒，坚硬的麦秆就柔软光亮了。有生产队的时候，麦秸是不能随便抱回家的。村里会堆成垛，作为牛马四季储备的饲料。少部分麦秸分给各家，作引火烙饼用。秋柴就不一样了，数量大、用处多，村上不会截留。玉米收获了，秸秆在地里晾晒三五天，村里会按照人口多寡，划垄论行分给大家。柴火拉回家，家家都会在庄前或屋后堆个柴火垛。谁家柴火垛大，说明人丁旺、劳力多、分的粮也多。后来，农村实行了家庭联产承包责任制，这柴火垛的大小，更是判别勤劳与否、财富多寡的标准。菊花嫂当年和西村的大力哥谈对象，都要谈婚论嫁了，她老爸说啥也不同意，理由是怕大力哥是个馋嘴懒身子，女子跟着受恓惶。菊花嫂不服，就抹开面子带着老爸实地来考察。老人家看到大力家的柴火垛又高又大又厚实，乐得眉毛胡子都是笑。一锅烟没抽完，婚事就摇实在了。原来大力哥当兵回来承包了十亩地，两年下来不仅柴火多，还是方圆几里最早的勤劳致富万元户呢。

堆柴火垛是个技术活。刚从学校出来的我力气薄，父亲就让我站在上面学码堆，他用铁叉往上挑。玉米秆堆垛，为了平实，紧挨的两捆要首尾颠倒错开放。每往上一层，换个方向。收顶时，顺着垛的走向，底大上小给中间堆放若干捆，再让玉米秆根朝上梢朝下，搭个人字形屋顶防雨水就成了。麦秸光滑不易垛，垛不正会滑塌了，踩不实会形成水窝子，所以要求更高。垛好了，扯掉周边的旁枝，柴火垛就有型有款的，像它主人一样里外都有面子。怕风吹雨淋，父亲还会找块塑料布苫一下，再拿来麻绳，两端系上砖头，从顶上甩过去，结结实实箍几道。兵马未到，粮草先行。粮食入了囤，有了大柴火垛，乡里人心里就有了个靠山，走起路来都感觉底气十足。

有烟火的日子才是真生活。寒风吹彻，落叶飘零。太阳冒花了，霜露落下了，柴火垛前就冒出一排老者晒暖暖。今天有张三、李四，王五、赵六见状也叼着烟锅杆过来了。明儿空出了个位儿，不定哪个老伙计就不行了呢。大伙儿说天上，讲地下，抽空还会炫耀一下当年"过五关，斩六将"的经历。老九嘴损，偏要揭人家窝囊憋屈的"走麦城"，老哥们难免红了脸。开饭了，李家媳妇端来了粘窝面，辣子调得红红的；张家媳妇送来了老鸹腄，炒蒜苗香得扑鼻子；孙家媳妇爱蒸蚂蚱菜包子，咬一口嘴角都流汁。人老了，世事看淡了。

饭碗一碰，嫌隙又抹得平平的。王泉新过门的媳妇懂大礼，她大吃完饭，她赶紧泡好一壶茶。众人夸赞，她薄着面皮低着头说："我大早年受苦了，这会儿该过过好日子。"当然，有不敬老、没眼色的，做派难免受谴责。我们娃娃们不管这些，搭个小木梯，爬到垛顶看小人书、掰手腕。大人不喊几回，没人会乖乖溜下来。女人们扯把绵软的干柴，垫屁股下就凑一堆。她们叽叽咕咕不知道说些啥，猛然间哈哈笑出声，惹得蹲在边上的汉子都侧目。

五婆的娘家在山里，她年轻时双腿受了寒，老了腿脚更不方便。五爷生性脾气暴，三句话不和就瞪眼睛。但入了秋，天凉下来，五爷无论多忙都要给五婆铺好被、煨热炕。玉米秆细柴慢火地烧，啥时候掀开被子，炕上都是暖烘烘的。都说两个人在一起久了就像左右手，二老吵也吵了，闹也闹了，一铺热炕，仍然让他们相依相偎了一辈子。五爷说："我不能让远离家、跟了我的女人受委屈。"

柴火垛里也有奇趣事。有年，父母去干活，嘱咐我在家熬猪食。猪圈墙高，我本应下去放食盆，但想偷懒就弯腰撒手撂了下去。这下不得了了，食盆摔得开了花。我怕挨打，赶紧躲在了早先掏好的麦秸洞里，还用烂柴堵住了口。娘四下里呼喊，我不应声，临末竟然在麦秸洞里睡着了。醒来后，月光照得场地亮光光的，青蛙不叫了，狗子隐形了。我肚子饿得咕咕叫，想溜下来回家找吃的，突然听到脚底下有声音。我偷偷伸出头，朦朦胧胧就看见大猫躲在秸秆后，搂着莲儿想亲嘴，吓得我一动不敢动。要不是莲儿爸出门寻女子，吆吆喝喝惊散了他们，我被困在上面，就要饿得前胸贴住后背了。

柴火垛见证了岁月的沧桑。现在液化气、电磁炉代替了烟熏火燎的过往，柴火垛作为乡愁的标识、农耕时代的印痕也日渐淡出了视野。消失不代表消亡，画家朋友的即兴之作又岂是偶然？那些温暖的日子，早已镌刻在我们心底里了。

有烟火的日子，有尘埃，更有温暖。

春浅谁先知

去年冬天干燥多霾，后院几棵杏树，枝干皲裂，形神萎靡，总是呆立在迷蒙的雾霭中。我偶尔去菜园小憩，都懒得多看它们一眼。九九将尽，一场不大不小的雨雪过后，我却意外地发现，杏树暗褐色的枝条，不知何时覆上了一层红晕，皮里皮外竟生发出了生命的水色。再看前段时间干瘪的叶卵，也都鼓突出了鸟喙般的芽尖。一切预示着春神将要降临。

春之归，经常是悄无声息的。前年春节过后，我看后院的果蔬还是鸦雀无声，然外出大半月归来，蓦地就发现杏花开得沸沸扬扬。花儿朵朵相拥，羞怯地抱成一团，好像堆满枝头的积雪，又似徜徉低空的云朵。从远处看去，若淡淡的水粉画，透出几分朦胧，透出几分素雅。杏花有五个花瓣，花蕊里浅黄的细丝顶着豆芽形的弯头，绝妙如乐谱上的音符，悄悄奏着只可意会的乐章。

春江水暖鸭先知。人若有心，是可以早早发现春的。在北方，当树梢上、屋檐下都还挂着冰凌的时候，春天的影儿是看不见的。但有天雪花凝成了小雨，春天就来了。历经酷寒的小草稀疏矮小，若有若无。走近了，冬衣遮身，看不出醒动。烟雨里望去，朦胧间却见淡绿洇染了山川沟坎。

迎春花，是早春舞台上的奇葩。

有年开春，我受邀为村戏校将要毕业的小学员拍照。戏校坐落在北塬的一个土坎下，一排窑洞虽已破落，但陡峭的崖壁上，由上至下却铺满了迎春花的枝条。凛冽的北风里，迎春花的枝条青里泛红，羞涩的花苞半开微张，丝丝缕缕、密密匝匝散落满壁，如朗夜的繁星醒目灿烂，点缀得土崖鲜活生动。为了留下最美的影像，我选择了花壁做背景，几个小姑娘轻轻掐下一束枝条，左缠右绕盘成花环戴在头上，引得围观的师友啧啧称赞。半大小子们则不同，他们换上练功服，有在花壁前踢腿的，有下腰的，有劈叉的，还有扎势跑圆场的，个个活蹦乱跳，生龙活虎，看得我眼都直了。忽然，有人喊该拍照了，我才发觉自己走了神。那一刻，我的心被那花、那人，照得敞亮亮的，没了半点灰色和沉闷。

早春的消息，时常令人猝不及防。前年冬天，琐事奇多。到了腊月三十，我和妻才手忙脚乱地赶去县城办年货。那天适逢一场大雪，回来时两个人都冻得手脚冰冷，眉毛挂霜，没有丝毫赏雪的兴致。然而，当我们发现路边的花圃里有一株红梅傲雪绽放时，不由得都停下了脚步。雪映梅红，梅点雪亮，妻围着那株梅双眸有神，左看右看不忍离去，兴奋得脸蛋都沁出了胭红，仿佛我们原本不是迎年的，而是因一株花才奔波的。

"碧玉妆成一树高，万条垂下绿丝绦。

不知细叶谁裁出，二月春风似剪刀。"

杨柳姿态婆婆，清丽潇洒，报春时常常出人意料。明明昨日还冻得人搓脸呵手，今日不经意地推开窗，你忽然就会呼吸到一股久违的清新。循着淡香极目，你眼里定是"杨柳青青轻烟凝"的奇景。童年时，我很喜欢柳条帽，虽然编制得粗粝，却编进了梦想，织进了快乐。取一截柳枝拧下外皮，做成的柳笛呜呜哇哇，疯跑间，就把寂寥的童年吹得有声有色。

父亲、母亲和我也是闻声而动。父亲从墙壁上取下镢头，把娘筛选好的种子装进布袋，抡圆了膀子，开垦出了一片菜地。我提个铁桶，给树下挖个环形坑，一个个浇上水。瓜儿、豆儿、杏儿跃跃欲试，都急不可耐地等着发芽开花哩。

春天，蕴含着温暖和希望。知春了，遇春了，就莫负春。

春意朦胧

春的萌动，常常始于一场酝酿已久的夜雨。

黎明时分，天边滚过一阵闷雷，轰轰隆隆的，忽远忽近，若即若离。羊在圈栏里吃它的草，牛卧在槽边咀嚼时光，谁都没在意这从天而降的响动，只有抱着干草的汉子愣怔了一下，然后蹲在门槛旁抽起了旱烟。烟雾袅袅，掩不住他脸上淡淡的笑意。泥土里蛰伏的虫儿晃晃脑袋，睁开睡眼，挣巴几下蜿蜒前行。它的额头、身子潮乎乎、湿漉漉的。直至靠近小蓟带刺的叶片，我看到凝结的水珠，才知道有牛毛细雨悄然落下。

午饭时雾霭散尽，阳光温柔地洒下来。鸟儿婉转的叫声，水洗过一样清亮。目光向远，有孩童牵着线绳，呼朋引伴追逐着纸鸢；有农人扶犁耕种、修枝整地。地角冒出的几棵扫帚苗、枸杞条，宛若咏春的长短句，让季节充满韵律。

今年春节，我因疫情宅居在家。突然微信闪动，原来是好友途经咸阳湖，在矮柏间发现了几朵迎春花，与我分享。照片里，花儿金黄明亮，烁烁绽放，映得四下残雪熠熠生辉。熬过苍白寡淡的寒冬，一丁点暖意和希望都是惊喜。寒风里，她能寻着这些琐碎的花儿，应该是心里早盼着春天呢。

受她的情怀感染，上个月月中我也和家人戴口罩出门寻春。渭水汤汤，一泻千里，宽阔的河面洒满了细碎的阳光。依着河岸泛黄的苇子，我横拍竖照，都表达不出春水萌生的激情。妻倒安然，在绵软的沙土里，一小会儿就挖了满满一袋野菜。

无独有偶，文友也在沿河觅春。麦垄里，麦蒿丰硕了腰身。不起眼的婆婆纳，绽满了雪青的花蕾。荠菜有新生的，有泛青的，东一棵，西一棵，安静地隐身在麦苗下。她按捺不住欣喜，在车里找了个瓶起子就挖了起来。挖着挖着，她又心生怜悯，心疼荠菜还没享受春晖，就成了饕餮者的美食。然而不挖，就是放任它长成田野里的杂草，又何谈尊重呢？面对天地的恩赐，她终未辜负草木的品性。

工业园的街衢，面对面摆着两排蔬果摊。最诱惑人的，当属三姐"荠菜来了，新鲜嫩绿的荠菜"的吆喝声。她的嗓音不具穿透力，但逮进耳朵的每一句，都足以让人踌躇流连。春天是短暂的、欢愉的，错过了，只能重新翻过漫长的夏秋冬。谁愿意和美好擦肩而过？

三姐叫卖的不止荠菜一种，还有枸杞芽、白蒿、苜蓿菜……随便一把，开水一焯，蘸汁一泼，或剁成馅子，都能让你尝到春天的味道。逢着春天，三姐还是当年那个衣袂飘飘唱梁秋燕、王宝钏的青衣花旦。

童年的一个春天，舅妈来看母亲，一路顺着田埂走来。到了我家，衣襟里兜满了杂拌菜。我放学回家，看到她和母亲正在净菜。等到我做完作业，满笼屉的春卷儿已经蒸熟了。舅妈是个苦命人，舅舅早逝，贫穷的日子，硬是被她用巧手装点得五彩缤纷。今年春节我去看望老人家。她鬓发斑白，目光柔和，除了耳朵有点背外，腿脚依然利索。忆起旧日光景，老人家慨叹我的母亲福浅命薄，埋怨老天不匀出自己的年岁给我母亲增寿。听着她慈悲的话语，我的眼睛湿润了。舅妈用善良和勤劳修行，灵魂时时散发着质朴的香气。

"最是人间留不住，朱颜辞镜花辞树。"几日前，我的同学捕捉到大棚桃花开的信息，迫不及待地去寻踪。走了几家，主人园门紧闭，坚辞不纳，怕扰了花情。我那同学失望得快要哭了，终于有位大嫂实现了她的愿望。她忙撑开自拍杆，咔嚓咔嚓，拍了十多张，有桃花，有人面，相映的红晕令人心醉。离开时，大嫂折了桃枝送她。她身心盈香，整个人都沉浸在春天的氛围里了。

看春最有意思的，就是这份朦胧。新芽刚刚露头，东风忽然柔和，鸟鸣满含羞涩……惜春当紧，花开了，叶绿了，一切都透明了，你看到的便是常景。

活成一棵树

年少的时候，我腰缠麻绳，手握弹弓，时常流连在村头地畔的树丛里。

掏鸟窝、粘知了、摘果子……树不呵斥我，不逼我说话，我跟树走得很亲近。我熟悉树的高低粗细，牵挂它们的曲直斜正，就连犄角旮旯今天这棵萌了芽，明天那棵笑开了花，我都把它们看成是老朋友给我的惊喜。见我整天无所事事地对着树发呆，父亲骂道："你爱树，咋就不学学树的姿势？树能打家具、做檩子、担房梁，你就不想做个顶门杠子？"

一棵树，在乡人的眼里，粗细曲直都是个金蛋蛋。有次，我在后院折香椿，父亲瞄见了，立刻喊道："下来，下来，还指望这几棵香椿树卖了给你哥说媳妇哩。你把树枝、树头都折了树咋长？"我下来了，父亲心疼地给树刨了个坑，又是浇水又是施肥，眼里满是爱抚。

树选择不了自己的家。一阵风吹过，一只鸟飞过，沟坎、渠畔、田间、地头就有了它的影子。活了，春天就绿了叶子；大了，就做盖房的材料。树无言，但无不昭示着它生命的活力和责任。

树有形，人亦有形。那年冬天，我跟着父亲赶庙会。行走间，冷不防身后就有喤喤喤的锣声响起。初始我以为是要猴的，挤进人群一看，才知道是武师傅在练拳脚。那师傅，红黑脸膛，赤裸着上身，肥大的裤腿紧扎着裤脚，先是低腰下臀快步绕场一周。待人群退后，他腾空啪地就来一个包脚。眼看着师傅的双脚还未着地，他手里的九节鞭呼呼呼呼地又抡开了。那时候，徒儿们的锣声一声紧连一声，观众的喝彩声也一浪高过一浪。恰到精彩处，喱的一声，大锣响了。定睛一看，师傅已在场中稳稳地扎了一个"白鹤亮翅"的拳式。接下来，一女子和一愣头小子准备对打。开始前，俩人都伸胳膊、踢腿、扭腰、翻跟头活动筋骨。坐着喝茶的师傅喊一声，俩人立马掌来拳去就演练开了，脚攻腿防、拳来身闪、鲤鱼跳江、鹞子翻身……姑娘的长辫子呼呼生风，小伙的红腰带唰唰劲舞，拳到眼到，招招凶狠。那个时候，评书《隋唐演义》《岳飞传》《杨家将》播得正火，我问父亲："这两个人对打算不算'手似流星眼似电，腰似蛇形腿似钻'？"父亲笑着说："把式把式，全凭架势。这俩娃轻似猫，猛如虎，撩拳收抱，定若磐石，当然算。难为他们了，年纪小小就出来讨生活。"

那一天，我因为他们绝佳的姿势，记住了那位小姐姐和小哥哥。而且多年之后见到他们，光影如昨，他们依旧神采飞扬。此后，我看树就觉得树像人。从村东走到村西，我想到了黑蛋、麦花、玉儿嫂，看到了忙了一辈子、老了还愁一碗饭吃的麦囤叔……他们风雨一生、拼搏一生，似乎从未停止做一棵树的梦。

父亲是个庄稼汉，最多算棵不起眼的树，但"犁耧耙耱入麦秸，扬场使得左右锨，吆车能打回头鞭"这些庄稼行里高难度的技术活，还没有他玩不转的。

有年夏收，父亲让哥学扬场。哥戴上草帽，抓起木锨就扬。扬出去是一团子，落下来是一蛋子，没扬净不说，还把麦糠撒到了净麦里。父亲说："扬场要顺风，端起麦槽要知道轻重，不能使蛮力。风大，锨要落低，不然麦粒就夹到麦糠里吹跑了；风小，锨要抬高，要不麦糠扬不出去。锨上扬，要抛开。"说着，他两脚叉开，双臂轻挥，锨头的麦子迎风唰的一声就飞了出去。麦粒浴着阳光欢快旋转，在空中散成了一条丝带状金弧。麦糠被风吹了出去，麦粒均匀地落在了麦堆上。

扬完一堆，父亲就着落日的余晖，舒适地半躺在新麦草上伸展身子。我和哥轮流上场扬，虽然嘴里念着父亲教的口诀，手里脚下却没个姿势，麦糠、灰尘落满了身体。父亲见了说："学不会也得学，生在庄稼行里，不会干活还咋活人哩！"

父亲木讷寡言，他只愿跟土地、庄稼对话。他们的话题是劳动的姿势，说出的话语是一锄一杈、一锨一犁和无边的稼禾。娘说："你爸一辈子是个木头人，亏得还落了个庄稼把式的好名声。"是木头，那肯定曾经是棵树。可也正是这些木头人般的父辈隐身于稻稷麦豆之间，倾尽了生命的精力和热情，才养活了城市和乡村的人。

一棵树一生经历的事情太多了。读懂它，并不比读懂一个人或一本书省事。而要做好一棵树，也必须忽略人的想法和外来的诱惑。活成一棵树，其实也是个不错的选择。

等待落雪

风是云的头，云是雨雪的娘。但风急乎乎的，吹着吹着，就气如游丝；云黑压压的，飘着飘着，就丢了自个儿。眼看节气已过了大雪，但雪只露了下脸就没了影迹，实在是没有冬的样子。霾倒是不请自来，三天两头扰得人烦。没了雪的冬日，就像被遗忘在枝头的干果，没了个性色彩，没了滋味魂灵，但让人心底隐隐生出一种期待。

小时候的冬天，雪常常会不约而至。某个夜晚或黎明，你猛然间就会听到唰唰、唰唰的落雪声。隔窗听雪，我听到的是蚕食桑叶的快乐，父母听到的却是麦苗汲水的酣畅。及至打开大门或推开窗户，雪光倏然耀亮屋内，人不由得就会喊出一声："呀，好大的雪！"那一刻大人小孩的脸上，挂的可是一样的惊喜和快乐。

门前、院子里落了厚厚的雪，父亲和娘一边扫，一边谋划起全家的前程和哥哥们的婚事。"麦种泥窝窝，狗吃白蒸馍。""麦盖三层被，枕着馒头睡。"那语气欢喜得好像麦子已经上了场，甚或已经五谷丰登、仓满囤溢了。他们渴望雪，渴望来年的丰收。他们的命运和念想，紧紧地和脚下的黄土地维系在一起。雪无言，但她带来的实惠和滋润，却让庄稼人喜上眉梢。

"白雪却嫌春色晚，故穿庭树作飞花。"走出门，漫天的雪花纷纷扬扬。你撒开手去捉，眼见着有一朵扣进了掌心，摊开来却没有了影迹。你正琢磨着，她又悄悄地钻进了你的脖子。那麻麻的痒、淡淡的凉，让你觉得冬天就是一个适合捉迷藏的季节。

在孩童的眼里，冬天就是童话的世界。屋檐下的棒冰，是冬天长短不齐的牙齿；缀在娘发梢的雪花，是雪神送给她的发夹。村头的小河结了冰，娃娃们就想敲碎冰面，看看是否还有蝌蚪游来游去；麦苗顶了盖头，他们就俯身贴近冻土，想听听禾苗和泥土的对话。堆雪人，打雪仗，捡一块瓦片，抡圆膀子一摔，欢笑声就随着滑出好远好远……我喜欢穿着娘给我烤得热乎乎的棉衣，在雪野里徜徉。嚓嚓、嚓嚓，身后就有了一串歪歪斜斜的脚印；嚓嚓、嚓嚓，快乐的心情就和雪花一起飞了起来。

天地空旷，四野俱寂。在雪地里，什么都有可能发生，比如转过一个土崖，也许会看到几只惊恐万分的兔子；绕过一堆柴火，也许会见到一群弹弹跳跳的麻雀；无意间回首西天，还会看见淡白的太阳。这一切，都不足为奇。奇的是你发觉此刻自己竟然能忘记宦海浮沉、人生得失。雪，湮没了尘埃，也洗净了人心。

长大以后，我时常感到浮躁和迷茫。但有雪的日子，心却是洁净和清爽的。细数古今，其实像我一样爱雪等雪的人比比皆是。且不说"坐看青竹变琼枝"的意境、"千树万树梨花开"的美丽，也不说"盖尽人间恶路歧"的理想、"欲与天公试比高"的胸怀，单就诗人白居易描述的"绿蚁新醅酒，红泥小火炉。晚来天欲雪，能饮一杯无"的场景就令我心驰神往。雪天邀友，围炉夜话，温一壶清酒，炖一锅肉，把酒临风，宠辱皆忘。细细品味，那该是何等快意的人生！

虽然，所有的等待和期盼并非都能如愿。就像寻找转角处的一次心动，或渴望失落时的一次牵手，虽然结果常常是落空，但坐在地头的塄坎上，我每天依然向头顶的游云，或远处瓦屋上的炊烟，打探着雪的消息。云是散的，烟是直的。在本该有雪的日子里等不来雪，我就想：究竟是雪病了，还是人病了？光秃的山岗，盯着苍天；龟裂的土地，望着苍天。此刻，我们都为曾经的鲁莽，负疚于天地，更感到家园的可爱和不可缺失。雪不会变成传说，也不应是只存心中的美丽。因为在等雪的日子里，雪已以她的缺席，教会了我们要懂得珍惜和爱护；以她的洁白，教会了我们应懂得无私和纯朴。人类，开始向自然检讨自己了。

冬已走得深了，今年的雪应该快到了吧？我想念着那份湿润和纯洁呢。

方言土语看变革

和孩子们聊方言，我突然想到了两个久违的词：麦钻钻、瘪瘪盖，问他们知不知道是什么，个个表情茫然，头摇得像拨浪鼓。

20世纪六七十年代，科技、信息、交通发展还十分落后。许多物事，我们没听过，见过的更少，更别说拥有相关的知识了。对于见到的物事，人们经常会按照其形状、特点、色泽等，结合想象去命名。叫的人多了，久了，也显得自然了。

野蘑菇，我们小时候称麦钻钻。

昔日在乡村，为了做饭取暖引火方便，麦子收割碾打后，家家几乎都要堆个麦秸垛。麦秸年复一年地堆，最底下的潮湿腐烂，就成了菌类生长的温床。我们在院里、场里玩耍，不经意间就会撞见这些从麦秸里钻出头的萌宝。

大哥结婚后，迁居故宅。后院不大，由于久无人涉足，脚下的土黑乎乎、软绵绵的，覆盖着一层厚厚的腐殖质。丰沛的雨水过后，绿草长高一截，地面、墙脚、柴火垛还会生出地软，拱出不少野蘑菇。蘑菇出生动静大，性子急，没露头的，急火火地就往出钻。院里哪儿树叶、杂草鼓起了包，轻轻拨开就会发现惊喜。这些蘑菇有白的，有灰的，有粉的，有浅黄的。伞盖浑圆敦实的，像倒扣的小馒头；茎秆纤细的，像临风的美人。它们有三五朵结伴，长成一簇的；有零零星星，散乱若棋子的。我瞅瞅这个，摸摸那个，欢喜得不知道该去采哪个好。

麦钻钻是我们那个时代特有的美食。因为肉不是谁想吃就能吃得起，不是啥时候想吃就能吃到的，而麦钻钻就易得多了。有年我过生日，二哥不知道从哪儿挖来一兜麦钻钻，硕大的顶盖白生生的，令人垂涎欲滴。娘将它们倒入锅里，用筷子蘸了几滴清油，放上盐巴和调料，燃着一笼麦秸火，给我炒熟了。那鲜香的味道，惹得看门的黑狗都不安生，汪汪汪地叫个不停。

由于缺乏相关的知识，我们因贪嘴也没少吃亏。那时候，生产队的牲畜饲养场也是菌类的生长地。邻村的一个小伙伴，就因为吃了牛粪堆上的狗尿苔住了院。

瘪瘪盖，在我们的词典里，指小轿车。

那个时候，车辆极少。狭窄的公路上，偶尔跑过的，多为公共汽车、大卡车。破天荒地过来一辆小轿车，大家伙儿都稀罕得不得了。它的式样矮矮的、瘪瘪的，咻溜一下就跑出一大截，欢实得很，我们呼之为"瘪瘪盖"或"屎爬牛"。看到的人，自己兴奋好几天不说，讲起来周围的人都会伸长脖子听。

我有个同学家距公路不远。靠近他家后墙有棵大桑树。桑葚红了的时候，我们时常会爬墙去采摘。有天，我正解馋，无意中一扭头，竟然看见几辆瘪瘪盖鱼贯而过。我大喜过望，呼朋引伴间不小心竟然跌落在了粪堆上，胳膊都摔脱臼了。娘火急火燎赶过来，看着我的狼狈样，搂着我吧嗒吧嗒直掉泪。但我并不后悔，瞒过大人，还是会偷偷攀上这个"观景台"，期盼能再邂逅瘪瘪盖。

汽车稀罕，开汽车的人也就金贵了。过去，有三个职业很吃香：司机、售货员、放映员。姑娘们找对象，最爱找这三类人。售货员管吃穿，放映员管娱乐，这在物质、精神双双困乏的情况下，自然很受青睐。司机抢眼，是因为开车是个技术活，加之车辆少，能干上这个工作不容易。开着车走南闯北，那感觉实在是意气风发，有面子得很。

随着祖国的发展强大，特别是改革开放后，人民生活水平发生了天翻地覆的变化，吃上蘑菇早已经不是个事。就连开车去种地，都司空见惯，不是新闻了。邻家的小孙孙刚上幼儿园，到了超市能叫出好多蔬菜的名称，远远看见一辆汽车，甚至能辨识出品牌。这在多年前，是不可想象的事情。

风雨兼程，沧海桑田。在祖国伟大的前进变革中，某些方言土语逐渐淡出生活舞台，也是历史的必然、发展的必然。

我那个曾误食毒蘑菇的发小，多年前开蹦蹦车拉货伤了腿，一家人日子过得寡淡又恓惶。几年前，县农技站的老师结合实际，指导他种蘑菇，没想到小蘑菇"长"出了大"钱串"。如今，他不但住上了楼房，给儿子买了小汽车，个人的精神面貌也如同雨后新菇生机勃勃。谈及变化，他满是感激之情。

站在城市的高处，俯瞰滚滚奔腾的车流，我感慨万千，心底涌起的不仅仅是自豪，还有对未来的憧憬和自信。

点瓜种豆

清明前后，点瓜种豆。但这话今年却不怎么灵验，原因是老天总是作祟，隔几天狂风卷沙，隔几天冷雨敲窗，实实是用温度奚落了一番季节。

妻是一个喜欢用果蔬装点家园的性情中人。原来我家庄基曲狭，加之大树荫蔽，她总是郁郁不得志。几年前划了新庄基，这下立刻让她有了施展才能的舞台。搬新家的那年初春，她摩拳擦掌，准备大显身手。果然到了夏天，前场后院就令人眼花缭乱了：大门两侧西红柿夹道迎送，西侧四棵柿子树，树下一畦生菜、一畦莜麦菜、一畦苜蓿，边角搭架立柱种豇豆。院里四棵葡萄树、一棵石榴树、一棵核桃树，树下草莓为毯。后院仁杏俩枣，茄子、青椒、大蒜、地瓜簇拥。这还不算，到了秋天，挂在窗上的丝瓜、爬上台阶的南瓜、藏在绿叶下的冬瓜、架子上不小心会碰了头的葫芦……那简直构成了一个迷宫。只可惜树是新栽植的，当年我们没能吃上水果。但第二年就不同了，不仅鲜菜食而不退，还有了葡萄、柿子、石榴和几枚黄灿灿的杏子。说真的，我有时还很佩服她，你别看她种植的果蔬种类繁多、枝叶纵横，但无不遵循"茄子一行、豇豆一行"的规律，该通气时有风，该晒阳时有光，很像老师教我们写散文的那句话"形散而神不散"。地垄、墙脚，再点缀以月季、菊花，那简直就是文中的精彩句子，色香味俱佳，比我那些无病呻吟的文字实惠多了。

眼见又近播种季，天气终于变得晴朗，妻也就坐不住了。她一会儿忙催芽，一会儿忙除草，一会儿忙整地，跑前跑后的，忙得不亦乐乎。南宋诗人范成大《四时田园杂兴》里有这样的句子：

> 昼出耘田夜绩麻，
>
> 村庄儿女各当家。
>
> 童孙未解供耕织，
>
> 也傍桑阴学种瓜。

这首诗用清新的笔调，细腻地描写了农村紧张的劳动气氛，读来意趣横生。

小时候，我常听哥哥们放学后，在后院谈论兔子养殖、树木嫁接等事情，心里就对上学充满了向往。及至上学，我才知道那时的孩子除了学说话写字、算法计数，教种植养殖的农业生产基础概论课也是必不可少的。孩子的世界是充满好奇和幻想的，他们在实践中增长了见识，体验了新奇，学会了技能，这对以后的人生都意义重大。回头再看时下的孩子，整天背着大书包，架着小眼镜，背单词、钻奥数、练钢琴，夜里十一点了还完不成作业，不由得就生出一腔的恓惶。可悲的是，有小孩因为痴迷游戏，偷了家里的钱，挨了家长的打，还误了学业。

我的三哥上学时，午饭回家总要编踏出一个牛笼嘴，或担笼底，然后才去学校。我当时很有些不理解，现在回想起三哥自得其乐的表情，才明白了他的秘密：技能给了他实践和展示的机会，更重要的是劳动成果换来的零用钱，让他有了求学时应备的笔墨纸砚。"家有万贯，不如薄艺在身。"三哥算是吃透了、悟深了。等到毕业，好学、上进、勤劳、坚忍的品性就永远镌刻在了他的身上。三哥退休离职后，不顾儿女劝慰，依然风雨兼程、朝出暮归地去打工。那不怕劳碌的身影，还在续写着他学生时代的质朴和才智，可见青少年时期的教育对一个人来说是多么根深蒂固啊！

沉思间，妻荷锄踏歌飘然而过。我紧跑几步，要过锄头，也要去做一个点瓜种豆，渴盼丰收的实在人！

冬藏的韵致

　　秋风很长，把高粱的腰肢吹弯了，把毛豆的肚子吹鼓了，把秋的金黄也吹成了冬的雪白。开门向远，天灰蒙蒙的，地白茫茫的，太阳瑟缩成一团淡黄，就连往日倏然四窜的野兔子也隐匿进了柴火垛。

　　吃过早饭，父亲背上背篓，拿上小锄，踩着草尖上的霜露，急匆匆地就向庄东的菜地走去。由于怕冷，羊羔蜷伏在了母羊的肚腹旁。那只叫作"四眼"的花狗倒很忠诚，父亲抬起脚，它就摇起尾巴跟在了后边。

　　冬雪来临之前，萝卜白菜已经受过了寒霜的洗礼。这时的萝卜生吃，没了干辣，变得水灵脆甜；白菜叶多瓷实，吃起来口感鲜美。农谚说：春种、夏长、秋收、冬藏。这时候的菜地，成了秋收大戏最后的舞台。寒风里的人们，有拔萝卜的，有挖白菜的，有摘菜叫的，还有捣鼓红薯、洋姜的。他们把收获装进袋子，扛着口袋，提着担笼……你来我往，个个急急火火的。麦娃肩套皮绳拉苹果，车子走到上坡路，两腿挣得直划拉，头发梢梢都冒热气，车子就是拧拧次次不前行。二妞给她爸送米汤，看见麦娃难场的样子不帮忙，还笑他是穿着棉衣洗澡的胖狗熊。碎娃们撅着屁股拔萝卜，吭哧吭哧地憋红了脸蛋，萝卜依然不出窝。白发的老婆婆也来凑热闹，看着年轻人咯嘣咯嘣嚼鲜脆，张着没牙的嘴巴干着急。巧莲捡拾了一大堆菜叶子，她要回家窝酸黄菜。黄菜是冬日的打底菜。菜叶子倒进滚锅里，咕咚咕咚几翻腾，趁热捞出装瓷缸，倒引汤、压石头、封缸口。五七天后，菜叶子就黄澄澄地冒酸气。打搅团烩酸汤，吃苞谷糁时盛出一碗，挤干、切碎，放上辣椒、香料，煎油一泼，哎呀呀，那香味隔了八家都能闻得着。大人忙，小孩跑，惹得四眼莫名地闲吠。猛地，远处飞来一个萝卜，吓得它哧溜一下钻进了背篓里。

收获，让乡村热闹得像唱大戏。

萝卜白菜收回家后，娘坐在草垫上，用菜刀细心地切着萝卜缨子、白菜根，父亲悄然在后院挖窖坑。窖挖好后，一层萝卜一层土，封顶时弄几根玉米秆竖立上面通通气，这样用土埋起来的萝卜，糠心不会发霉。天落雪了，盖天盖地盖屋瓦，萝卜窖还能找得到。贮藏白菜的坑要挖得长而深些，松好底土，一层一层放进白菜。垒到了坑口，密密地架上几根树干，苫一张旧塑料布，再盖些黄土就好了。红薯怕冻还娇气，父亲小心翼翼地把它们放在竹篮里，生怕不小心碰破了皮。他从木楼上找出一根麻绳索，不急不缓地就把它们送进了土井壁上的洞窝里。在温热、湿润的地气中，红薯果然没被冻伤。

储备的蔬菜，都是经过精挑细选的。萝卜又粗又长，端正水脆；白菜体圆心实，摔挤不扁；红薯不去泥，不掐根，选好的还在阳光下晾晒了一天，质量绝对棒棒的。菜蔬们待在窖洞里，你看着我，我望着你，新奇得像待嫁的女子，静默地等待出闺的日子。乡里人热情好客，寒冬腊月里客来了，取出冬菜包饺子、炖豆腐、炒酸辣白菜……一会儿就拨拉一大桌。那馨香鲜嫩的味道，让你坐在暖烘烘的热炕上没得弹嫌。

筛选后剩下的小萝卜，或腌，或晒，或焖肉，或包饺子，做法很多。小的时候，我很喜欢吃娘晒的萝卜干。娘把小萝卜切片后，晾晒在屋瓦上。等它们蜷成了卷儿，开水一烫，挤干切碎，撒上辣面调料，热油一泼就可以吃了。萝卜干又筋又香，我放学回来，拿上娘烤好的馒头，一口萝卜一口馍，再喝碗玉米粥或白菜萝卜汤，身上的寒气全不见了踪影。要是手脚冻肿了，娘还会用白萝卜熬水给我洗。那洗过的手脚就消肿了，还很光滑。

盘点完大半年的收获，收藏好一窖的喜悦，冬闲下来的人们，就开始梳理心头的紧迫事。有的准备为儿女办婚事，有的准备添置新家当，有的准备开春筑新屋……这些年前年后谋划的事情，都是头等大事。娘推门听听风，摸摸捶布石上的冷露，开始整理过冬的衣袜鞋帽。就着灯火，娘一会儿用布比量我的身高，一会儿让我试穿新做的棉鞋。娘忙活半天欣喜地说："我儿长高了！"父亲倚在炕墙上抽旱烟，半晌丢出了一句话："长高了好啊，又多个干活的了。"

收菜的热闹和父母的谈话，是乡村生活的一组细微片段。但在寒冬即将来临的时候，父亲收藏了满足，娘收藏了期盼，我收藏的却是温暖一生的记忆。

告别一片玉米

吃完晚饭，正为一身暑热烦闷，妻邀我去村外转转，想到我的一地玉米，我忽而来了精神。

月儿已挂在了头顶。夜幕下，玉米的青纱帐影影绰绰，但蹲下身，透过蛙儿、虫儿湿润的鸣叫，却能听到叶尖夜露的滴落声。玉米高已及身，腰间蹦出了织梭般粗细的棒子。那粉红的缨子正绚烂地绽放。头顶的花，金黄飘逸，像妙龄的女子，梳着金黄的俄罗斯小辫。我呼吸着金风里弥漫的香甜，迷醉在一种浪漫的气息里。夜色虽然迷离，但它们的每一个细小的变化，抑或是淘气的小动作，都瞒不过我暗夜里的眸子。因为我是农人。

离开父亲的指导，我种了多年的玉米，土地被征收那年最为坎坷。

那年夏天，麦子刚收完，天就较劲似的一路晴了下去。看着干燥龟裂的黄土，我一直熬煎着玉米如何下种。村里有人说，地都快要征了，管他天旱雨涝，不种了。可我想：说征地，又没见动静，咱是农民，难道就眼看着良田撂荒？我心里的急无处安放，愁闷得就睡不好觉。妻也是离不开土地的人，趁我打工外出，她就花钱请人机播了玉米。播了就播了，想灌水却不容易，村上因为征地已封闭了水井。就这样，玉米籽便委屈在干土里了。

说实话，我真是佩服种子的生命力。一周后，我去查看，身上落有几粒微尘的种子，都弱弱地透出了嫩芽。最可怜的是那些播种时没有敷上土的颗粒，不是被晒爆了，就是被鸟雀啄了胚芽。看着那些新生的幼芽，我对夜露满怀感激。就是这些湿不了地皮的水，让种子创造了生命的奇迹。禾苗星星点点，掩盖不了土地的苍白。我心疼土地荒芜，就想补齐了未出苗的缺窝、断窝。于是，我呼儿唤女，全家上阵，挖坑、点种，还在每个浅窝里预先倒了半杯水蓄墒。一个下午过去了，玉米窝就盛满了踏实和希望。月余之后再看，满地的玉米苗竟有半尺高了。

苗是大地的衣衫。我的苗绿莹莹的，但四周却有不少露白的土地，绿一道、白一道的，把一片好端端的地毁弄得像讨饭人的衣裳，褴褛不堪。

忽一日，我正在上班，侄子突然火急火燎地打来电话说："玉米地着火了！有人点燃残存的麦茬，你的玉米地着火了！"我大惊失色地回家一看，半地焦黑，漫天青烟，心一下就凉到底了。

妻说："别伤心，咱这回补苗。"

我说："补苗！"

说做就做，当天下午我们就开始第二次补苗了。幸好之前还没间苗，我们就从留存的稠密处起苗。大家间苗的间苗，运苗的运苗，挖坑的挖坑，运水的运水，赶太阳落山竟干完了全部活计。那一夜，我身子又乏又累，却睡不着觉，心里期盼着一场雨痛快地落下来，救救这些挪了窝的幼苗。天可怜见，第二天竟然州里一颗、府里一颗，落了几滴雨星儿。大雨是指望不上了，但天是阴沉沉的，只要不晒，我的玉米肯定有救了！

缓过了两周，这片新补的玉米，个个根儿大、秆儿粗，噌噌地快要赶上先前的玉米苗了。

我对妻说："等过中秋，就该收玉米了！"

妻无言，半晌，低低地说："怕是没机会了。"我一愣，妻说："你听，远处的推土机声，那是在碾玉米哩，你刚才吃的嫩玉米就是我下午掰回的。"我一直以为推土机是在工地上干活，谁料到……有多急的事呀，到口的粮食就必须毁了吗？

妻说："人家要赔损的。"我恼怒地喊道："赔损赔损，能赔了我在玉米上花费的心思和劳累吗？"

　　妻连忙捂住我的嘴说："小声点，别让没种地的人笑话咱。咱损失是自作自受，人家都有先见之明。"

　　推土机的灯光划过前方，我在隆隆的暴走声里，又一次蹲在了地头。我的沮丧缘于内心的愧疚，像一个受人恩惠的人，在他人需要帮助的时候，却连一句想帮的话都没说出口。

　　月光斜斜地洒落一地清辉，玉米依旧吸风啜露。喜乎，悲乎，好像只是人的事情，与它毫不相干。它的淡定和胸怀，让我明白，许多人，许多物，一开始奉献或给予就没有预设应得的回报。没有预期，自然没有失落。

　　这片玉米地曾为我挣回很大的脸面。十三四岁的时候，为了看高年级一位小姐姐的连环画，放学路上我哄骗她说，我会在这片地里给她带来惊喜。她佯装不理会，却停下脚步在路边等。到了玉米地，我蒙圈了，想掰棒子，没熟；想偷刨红薯，没胆。就算偷回去，非但不能看到书，恐怕还会落个"绺娃子"的瞎名声。我猫着腰在玉米地里四处窜，在一个水渠边，突然就看见了一茎甜瓜蔓，靠近一棵玉米根，结了圆溜溜两个瓜，鼻尖凑近一闻，又香又甜。摘瓜时，我看见蔓上压了两块土疙瘩，不用问，这定是哪位大神干活或拔草时发现后摆的。我顾不了这些，一手捧个瓜，就往地头跑。小姐姐已走开半里远，在我夸张的喊叫声里住了步。那天，小姐姐夸我脑瓜灵，年龄不大，聪明得还会务甜瓜。

　　高中毕业那年，我和父亲去收玉米，娘担心我身子骨弱，临出门在身后叮咛说："干不动了就别干了。"父亲可不这么认为，他气哼哼地吼道："不干活，哪来个好身体？娃娃都让你惯坏了。"为了给娘争口气，那天我较劲跟父亲要求砍玉米秆。往常这个力气活是父亲干的，我最多只是掰棒子、抬口袋。父亲好像要考验我，也不说话，随手扔过一个小镬锄。我砍一行，坐在地头装模作样地抽父亲一根烟。父亲看见愣了一下，不说话又低头干活了。抽过六七根烟，太阳已经正当午。哇，我竟然把一亩半地的玉米秆全部砍完了。看着满手的血泡，我心里莫名地涌起了自豪感。回家的路上，父亲虽然没开口，却像对待朋友一样，给我递过了一根烟。

我和玉米地相对无言，并不代表没有心里话。我是泥土里滚爬大的孩子，骨子里永远和土地有剪不断的感情。这片玉米地，给不了我想要的生活，可我依然离不了，包括和玉米一起生长着的豆荚、瓜果和麦子；忘不了，曾经盼望庄稼茂盛的焦渴和收获时的喜悦；更抹不去，晨曦里父亲和我扶犁前行的剪影……离了这充满生机活力的绿和土地，村庄就要成为没有土地的村庄，农人再也没有荷锄扛锨的理由，我不知道会面临怎样一种生活，那承载于土地上的梦想和希冀又该在何处落脚？若干年后，糊涂苍老的我，也许只会面对一片钢筋水泥的丛林，唠唠叨叨地对子孙说："这里，曾是我们播种的土地！"

都说金风送爽，我那天却是一腔离愁别绪。

喊醒春天的小花

"好雨知时节，当春乃发生。"一夜春雨，润物无声。清早我打开门，空气里早已浸透了翠绿的、湿润的、清香的气息。

春雨淅沥、绵密，是涂鸦的好手。无风的时候，它躲在闲游的云朵里；风儿紧了，劲了，它就汇聚成浓浓的一团，慢慢洇染了四周的天空。漫长的塬坡焦黄寂寥，它抽出晶亮的丝线，绣一片萌芽的草尖；桃树杏树枝干如铁，它就点缀上探头探脑的叶卵花苞；孩童们四处奔跑，神情迷茫，它就在柳丝上拂动鹅黄，让柳笛哇哇吹响。细雨沾衣，烟笼村舍。看似静谧的世界里，虽然隔了一层厚土，它却催醒了沉睡的蚯蚓。天涯远隔，它还能唤回呢喃的紫燕。一场雨，就这样活泛了天和地。

久居都市，人的心里总有无边的浮躁和压力。这几日，桃花红，李花白，菜花黄……刷爆了朋友圈。于是我就幻想着，也去和春来个约会。因为我知道，草、虫、花就在沟坎、河畔、地垄等着我。

一个雨后的清晨，我独行在一片待开发的空地里。

初春的朝阳暖暖地洒下光芒，脚下的小草挂满了晶亮的露珠。它们虽然尚未褪尽干黄，但新发的芽尖，已然呈现惹眼的新绿。令人惊奇的是，草丛里竟然闪烁着无数美丽的小花。这些花，有红的，有白的，有粉的，有紫的……它们的生长无拘无束，不循章法，大不如榆钱，小不及米黍，但你牵着我，我携着你，抱团连簇，熙熙攘攘，竟然连缀成了花的世界。

这些迷人的野花，有些我叫不出名字，但关中地区常见的酢浆草、荠菜、珍珠莲、蒲公英等我还是熟悉的。少年时，给猪羊打草，它们可都是我朝夕相见的朋友。酢浆草茎细若丝，掌状复叶，对土壤适应性较强，我家后院的韭菜地边角，总有它开满黄花的身影。有年朋友的父亲突患结石，疗养期间，常采集酢浆草煎服，多年未复发。珍珠莲花心紫红或粉红，浑身长满绒毛，根系发达，茎叶丛生，一朵花是一颗星星，一群花就是一团锦绣。花朵最小的是荠菜，花如米星，素白淡雅，想起母亲和妻子早春时节在案板上用它做美食的身影，我就谓之一半品春、一半悦目。魔性开花的当属蒲公英，叶柄紫红，金黄的花心装着太阳，及至夏日，就幻化成一团团毛茸茸的小球。有风吹来，蒲公英轻轻升起，带着希冀，怀抱梦想，落在哪里，就在哪里生根开花，落在哪里，哪里就是童话的世界。

小草花是卑微的，更无法与牡丹、芍药、菊花等相提并论。尽管它们大多具有独特的品行或药性，仍然只能被归为杂草。然而，它们深沉蕴藉，无论环境多么险恶，春来了，还是会不负天时，开出微笑美丽的花。

几年前我在集团网站上，看了篇叫《准点爱情》的散文，特别难忘。散文说的是一个中年农妇，每天都会站在山岗上向工业广场张望。不管风多大，雾多浓，天多黑，她都雷打不动，准时准点。作者好奇地问她张望什么，她笑了，带着几分羞涩说，她男人在这个矿打工，五点三十分下班，六点就到达井口了。那一刻，作者被深深地感动了。这感动，缘于她能从一群脸是黑的，衣服是黑的，只有牙齿是白的人里分清谁是谁，更缘于她能在琐碎的生活里，把惦念和关爱传递为爱人奋进的力量。

这样平凡的女人，就是我们时常称赞的女人花。她们虽然素淡，却有着与小草花同样朴实的美丽。

春日美好，人生短暂。既然不能像奇葩一样闪亮绚丽，那就像小草花一样恬淡地开放，做好了自己，也就装点了世界。

行走的玉米

从落地到收获，一百来天的生命之旅，玉米的脚步注定是匆忙的。它们变身为种子的时候，麦子刚刚收割完毕。开阔的田野里，锐利金黄的麦茬亮铮铮的锋口直指苍天。黄牛在前面犁沟，汉子弓着赤裸黝黑的腰身，在后边点种。一尺一窝，一窝两粒。地是施足了猪羊牛粪的，黑黑的、暄暄的，有一种待孕母性的丰满厚实感。

笸箩里那些黄灿灿的种子，是汉子精心挑拣过的。他点下一窝种子，娃儿娘就在后边揉碎一把土坷垃，用潮湿的细土薄薄地盖好它们。晨曦初露，潮湿的雾霭轻锁着村庄。鸡鸣狗吠，驴叫猪嚎，夹杂小贩的叫卖声顺风传来，汉子浑然不觉。那几天，汉子天不亮就进了地。在起初的天光里，他只是一个轮廓或剪影。随着太阳渐渐升高，迷离的光线会让你以为那是一个褐色的运动着的土疙瘩。汉子的颜色与土地的颜色是一致的。走近了，你会看到有细密的汗珠爬满了他的后背。那一颗颗晶莹的汗珠里，都映着一颗太阳。汗珠愈聚愈多，愈聚愈大，慢慢地汇成了一道小溪，然后顺着嶙峋的脊骨悄然流下。

播完种，要是恰逢一场大雨，那当然是上苍的恩赐。可现在日头红彤彤的，汉子只能头顶骄阳灌水了。地是睁眼地，加上麦茬绊磕，只见源头水流，不见地里水动，大半天也不见浇完一垄。地头送饭的娃娃，手搭凉棚，眯缝着眼，仰起锅盖头，对着一疙瘩云朵唱道："龙王龙王你下来，我给你和面摊煎饼……"

汉子急，种子也不消停。它们躲着透过土粒渗进的阳光，拼命地吮吸着地缝里的湿气。吸着吸着，身体就发福了，还长满了抓紧泥土的毛爪子。这时想让它们死掉就不容易了，因为土地成了它们的娘。

浇完地，天已经黑得伸手不见五指了。娃儿突然发现地角高处几窝没浇上水，心里很是着急。父亲说："不怕，玉米有灵性哩，能闻见水汽。"娃儿不信，第二天一早偷偷刨开一看，玉米种果然已经喝得滚滚圆了。

浇完三天，汉子轻轻地用小齿耙顺了一遍地。隔过一天，满地就蹦出了绿芽子。那星星点点的绿，在苍茫的原野中显得特别惹眼和惊艳。一阵风刮过，一场大雨落过，那苗苗就像初生的牛犊，带着一股蛮气，噌噌地往上蹿。不几天，目光都被染绿了。玉米不会说话，不会写字，不懂修辞，怎么就知道抢占裸露的原野，代言那个季节的色彩和形象呢？

一路旅途劳顿，夏末秋初时节，玉米已像一个待字闺中的女子，开始迎来最妩媚的日子。那一阵，玉米的个儿已高过了人的额头，舒展的叶子像柔软的手臂随风轻拂，那些穿着青衣的玉米棒，飘着粉色的须，像羞涩浅笑的少女，让人怦然心动。它们的顶上还冒出了鹅黄的穗子，那仰天散开的发梢上，缀满了发夹样可人的小花。蜂蝶可以嘤嘤嗡嗡，人可不敢贸然采撷它，因为玉米叶边上的细刺，会在手上划出一条条不太痛的印痕。

踏进白露，玉米完全是一个丰乳肥臀的孕妇了。它叶片粗大，秆儿高壮，怀里胖乎乎的棒子已渐渐分身。剥开皮儿，圆嘟嘟的颗粒浆汁饱满。早饭前，娃儿娘踩着露草掰回了一篮棒子。汉子坐在门槛上磨锄。娃儿娘说："娃儿念书太劳心了，青棒子补脑哩。"嚓嚓、嚓嚓，汉子不说话，手里的活也没停。棒子剥皮、摘须，丢进锅里，一袋烟工夫就满屋溢香。

娃儿逡巡护秋，见一戴眼镜的小伙面对庄稼如痴如醉。正待走近，小伙突然朗声吟道："啊！玉米地，我梦中的青纱帐。你有甘甜的乳汁，就像哺育我的娘亲……"娃儿听不懂，猫腰就钻进了玉米地里去逮野兔。听见窸窸窣窣的声音，他抬头一望，看见了三娃和他新娶的四川婆娘搂抱着坐在地埂上。三娃说："我要你给我生一炕娃娃，个个像这玉米棒，又胖又壮又结实……"娃儿恼了，你家生娃打我家玉米主意干啥哩？他丢一个土块过去，惊得三娃和婆娘跑出了玉米地。

屋里来了客人，娃儿娘端出一盘煮熟的棒子。客人怕烫，娃儿娘就用筷子插上把儿。客人夸奖棒子，汉子低头不语，但磨锄的喊喊声更有力、更响亮了。客人提起了大娃儿的婚事，汉子脸上落了一层影子。客人说："愁啥呢？你不是有满地垄的好玉米？"汉子扬起脸，眉头上已挂着喜色。那天，汉子留下了客人。他端出了柿子酒，拿出了好旱烟。娃儿娘在地头摘回了鲜菜、棒子，又炒又煮，两个人直喝得月移西山、坛立人倒。

走过中秋，玉米浑身金黄，硕大的棒子坠至腰间，已完全显出了老相。汉子吃完月饼，就安排收玉米的事了。玉米是娃儿的学费，娃儿想帮忙，学校却要补课，他手里拿着书本，心里乱慌慌的。等他周末回到家，院里已立满了一座座金塔。娃儿没事，就剥了棒子晒颗粒。娃儿想的是爆米花，娃儿娘想的是玉米面酸辣搅团、苞谷糁，汉子想啥呢？

种一料玉米，汉子并没有获得太多想要的东西。但播种或劳务的过程，就像是和一些守信的朋友，或敦厚纯朴的兄弟姐妹相处的一段日子，有滋有味。来年，他还会再种满地玉米的。这是他们的默契。

花开幸福来

春刚刚迈出碎步，文友就说她想要赴个约会。那向往的神情，与平日的矜持判若两人。

我有些好奇，她摊开双手说："想哪儿去了？我是惦记着油菜花呢。"

一朵花，能被人牵挂，是件不容易的事情。去年早春，车行汉中，转过一个山口，眼前忽而就拥进了一朵朵、一簇簇、一片片油菜花。那花层层叠叠、错落有致，炫目的金黄铺满了沟坎河汊。没开的，含苞欲放；开了的，热烈奔放。那样子仿佛要把全部的美艳，都绽开在一瞬。天，是瓦蓝的天；风，是和煦的风。空气中弥漫着淡淡的香甜和土腥味。走在这样的花海里，你对着花笑，花就对着你笑，在无声的默契里，你禁不住想恣意地大吼几声，把胸中郁结的块垒一呼而出；或者薅把嫩草做枕，倚着阳坡打盹，让鲜花点缀无边的梦境。花间有蜿蜒的河流，清澈明亮。水流一尺，香散一尺。掬一把嗅嗅，心里就装满明亮的阳光。油菜花素朴执着，不妖不媚。开花，只是为了结籽。向往浓烈了，花就赶着、抢着卖力地开。等到绣成了堆，抱成了团，春天就被渲染得热热闹闹。因了真诚、灿烂，它也被人记住了。

想到这些，我理解了文友的情怀。

看花，最好有蝶，有蜂。宋人杨万里诗云："儿童急走追黄蝶，飞入菜花无处寻。"花海连绵，浩浩荡荡。蝴蝶们栖落翻飞，追逐嬉戏，翩跹的舞姿，看得人眼花缭乱。蝴蝶是诗意和浪漫的化身。庄周梦蝶、梁祝化蝶、商隐诗蝶、美人扑蝶……无不演绎着神秘和传奇。一对缠绵的蝶儿，栖落在油菜绿白的茎叶上，美艳的翅膀一开一合，我耳边就响起了俞丽拿演奏的小提琴曲《梁祝》。琴声悲怆哀婉、如泣如诉，跳出彻骨入髓的伤感，我对相依相伴、白头到老有了更深刻的理解。

金身黑纹的蜜蜂振动着双翅，时而隐身花蕊，时而穿梭叶间，忙忙碌碌，传粉吮露，嘤嘤嗡嗡的歌声，若梵音天籁。花迎风摇曳，颔首致意，娇羞的眸子顾盼生辉。大千世界，芸芸众生，不是谁遇着谁，就有话说；不是谁见着谁，都能相惜。花的眼里，蜂是使者；蜂的心里，花是女神。花因蜂而生动，蜂因花而甜蜜。一切的一切，都表达着相遇的美好。

看花读虫，能深思悟道呢。

和花在一起，人也美了。那年看花，田垄上突然走来一位披着夹袄，腿有残疾的大哥。我原以为他和我一样，是寻常的看花人。谁知他靠近我问："我们这儿美吧？"那语气和神情分明就是主人。我连忙称赞道："美，美，人间仙境啊。"闲聊中，我知道了，大哥的腿是随建筑队干活时摔断的。他的家里有两个老人、两个上学的孩子。他们住的半山腰的土坯房，先一年在一场大雨中倒塌了，顶梁柱斜了，生活无着落了。那阵子，他颓废到破罐子破摔，借酒浇愁，甚至想一死了之。还好，他家被纳入了建档立卡贫困户。如今，他易地搬迁住上了楼房，村上成立了专业合作社，还把他们贫困户镶嵌在了致富的产业链上。这漫山遍野的油菜花，就是他养殖中华蜂的基地。大哥神采飞扬，对生活充满了信心。有位同事是扶贫干部，她和我说："扶贫工作要做好就要扑下身子下势干，和贫困群众心连心。看帮扶对象就要像看亲人，回访扶贫户就要像回娘家。"深情的话语饱含着责任和担当。花有意，人有情。我不由得重新注视着这"有情有爱"的希望田野。

油菜花盛开的时间很短暂。人喜欢，想挽留，是人的事。它该开花时开花，该结籽时结籽，才不在乎人的喜乐和恩宠。

春来了，我们一起去看花吧，油菜花正在前方等着我们。

毛豆毛，毛豆香

　　过了白露，躲在绿叶下的豆荚就日渐鼓起来了。等到秋风紧了，豆叶泛黄，剥开毛茸茸的荚壳，就能看见里面悠然躺着几个温润的胖墩。

　　这片大豆套种在玉米行里。收割完麦子的土地，像孩子新剃过的头皮，净铮铮的，玉米刚刚萌出的新苗养眼而滋润。那天，父亲蹲在地头抽旱烟，满腹的心事凝成了袅袅娜娜的烟圈。蓦地，他一拍膝盖喊道："六儿，回家泡豆子去！"我一惊，一只肥硕的刀客蚂蚱就蹦掉了。

　　豆子泡过几天后，我和母亲将它们一尺一窝间种在了玉米行间。一场大雨从天而降，田里很快就冒出了星星点点的嫩芽。我蹲在地垄上，看着自己亲手点播的豆苗们羞涩、好奇、懵懂的样子，心里美滋滋的，禁不住连翻了几个筋斗。此后，我差不多天天都要去看豆苗，生怕它们被虫咬了或生病了，更期盼着它们开花结果的那一天。

　　炎热的天气里，毛豆开花结果了。那时候家里困难，熬到农历八月十五，父亲常常将黄熟的豆荚，扎绑成一个个小捆，安排二哥担到集市去卖，给我凑学费。二哥挑着担子前面走，我快步后边跟。进城的欣喜，令我忘了迷人的蝴蝶和小花。卖完豆荚，二哥给我买了个油饼，我小口小口地咀嚼着，想把所有的馨香都留在唇齿间。

　　母亲在世时，是炒五香豆的高手。炒前，她把大葱、生姜、花椒、八角、桂皮用一片纱布细心地包起来，和盐一起放入锅内加水煮。待香绕屋梁，停火凉一凉，就将晒干的豆子洗净放入浸泡。等豆子泡得圆滚滚的时候，大火烧开，文火小煮。煮至八九成熟，捞出、沥干，放在平底锅内，小火开炒。母亲系上围裙，一手抓着锅台，一手拿着短擀杖开始搅豆。她的动作时缓时急，不时俯身向锅洞里填一把麦秸。豆在锅里，嘈嘈切切，蹦蹦跳跳，最后皮炸心酥，母亲方才住了手。豆这就炒成了。多年之后，在老屋的木楼角，我无意间看见那口废弃的黑铁锅时，母亲系着围裙在麻油灯下炒豆的身影，瞬间生动在记忆里。

关于豆子最有趣的经历当属偷吃毛豆。秋月里，乡村的孩子们常常要打草喂猪鸭。小伙伴们结伴割草时，趁机会偷些红薯、玉米、毛豆的，在沟坎里拢一堆火烧烤。柴火燃尽，捂在火灰里的毛豆，砰砰炸响，芳香的气味诱得人口水直流。有性急的伙伴，不顾火烧火燎，豆子扒拉出来就往嘴里放，黑灰把人都染成了花猫脸、乌爪子。当然，也有乐极生悲的时候，那就是吃得忘情时，被循烟而来的大人们追赶，那真叫个作鸟兽散啊。

一把豆，填充了肚腹，改善了生活，还给我乏味贫困的童年添了无尽的色彩和诗意。

伏天燥热的季节里，煮毛豆、啤酒、烧烤、鲜花生是夜市摊上拉风的标配。煮毛豆，听似简单，其实不易。我曾经把毛豆放进调料水中煮了，揭开锅却发现，煮出的毛豆不仅颜色暗淡发黄、泛黑，还不入味。这是咋回事？问了擅长厨艺的朋友，才知道我忽视了关键步骤和细节。

正确的做法是，毛豆洗净，放到淡盐水里浸泡五分钟上火煮。煮的时候放入一到两小勺白醋，水开后再加少许食盐、花椒、八角、香叶等。煮十分钟后关火，焖二十分钟即可。这期间，放盐要分次、控量。熬煮的时间、投料的顺序也不能乱了章法。

关于种豆，故乡有首歌谣是这么唱的：

抠、抠，拿把抠，
抠个渠渠种豌豆。

人家豌豆打一担，
　咱的豌豆没见面。

　毛豆虽不是豌豆，但我却时常受到播种的启示，故而会在庄后的旮旯拐角都种上豆。说是种豆，其实是在种心情，种一种寻找童真快乐、体验劳动滋味、回归质朴纯洁的心情！

家有梧桐好听雨

后院有一小块空地，妻左看线、右盯行，在低洼处齐齐整整地栽了两排梧桐。梧桐喜温好雨，长势极快，几年过后，个个皮青如翠，犹如巨伞，根连着根，枝牵着枝，叶和叶也连成了片。妻栽梧桐，寻思着砍伐后做家具，或拉到集市上卖个零花钱。而我，在前一段秋雨淅沥时，养成了听雨的嗜好。

过了仲夏，翠绿肥厚的桐叶已大若青花瓷盘，遮阳、听雨得之天然。秋是多情缠绵的季节。寂寥暗夜，虫鸣啾啾，隔窗忽闻风声骤起，顷刻便有雨声叮咚入耳。风携雨声，雨借风势，激越时，如万马齐鸣，旋律铿锵；舒缓时，如丝竹入耳，韵味缥缈。

此时此刻，我可以想见如墨的桐叶，淡笼雨烟，溅起的水花，宛若翡翠。

小时候居住的老屋，青砖灰瓦，房前房后都有着长长的滴水檐。暮色未落，几块硕大的云朵遮罩了淡薄的天光。很快，就有农妇拿着雨布，出门苫盖门场上的柴火垛，有汉子攀着木梯，收拢屋瓦上晾晒的薯片。孩童挥舞着秸秆，"走走、啰啰"地吆喝着，驱赶鸡猪归笼进圈。待到潮湿的柴火点燃炉膛，糊着纸张的窗户透出一两点昏黄的灯火，土屋、树木、爱踢腾的驴驹，就都匿迹在无边的静谧之中了。这时，四处鼓荡的云朵冷不丁地就落下了雨滴。雨打青瓦，初时声音青涩，雨花未绽即已凋落。少顷，瓦片含水，里外滋润。再听再看，就是天籁之音了。在浓郁的水汽里，我能品咂到泥土和青草的气息。

一直以来，这段记忆都是有关家园最美的印痕，待到听过雨打桐叶，想家就更多了个理由。

一场雨，落与不落，全由天定。但落下了，情却由意定。我的父亲听雨，喜乐全在稼禾上。有年夏伏，天气奇旱，玉米籽从落地到收获几乎没见过一场豪雨。其间偶有乌云集聚，电闪雷鸣，狂风骤起，落下的雨滴依然是州里一颗、府里一颗，解决不了焦灼。看着禾苗叶儿卷曲，地面干裂得能插下手掌，父亲心情沮丧，坐在门槛上只抽闷烟。娃儿们不识愁滋味，嘻嘻哈哈，聒噪得狠了，便会得到严厉的训斥。还好，种麦子的时候连绵的秋雨终于落下来了。那夜，父亲像等待远道而来的客人，他一会儿隔着窗户听雨声，一会儿裸着上身在院落感受雨势大小，直至娘唠叨、呼唤了好几回，他才静静地倚靠在炕边头起了鼾声。"麦种泥窝窝，狗吃白蒸馍。"这场喜雨滋润了干燥黄土里的麦子，也就安顿下了父亲焦灼的心。也难怪，谁让农民的温饱荣辱都系于一片土地呢！

文人骚客们虽不为吃饭发愁，但听雨也往往是五味杂陈。春听雨，他们感知了润物无声，万物萌动；夏听雨，他们领略了大气磅礴，畅快淋漓；可是秋听雨，却多是悲秋伤时，离愁别绪。唐人温庭筠说："梧桐树，三更雨，不道离情正苦。"他的眼里，梧桐繁叶促音，清弦急拨，点点滴滴敲空阶，字字句句道离愁。李清照的"梧桐更兼细雨，到黄昏、点点滴滴"越发将满心的疼痛、满眼的落寞写满了桐叶。

矫情是烦恼的根源。一个梧桐落叶的时节，我背着行囊，远走他乡打工。陌生的环境、陌生的面孔，让我满腹惆怅，彻夜难眠。某天清早，阴霾蔽日，秋风飒飒，我独自外出散步。忽然，一滴，两滴……有雨不期而至。想起眼前的无奈，我背倚一棵粗大的梧桐，禁不住仰天长叹。很快我的面湿了，发湿了，就连眼窝也盛满了雨水。突然，我听到身后有脚步声嗵嗵而来，原来是一位老婆婆在近处拾荒。老婆婆青布素衣，腰身佝偻，花白稀疏的头发被雨水冲刷成一绺一绺的。她干瘦乌黑的手上提着一个编织袋，捡拾的饮料瓶依稀可见。

翻完周边几个垃圾箱，老人坐在一处门店的台阶上休息。我走过去，递给她一块菜饼："大娘，一天能捡几块钱瓶子？"

"能捡几块是几块。老了，手脚闲不住。不动弹了，浑身都是病痛呢。"老人矍铄的眼神写满了执着。

这时，有个小男孩打着花布伞蹦蹦跳跳地跑了过来，说："婆，我饿了，咱回。"

老人站起身，拉住孙儿的手说："咱再转一条街。哦，顺便给你看双运动鞋吧。"

风更大了，雨更急了。看着风雨中这一老一少渐行渐远，我突然心生怜悯，紧追几步掏出几十元说："天这么冷，您带孩子吃碗热饭吧。"老人怔了一下，挥着手说："不要不要，你没看我腿脚利索的，还有低保呢。"说完，她牵着孙儿的手又走了。

"这老婆婆性格硬气得很。她不会要你钱的。"门店老板说。

从老板的口中得知，老人的家就在身后的山梁上。几年前她的儿子跑车出了车祸，媳妇也离家没了音信，家里就剩下婆孙俩相依为命。刚开始老人还走不出悲痛，现在她不但把几亩果园经营得果实累累，平常捡破烂、挖些野菜也能卖些零花钱。谁施舍钱，她都不要的。听雨，听的是一份心情，享的是一份意境。老人经历失子之痛后的坚强让我看到了自己的浅薄和脆弱，在雨滴拨动琴弦的瞬间，我放逐在雨中的忧伤慢慢变淡，稀释。

秋雨的魅力在于有声有色。雨声里，蛐蛐、青蛙和声而鸣，它们淋湿的吟唱或低沉，或高亢，或悠长，或短促，没有忧伤，没有叹息，卑微的心充满了对光阴的珍惜和生命的礼赞。雨过后，云，洁白成了游走的莲花；水，碧绿成了捉影的清潭。红的枫、黄的葵、金的菊都披上了丰收的色泽。浸染在这油画般的氛围里，你会突发灵感，写出一些优美的句子。当然，你还会被一种旋律所感动，那就是自己灵魂的声音。

雨打桐叶，醉于天籁，我应该在季节之美中做个好梦。

剪一段时光看秋

这个秋天，阴雨不断，走到哪儿，都是湿漉漉、潮乎乎的，墨疙瘩云压得人闷得慌。天一下子晴起来，心立刻就敞亮了。走出户外，天高云淡，碧空万里，正是看秋的好时节。

少时挎篮打猪草，间歇时，我常常将一把干草垫在脖子下，躺在阳坡看云朵。

瓦蓝瓦蓝的天空上，一行雁阵从天际叫声嘹亮地掠过，云丝开始游移、聚散。风吹云走，云随风变。瞬间，这静止的画布上就满是动态的图案。云朵们有时似骏马，奋蹄疾飞；有时若苍狗，憨态可掬；有时像大象，笨拙可爱。云块厚了、大了，光线穿不透，周围明暗黑白显出层次，就有了山的奇峻和巍峨；薄了、淡了，光线顺畅若金丝穿纱，就有了流苏般的顺滑和律动。与夏云的粗犷、怒涌相比，秋云从容、安详；与冬云的漠然、慵懒相比，秋云多情、灵动。它们不恋家，不生根，来，去，舒，卷，自由洒脱，顺应自然，于沉静中变化万千，于行走中抒情写意，不像人那样活得左顾右盼，万般拘谨。

阳光大把大把地洒下来，田禾、柴垛、山峦、花狗都涂满了亮色。我躺在酥软厚实的沃土上，仿佛置身母亲的怀抱中，闻着奶香，做着美梦，内心踏实，表情幸福。什么都想，又好像什么都没想，直到一只蟋蟀爬上了耳朵，或风携草香，我呛出一个喷嚏，才从酣醉中清醒过来。

沿着一条长满杂草的小道，徐步向前，一口废弃的水井映入眼帘。在井岸边的沟渠里，我看到一群野菊散淡而生。它们有的长在渠底，有的扎根渠壁，像偶遇的一群姐妹，东围一摊，西聚一堆。花朵虽小，但黄得惹眼，密密匝匝簇拥在一起，就是一片晴天。我被那分热烈温暖了心境，禁不住凑近它，想让芳香把身心浸透。

野菊内敛沉稳，卑微而不卑下，朴素却又超凡。它们喜欢在山坳沟坎，与乡老稚童、竹篱茅舍为伍。虽然时常有被作为猪料羊草的危险，但并不影响它们隐士一般独处静修、慧心及人。陶渊明说："采菊东篱下，悠然见南山。"名儒高士，两情相悦，一样的孤高耿直，一样的鄙视暗流。读着读着，我就觉得菊真似人，人淡若菊，有着感人的和谐美。

有年秋末，我莫名其妙内火旺，三天两头鼻子痛嗓子涩的，娘急得火烧火燎，又是求神拜佛，又是打卦祈祷。邻居五娘说："别瞎折腾了，快给娃缝个菊花枕。菊花清凉，明目哩！"娘一听，起身就到后院抱来了一捆干菊花，那是父亲晒干准备打饲料的。五娘撂下手中的针线活，坐在草蒲上帮娘摘花朵，一会儿就摘满了一筲箩。画好样，裁好布，五娘穿针娘引线，不一会儿一个菊花枕就做成了。枕着芬芳的菊花枕，我一夜安睡到公鸡叫了。娘摸摸我的额头，放下了心，头一歪，也顺着炕墙睡倒了。

父母躬耕稼穑，立命黄土，他们在秋天看的多是庄稼。

秋日的清晨，寒气凝结，草叶尖、花瓣上、小路旁，到处闪亮着晶莹的露珠。它们如孩童清澈的双眸，新奇地环视着即将收获的秋田或菜园。高粱红了，玉米黄了。这儿一垄韭菜，那儿两行青椒。黄瓜、西红柿紧邻而居，满架豇豆左缠右绕。垄上是萝卜，缓坡是南瓜，紧挨着玉米地的，是韭菜、菠菜和洋白菜。牵牛花隔着条小土路，吹响了红的、紫的、蓝的小喇叭。它们脚下是黄土，眼里是缤纷的色彩。春夏秋冬，四季轮回，藤蔓禾苗像小娃娃一样，总是等着我的父母经管它们。除草、浇水、施肥、整秧，他们手触露珠，脚踩露珠，衣沾露珠，日复一日地把一生都托付在了庄稼上。

跟着父母上菜园，我总是喜欢捧起一枚茄叶或葵叶看露珠。它们的表面有层小绒毛，露珠积聚得格外大，水汪汪的样子惹人怜。我抬起叶柄，它滚到叶梢；我抬起叶梢，它滚到叶柄；四下里轮番抬起，它就快乐地打个旋儿，流动的韵律如少女柔曼的身段，婀娜多姿。再看露珠，不同的视角，不同的世界，它却始终不失一颗透亮的心。

露珠很美，终会消逝。它们会化作水汽，奔向太阳；或洒落成水滴，重归泥土。不惊不诧，没有痛楚，似乎只要来过，就已无悔。

秋田、菜园是乡村的标记，它们总在离家孩子的梦境中，绿了又黄，黄了又绿。

秋天天高地阔，光影柔和。看了秋，就算秋走远，心里依然会藏着一幅多彩的画。

豇豆花开藤缠人

我侧着身到墙脚去摘杏子时，没防备就被豇豆的藤蔓缠住了脚手。

这是两溜刚刚起身、正急于攀缘的架豇豆。它们栖身在小竹竿搭起的棚架上，幼嫩的蔓尖像找娘奶的孩子，个个萌萌的、急急的，不管你是人是物，缠住谁就顺势而上。它们把我的手臂就当成了竹竿，细小的毛刺挠得我痒酥酥的，很像小伙伴们用茅草的穗子刷过我耳根的感觉。

行走间，如果被人拽住了胳臂，我会觉得他是有话要说。那豇豆呢？事实上就是它真的说话了，我也未必能听得懂。

娘就不一样了，豇豆在她眼里，就像奶大的孩子、看门的小黄狗。她能听懂它们的话，能猜透它们的心。今天谁多开了几朵花，明天哪根藤该挂上果，她都理得清清楚楚。蔫了的，打一桶井水浇浇根、淋淋叶；叶黄了的，撒一圈沤熟的鸭粪壮壮劲。要是谁的茎叶有残缺，准是有了伪装潜伏的小青虫；哪个幼豆若被架竿卡住了，娘一定会轻轻把它挪开放直了。娘说，卡住的豆身会畸形，长不长，盘成圈，剥开都是个空胚胎。娘的话其实我明白，她是说做人也得直溜点，别空耍心思绕环环。摸透了豇豆的脾性，娘的豇豆果然就结果多、长得长、干干净净没虫口。

我跟娘侍弄豇豆苗，常常被它们的小花迷惑住。夏至一过，纤细的豇豆苗就变成了叶肥茎粗的豇豆蔓。它们缠缠绵绵地攀在竹架上，纵横看去都像一排排绿屏障。伏天的夜晚燥热难眠，一早醒来，我推开小木窗，突然就发现绿藤上开满了紫色的小花朵。这些小花的花心是浅白的，花瓣的边缘却是悦目的淡紫色。它们上大下小，两瓣相扣，若一只只绚烂的蝴蝶，屏住双翅，静静地栖息在睡梦里。游风吹来，叶子动了，新结出的长豆舞起水袖，就有露珠从眉梢悄然跌落。霞光里，豆们一嗔、一笑、一转身，活生生就像青衣舞一段霓裳曲，看得人心里都清爽爽的。

有了发小般的知心，有了动情的青睐，豇豆自然成了我家餐桌上的"网红"。

去年盛夏，城里有个好友找我闲聊，吃饭前他声明说不进馆子不动荤。这好办，我走进后院，拔了一把莜麦菜，配上蒜末来个清炒的；摘了几个茄子，炒熟浇汁来个鱼香的。豇豆有两盘，一盘干煸的，一盘酸辣腌制的。蚂蚱菜满垄都是，切碎了烙个饼又软又香。枣树下长了几茎木耳菜，掐几片肥厚的叶子，再烧个又鲜又嫩的蛋花汤。朋友心满意足地离去了，妻却觉得没把人家招呼好。直到我给她看了朋友微信朋友圈快乐的晒图，她才放了心。

钟情豇豆的不止我一个。几年前的一个夏天，我到远离家乡的矿山打工。工余散步，我总会经过一家竹篱围成的小院落。小院内的空地上，旺盛地生长着红红绿绿的家常菜，令人惊奇的是那高矮曲折的院墙上，竟也爬满了开着紫花的豇豆蔓。隔三岔五的一个早晨，就能见到女主人收获一把把又青又嫩的长豇豆。有一天，我忍不住过去搭了话。原来女主人是位矿工的妻子，为了照顾上学的孩子、下井的丈夫，他们就租了这间小土屋。她说："闲了没事，就爱点点瓜种种菜，养上几只土鸡娃。"我说："这些豇豆菜蔬吃不完，还能到集上换几个钱。"她说："钱不钱的不要紧，自己吃不完还可以给邻里。关键是有了这些菜苗子，咋看这儿都像家，心里安稳呢。"

妻安稳，夫安稳，矿山安稳。我没想到，她对家的理解是那么新颖和独特。

父母的豇豆种在自留地里。土地被征收了，妻的豇豆就种在庄前屋后。而那位大姐的豇豆，更是种在了异乡的土地上。其实，不管地有多大、人走多远，他们种的都是心底那分眷恋和依托。

年俗画框

入了腊月的门，年的味道就扑鼻而来。北风虽然还在树枝上打着呼哨，但街上的脚步却日渐急促了、稠密了。你别看许多人平常拿捏得踉，这时候心里躁动得都按捺不住。

杀 年 猪

乡村的年事，是从宰猪杀羊开始的。乡村人一年辛苦劳碌，土里觅食，这时谷米进仓了，打工的儿女回来了，圈里猪肥羊壮了，说啥也得大大方方、体体面面地过个年了。早些时候，他们的猪大多是自家圈养的，吃的是青饲料，喝的是面汤。年初买的猪崽，年末才有个百十斤重。长得虽慢，肉却实在。

大清早，主妇就烧好了一锅水，专等杀猪匠开刀问斩。真正的杀猪匠会让猪死得有尊严，他们都是旋风手，动作麻利，脚手干净，尽量让猪少受罪。生猪抬到案子上，妇人们大都躲得远远的，那猪可是自己一把草、一勺汤喂大的，于心不忍自在情理中。等到孩子们把猪血盛在了面盆内，猪就开始洗它一生中唯一一次澡了。杀猪匠提住猪的前后腿左右荡，一锅烟时，煺了毛的肥猪就被光溜溜地倒悬在了架子上。大人们关心的是猪肉的老嫩和肥瘦，孩子们却争抢着割下的猪尿脬。他们把尿脬吹满气，满街疯跑追着当气球玩。到了晚上，照例会有一碗烧好的血旺汤，会有一锅炖好的猪肉、豆腐、粉条大烩菜。当时的热闹、欢喜、浓香，现在想来都心动。

除尘埃

我的故乡，有句话叫"过了腊月二十三，家具给外搬"，意即"除旧迎新"。《灶王经》上说："诸神上天庭，红尘宜净净，增福免灾星。"为了让"上天言好事，回宫降吉祥"的灶王有个好心境，过了腊月二十，父亲就要到北塬上采白土。采回白土，父亲担水把它泡在一口大铁盆里。等到把家里的瓶瓶罐罐、桌子板凳，各样家具都搬到了院子里，父亲就开始全面粉刷了。从门里到门外、从炕角到灶间，他全都要打扫擦刷一遍，甚至连鸡窝、鸭舍的旮旯拐角都不放过。父亲个头高，用刷布饱蘸一刷泥水，刷了山墙刷檐墙，轻重有序，挥洒自如。我个头低，就用刷布刷低处。外面北风吹得呼呼响，我和父亲却忙活得头上直冒汗。等刷完房前屋后，泥点子把我们两人都溅成了花狸猫，但看着净净的、柔柔的墙壁，闻着满屋子溢满的芳香的泥土味，我们心里还是蛮惬意的。

剃新头

有钱没钱，不让带毛过年。新年到来之前，大人小孩剃头、理发可是一等一的大事。乡村人对理发的师傅很敬重，习惯沿用旧时的称呼，喊他们为"待诏"。听到有人这样喊，师傅们心里很受用。虽然天天照样是走街串巷，听人召唤，但毕竟这称呼贯穿了清朝时享受俸禄的荣耀。

我家弟兄们多，母亲为了省钱，常常自己捉刀给孩子们剃头。我似乎一直很害怕剃头，尤其是母亲开剃前，嚓嚓嚓在帆布上摩擦刀的动作，尤其令我心惊胆战。事实上母亲的手艺还不错，开始剃了，并没有想象中那么痛。听着剃刀扫过头皮的嚓嚓声，我心里反倒有种麦棵倒地的快感。母亲剃的发型很前卫，家乡人称之为"碟碟头"，即耳根四周、后脑寸毛不留，头顶却乌发如云，远看仿佛头顶扣一黑碟子，非常形象，非常个性。

蒸 年 馍

最有意思的要算是蒸年馍了。腊月二十五以后，人们便开始做肉菜、蒸年馍了。那天，我不会和小伙伴们去滚铁环、打䃗牛，或者堆雪人，而是专心致志地烧锅扯风箱。用玉米芯烧的火很旺，啪嗒啪嗒的拉风箱声，就像我的心跳，充满了欢快的韵律。我渴盼吃到那难得一见的肉包子，更喜欢在母亲不注意时，用梳子在花馍上印上自己的花纹。门外，小姐姐们欢快地唱着乡谣：

> 鹁鸪鸪，鹁树皮，
>
> 江娃拉马梅香骑。
>
> 江娃拿的花鞭子，
>
> 打了梅香脚尖子。

清脆的乡谣嘹亮而激扬，我把手中的风箱拉得更欢了。

年馍蒸熟了。有馒头、碎馍、花卷、包子，有形状各异、五彩缤纷的鸟、鱼、虫、兽等。热气腾腾的馍馍一股脑倒在大晒箔中晾起来，简直就是面花艺术展。

喜喜乐乐地挨到三十，给粮囤、猪圈、羊圈贴上"五谷丰登""牛羊满圈""喜气盈门"的祝福语后，整个村庄已笼罩在大红灯笼的喜庆之中了。放过几个大炮，再放几串长鞭，欢笑声里，就听见大人们呼儿唤女吃饺子了。

烟花飞彩，家家流香，四下里一派温馨、祥和之气。

清欢有味

北宋苏轼《浣溪沙·细雨斜风作晓寒》有句："雪沫乳花浮午盏，蓼茸蒿笋试春盘。人间有味是清欢。"

苏轼的一生，其文纵横恣肆，其诗题材广阔，可谓才华横溢，但官运却不怎么亨通，级别不高，还一贬再贬，甚至还有过牢狱之灾。然而，政治上几经挫折，却始终没有改变他对人生和美好事物执着的追求。这首词是苏轼贬谪黄州四年后再迁移汝州（今河南汝县）时写的。移步山庄农家，泡上一杯浮着雪沫乳花似的清茶，品尝山间嫩绿的蓼茸蒿笋的春盘素菜，心情舒坦，诗意盎然，人间最有味的当属这清淡的欢愉啊！无可否认，苏轼的"清欢"，隐含着他经受仕途险恶之后隐退的思想，但其旷达的人生态度却也十分清朗。

明人陈继儒的《小窗幽记》，有这样的记载：

眉公居山中，有客问山中何景最奇，曰：雨后露前，花朝雪夜。

又问何事最奇，曰：钓因鹤守，果遭猿收。

这是怎样的一种景致呢？雨后斜阳，露水打湿了花瓣，娇美的花朵与白雪相伴。垂钓溪边，有鹤相守；饥可遣猿，摘果解馋。这种清欢，是人与动物之间的信任和相惜，是人与自然的完美和谐，这才构成了动人心魄的画面。

学思践悟，我觉得林和靖是清欢的，独居深林，以梅为妻，以鹤为子；陶渊明是清欢的，辞官归隐，躬耕田园。清欢是能看见小荷才露出尖尖的嫩角，是能闻到墙角寒梅清幽的暗香……

走在辽阔的旷野里，一枚枫叶，惹了秋梦，一帘微雨，美了秋韵。大雁驮着时光，在回归它的旅程；菊花蘸着骄阳，在绽放它的灿烂。虫鸣唧唧，嚼着甜甜的秸秆。我乐看傍晚的斜阳，从稼禾移到树梢，绚烂归于平静，心里有失落，也有感悟。移步林间独坐，享山之幽静，听水之流欢，看白云变幻，赏朝阳明月，何悲之有？站在秋水的岸边，可赏菊桂，观风月，有细雨缠绵，有瓜果盈香。还可在秋风中等你，一起去看银杏洒落一地金黄。那种红尘中生的喜悦，从来就是这般简单。就算真的错过，也会面朝大海，待春暖花开，人海里重寻梦里的倩影……

忙碌之余，我总爱在文字的世界里畅游。或写，或读，或吟，或歌，一头扎进去，就是半天时间，那种惬意酣畅，自觉远非麻将等娱乐可比，因而常常被笑为不谙世事、不懂欢愉的书痴。我初闻惊诧，后来就当作耳旁风，不予理会。小时候，我看父亲种菜，每一行、每一品的搭配布局都错落有致，有条不紊，心里就奇怪：怎么就那么细致呢？有好地，有好风，有好雨，还不种啥都有收获哩，何苦费心呢？父亲说：“那不同。地像人，庄稼也有性格，要诚心爱护。它们有型，人才有脸面，大意不得。”哦，原来父亲也在地里写它的文章呢。寂寞不怕，写好了，有清欢。

清欢是恬适的，来自内心的。人的一生，有喜欢的事物是幸运，而有能力做喜欢的事情是天大的幸福。清欢是“明月松间照，清泉石上流”的空灵与明净，是“晚来天欲雪，能饮一杯无”的娴静和淡然。云南白族有个“三道茶”的习俗，其独特的“头苦、二甜、三回味”的茶道，是人生际遇的一种写照，苦甜过后，是淡淡的余香。它不同于大欢、狂欢，更不是贪欢。相反，它浓淡相宜，张弛有序。

心怀热爱，眼有风景，清欢之味会油然而生。

迎春花开

春节前夕，有朋友约我去大雁塔东苑看梅花。乍暖还寒时节，怒放的梅花很容易就让我想起了曾经看到的迎春花。

去年年后，一个水雾迷蒙的早晨，我途经彬长矿区西侧的山梁子，突然就发现路边有一丛迎春花。那花静若处子地伏在一处突出的塄坎上，黑褐色的枝条，已洇开一抹淡淡的金黄色。下车细看，箭镞似的花苞正从绛红中吐露出嫩黄。

雨水前后，按说沐浴艳阳、河边看柳应该不是奢望。但那年整个冬天干燥而寒冷，虽然天空时常有大片的云朵游走，甚或荫翳蔽日，但雪始终吝啬地不肯谋面。眼看九九已尽，天空竟然洋洋洒洒、迷迷蒙蒙地飘了几场大雪，让人无奈之中又多了些许欣喜。

冬雪，细小、坚硬，在北风的挟裹下，打在脸上麻沙沙地痛。春雪却不同，一片一片，一朵一朵，飘飘扬扬，像猫的爪子，柔柔的，绵绵的，挠得人痒酥酥的。扎根在这饱含春水的土地上，迎春花的枝条已没了冬日的生硬。那些绽开的花朵，六瓣围成一个圈，就像缀在琴弦上的音符，演奏着无声的春歌。漫天的雪花悠然落下，山梁上一片迷人的清丽。花的眼睛噙满了雪融的水珠，我心底就横生出一种感动。

宋人韩琦写透了对迎春花的向往："覆阑纤弱绿条长，带雪冲寒折嫩黄。迎得春来非自足，百花千卉共芬芳。"春一到，山坡下、矮墙旁、沟坎上，一簇簇、一丛丛迎春花总能静悄悄地泛出绿意，羞答答地缀满花蕾。即使它身微言轻，依然不忘呼应梅花，一起把春天的消息传给风雪里念春的人们、等待发芽开花的万物。身处红尘，渺小不怕，怕的是没有向往、没有思想，忘了自己是谁、该去干些什么。面对这自知自信的花，我忍不住采下几朵，轻轻地夹在书本里。那艳丽的金黄，是温暖的色彩。与书香融汇，必然会明媚我困惑晦涩的日子。

看花时，我接了一个电话，是一个老同事打来的。他说："我正在来矿上上班的路上。今年雨雪多，景色是美了，但煤炭生产调运的难度却大了。"我问："调运任务都完成了？"他说："那当然。任务不但没落下，还有几天出彩了呢。"语气轻松、实在，不见一丝的矫揉造作。他说的话一点不假，那年过年他就是和同事们一起在矿上度过的。有钱没钱，回家过年。当除夕的爆竹炸响的时候，我知道那一刻，他们其实也是想家的。我又问："过年回不了家，老婆有怨言吧？"他呵呵笑道："没怨言是假话。但咱也不能因为要过年，就不工作了。再说，大家还不是都在坚持着？"寥寥数语，道出了一个普通人纯朴、可贵的情怀。就这样，我很自然地就将一群人与一丛花联系在了一起。

顾城在《门前》里写道：

> 我多么希望，有一个门口/早晨，阳光照在草上/我们站着/扶着自己的门扇/门很低，但太阳是明亮的/草在结它的种子/风在摇它的叶子/我们站着，不说话/就十分美好……

独自面对一丛花发呆，在对视、轻触、感悟中，我以尊重敬畏的心态，领悟着一种低调谦卑的美丽，就如面对一群为矿山无私奉献的人们。

在那个乍暖还寒的季节里，迎春花像一串项链挂在春天的脖颈上，向我们展现了活着的全部内涵。至少，它让我看到了冰雪下的萌动，直到它如这个春天一般美好起来。

父母的月亮

晚风一吹，月儿洒落一地碎银，空气里流淌着月饼浓郁的香甜。母亲关上院门，街上孩童的歌声便只留下个尾巴。

院里，父亲支张木桌，中间放盘月饼，两旁是后院采摘的水果，有染了红斑的大枣，有裂了口的石榴。月饼值钱些，是专门上集镇买的。母亲燃起香，虔诚地插在沙碗里，气氛就开始肃穆起来了。她和父亲朝天拜三拜、跪三跪，小酒杯举过头顶，又缓缓地落下，地上就画下三道酒痕。大人们默念着什么，我没听清，我只知道做完那些，就能和哥哥们享用献祭的美食了。

稍大些后，我才知道那是家乡中秋神圣的祭月仪式。父亲母亲年年如此，从不间断。老了，腿硬了，也要扶着桌脚屈下腿、弓下腰拜几拜。有年适逢淋雨，滴滴答答缠绵不休。我想这下不用祭月了，就偷偷吃了块月饼，抓了把花生。没想到到了晚上，屁股上就挨了父亲一脚。我委屈地趴在窗台上哭，母亲说："有云，月亮会在心里。咋会没了呢？"

雨住了。我仰起头，果然见云隙透出了光亮。

今夜月明如昼，虫鸣若琴。我踱步村外，一畦畦毛豆挂满了豆荚；卧在脚旁的冬瓜，酣然入梦；黄瓜叶上的露珠噙着明月，顾盼生辉。深秋的景致、气息，令人陶醉。

我记忆里，小时候总是没有电。父亲从田里回来，囫囵吃过饭，端个簸箕，拿个木凳，就倚着门口的老榆树剥棉桃。母亲刷了锅碗，搬出纺车，坐在玉米皮编的蒲团上，和六妈五娘在门场纺线线。月影下，纺车吱扭吱扭地转。

她们拉家常，念经诗，手一起一落，暑热和疲劳好像都随着劳动的舞蹈消散了。我写完作业也去剥棉桃，只剥了一把，手指就被棉尖扎破了。原来看似轻松的事，实际上充满了艰辛和不易。

我上学的时候学校离家近，农忙就回家帮忙干活。后来我进城打工了，就难免身不由己了。有年夏收前，父亲腰痛犯了。为了腾出时间回家夏收，我紧着干了几天的活。可到了请假时，老板却要我到外地去，说是缺人实在离不开。工作和收麦只能选择其一。无奈，我硬着头皮给家里打了个电话。父亲是在村小卖部接的，他知道我回不去后，故作轻松地呵呵笑着说："你忙你的，我这腰不痛了。再说，邻居叫来了收割机，我还不一定磨镰呢。"我想了一大堆的理由，准备宽慰他，但父亲说完"电话费贵着哩，快忙你的去"就挂了电话。

麦熟一晌，蚕老一时。迟收了，一年的辛苦就糟蹋了。我出差回来，就火烧火燎地往家赶。下了车，晴朗的天气突然变得阴沉沉的。夏收是龙口夺食，我立马急得头上冒火，心里很是担心没收完的麦子淋了雨。天黑时到场地一看，没想到父亲已在堆麦垛了。母亲说，这几日借着月光，父亲没黑没明地收割，现在都收回来了。我的眼泪不由得落了下来。那个年代，收割机少，价钱贵，就是邻居帮忙喊来了，父亲也舍不得花那份钱。黎明时分，风雨交加，父亲鼾声如雷，几天的困顿似乎都集中在了那一刻。

今夜的月，高远、纯净、柔和，像往常一样，静静地洒下光芒。它不知道，天底下有多少人抬头仰望；也不知道，有多少人吟诗作赋。风还是那么吹，它还是那样在云里穿行，淡定得像走过每个平常的日子。坐在地垄上，我突然明白了，月亮靠它的引力，减小了昼夜的温差；靠它的转动，带给了万物生长的四季；靠它皎洁的光亮，让父母有了不用掏钱的明灯。难怪他们心存感激、满怀敬畏呢！

月圆了，四顾不见了父母劳碌的身影。只有曾经陪伴他们，让他们劳累、给他们希望的土地，还浸润着他们的气息。今晚，在那个世界里，二老该又支起木桌了吧？活着的时候，他们没时间赏月，这会儿沐浴着银辉，父亲该听上秦腔，母亲又开始诵经了吧？

中秋的月，是团圆祥和的，也是丰收喜庆的。这些年，很多东西都在记忆中匆匆而过，唯独那个场景我始终不能淡忘。我该回家了。我要给父母、给月亮献上月饼、献上蔬果。

端碗粘面你圪蹴下

有位外地朋友对"陕西八大怪"很好奇。他问我:"陕西人为啥有板凳不坐要蹲起来?"我说:"我们方言把'蹲'叫'圪蹴',有这个习惯的,主要是秦地关中人。"

茫茫苍苍黄土地,乡村人在大太阳底下种庄稼,过去犁耧耙耱、收割碾打全靠人工,累得腰酸背痛胳膊酸。歇息时若躺卧或坐下,上下眼皮就打架。农活紧赶晌数,睡着了可就误了天时误了工。再说那样也不讲究,会脏了衣服污了型,回家保不准要遭婆姨翻白眼呢。寻个树荫圪蹴下就省心多了,双腿一屈,困乏消减,抽烟、神聊、下土棋,咋着快活咋着来。

秦人自古重礼仪,"坐"在他们心中是件庄重的事。关于坐,古有"坐不窥堂""正襟危坐""坐而待曙"等说法,规矩不少。乡人们活得真实率性,过日子不爱穷摆谱。有了闲,他们坐。遇到生日过寿、儿子娶妻、女子出嫁、孙子满月这样的大事情,他们不仅坐,还要坐出个风度气场来。三叔平常爱说笑,口无遮拦没正形。儿子结婚那天,他染了头发板着脸,衣服平整不打褶,腰上像别了个手榴弹,挺得直溜溜的。这时就有人想逗逗他。桂姨给他额头上抹了一道红,他没笑。胖婶胳肢他胳肢窝,三叔吭吭哧哧、东倒西歪地躲着不敢笑,腮帮子憋得红通通的,把看热闹的人乐得捂着肚子直不起腰。

在乡村,圪蹴的标配是碌碡和粘面。居家过日子,少不了鸡鸭、羊羔、看门狗。它们是主家的宝贝蛋。炊烟散,饭熟了,羊娃在院里学低头,狗子悠闲地瞎汪汪。男人端出碗粘窝面,鸡落肩头要抢食,麻鸭围拢着咕咕嘎嘎提抗议。"这饭没法吃了！"男人嘟囔一句，一腿收起、抬高，一腿蜷曲、落下，稳稳地就圪蹴在了碌碡上。脚下有块垫高石，格局、气氛瞬间生了变。鸡们鸭们啄不上、够不着，怨怨叨叨就散群了。男人仰起脖，荒腔走板地吼过几句，低下头呼噜呼噜就咥开了面。

圪蹴是个动词，有时候会被人当作贬义词用。秦腔《看女》里，婆婆这样骂媳妇："哎，没见过我那媳妇呢，好像我老婆子前世的仇人。我一见就想打，一见就想骂，成天价在我眼睛里圪蹴着哩。"表演艺术家王辅生眼角眉梢都是戏。他扮演的任柳氏提到女儿，眉开眼笑，夸了又夸，动不动就恓惶流眼泪；说到媳妇，横眉怒目，咬牙切齿，恨得脸上肌肉都在颤动，把个刁婆婆形象塑造得栩栩如生。成天价圪蹴在人眼睛里，的确惹人烦。"遇见婆婆赛阎罗"，媳妇躲还躲不及呢，哪敢主动去"现眼"？就是"蹴"起来，也应是被吓怕的。一句詈骂，暴露了人性的自私和偏颇。

圪蹴没有站着高，一高一低有乾坤。晏子使楚，身材矮小被人耻笑，但他机智勇敢、灵活善辩，维护了自己和国家的尊严。韩信贫困潦倒，志存高远，忍受胯下之辱，最后成就了理想和抱负。这些反转的例证启示人，莫以高低辨识人，莫以成败论英雄。尺有所短，寸有所长，不要忽视了，圪蹴更容易"一跃而起"。

朋友扶贫的村里有个小伙子，父母去世早，他入赘的家里，岳父是个残疾人，岳母生病要服药，一双儿女在读书，日子过得很艰难。由于没技术，他养蜂烂包赔了本，开车翻沟伤了腿，成了大伙儿眼里的"倒霉蛋"，自个儿也沉沦了，不是喝酒就是赌钱。扶贫队员一句"不怕慢但怕站。圪蹴是休憩，不是趴下"让他生了心。前年，他出门跟人学种药材、养蜜蜂，如今成了响当当的"脱贫致富带头人"。

圪蹴具有亲和力，展现了乡村人的质朴和随性。

土屋、阡陌、麦子……构成了乡村的风景线。在这场景里圪蹴下，不分高低，没有尊卑，多了从容，少了慌张，灵魂跟脚步就合了拍。背倚春风，你可以抬头数青杏；注目斜阳，你可以和归鸟绣风景……就算是有物事紊乱了，也能像侍弄茄子、豇豆那样，一行一行把它们打理清。

茅草和众多的草类一样，是麦子、谷子、玉米的死对头。地里的草长满了，我的父母愁烦得就睡不下。倘若哪天真的没了草，满目都是钢筋水泥的丛林，恐怕他们握惯锄头、镢把的双手又会困窘得无处安放。他们不怨草。在他们眼里，草没有什么好不好，只有地方长得对不对。天地万物，到世上走一趟，没有谁会是多余的。它们生长、开花、结果，都是随性而已。

在乡村，遇见草，应该是遇见美好。

狗撵羊

院子本来很静谧，黑狗活得也很自在。但那个春日的午后，舅舅把羊牵到了我家，这个格局就被打乱了。

舅舅牵来的是一只怀了孕的母羊。那羊骨架很大，蓄着长长的胡子，如葫芦般的奶袋夸张地倒挂在肚腹下。它的肚子又大又圆，要不是有麻秆样干瘦的腿脚四叉支撑着，我担心它可能会一触即塌。它弯曲的犄角上挂着些土末草屑，但仍不失锋利苍劲。父亲摸了摸羊的脊梁，舅舅说："我腿疼，今年你替我养养，开年了我再拉回吧。羊配过了，冬天娃们有奶喝呢。"

这羊父亲看不上，我家的黑狗也看不上。黑狗象征性地低吠了两声后，就吧嗒吧嗒地享受那半盆油水很多的饭汤了。

父亲接过羊绳，向东墙根的木槺子走去。黑狗急了，它怒吠起来，甩得下巴挂着的汤水淋漓四溅，全没了身为护卫的威武和颜面。父亲不知道好好的狗怎么突然就这么暴怒，顺手捡起脚下的树枝就抽了过去。他气咻咻地骂道："瞎了你的狗眼，它比你值钱！"黑狗蔫了。因为在乡村，一只土狗当然比不过一只母羊的价钱。圈里的壳郎猪鼾声如雷，相安无事，也许天蓬元帅吃香喝辣的美梦正让它着迷呢。

午后，父亲和娘下地了，小院又成了黑狗的地盘。黑狗跳上柴火垛，先声夺人地仰天怒吠了几声，再低头藐视一眼母羊，见它还是那样目光空洞地盯着远处，口里还是那样没完没了地咀嚼着，不由得气上心头。它冲下柴火垛，怒吼、腾挪，甚至用尾巴扫了母羊的眼睛，但母羊只是慢慢腾腾地站了起来，全不跟它一般见识。它扑得快，母羊走得急。母羊突然站住了！只见母羊头颅低垂，四肢打开，额头一耸，尖利的角一下就刺到了收不住脚的狗的下巴上。狗猝不及防，嗷嗷怪叫着爬上了柴火垛。

傍黑的时候，母亲割回一篮肥嫩的青草。母羊咩咩叫着凑了上去，鼻翼快速地一翕一合。它闻闻这棵，尝尝那棵，吃得仔细而且讲究。黑狗平静地注视着母羊的一举一动，不时舔着脖子上的伤口。

夏天的天气说变就变。有天快到下半夜的时候，天空突然滚过大朵大朵的乌云，月亮还来不及隐身，随着闪电雷声，豆大的雨点就砸在了地上。屋檐下的雨滴连成了水线，高大的榆树上不时有蝉狼狈地坠落。轰然一声，羊棚塌了。母羊咩咩惨叫着，挣断绳索，满院奔突。黑狗头朝里，惊恐地蜷缩成一团，双耳却捕捉着窝外的每一声响动。雨声渐渐小了，母羊的叫声却嘶哑微弱起来。黑狗出窝一看，糟了，母羊掉进菜窖了！它跑过去，叼住羊绳就想把母羊拉上来。无奈蹄下泥土湿滑松软，母羊不配合，黑狗几次还险些把自己掉了下去。情急之中，黑狗跑向我家后门，又是狂吠又是撞门，终于把劳碌一天的父亲从睡梦中叫醒了。

母羊得救了。我没听见母羊向黑狗道谢，可当父亲把母羊牵往前院，准备修缮羊棚时，母羊四肢扒地，依恋地望着黑狗哀叫不止。羊棚修好后，父亲把母羊牵了回来。院门打开的一刹那，黑狗激动得原地转起了圈子，喉咙里发出低沉的呜呜声。是啊，它们朝夕相处，形影不离，一起吃饭，一起睡觉，一起听风沐雨，现在谁也离不开谁了。

过了霜降，母羊的肚子一天一天地大起来了。终于在一个飘雪的夜晚，它生下了两只可爱的小羊羔。过了月余，羊羔被羊贩子收走了。令我们没想到的是，在母羊咩咩寻羔的哀叫声中，黑狗不声不响地产了三只小崽。

这些小小的黑家伙睁开眼睛后，就开始满院活动。它们鼻头贴着地，好奇地东嗅嗅西闻闻，时而钻在母羊的腹下，时而用爪挠母羊的胡须，甚至叼住它的奶头吃奶呢。母羊并不生气，还屈腿弯腰给它们舔鼻子、舔皮毛，就像对待自己的孩子一样。它们亲昵的举动，令趴在墙头赏景的壳郎猪哼哼唧唧，满腹怨气。要是遇上和暖的阳光，那场面就更感人了：羊蜷曲着卧在棚前，在它硕大的肚子上翻滚着三团茸茸的小黑毛球。这毛球一会儿爬成一列，一会儿打成一团，最可笑的是它们竟然企图攀上羊的长脖，结果当然是滚蛋子了。黑狗眼睛半闭半睁地伏在小窝前，此时它的心里一定比被阳光晒过还暖。

父亲每隔一段时间，就会清理一次羊圈和狗窝。那时，父亲就会解开狗绳和羊绳，任凭它们追逐嬉闹。而我也不止一次看到"狗撵羊"的场景，但细细回想起来，眼里似乎只有欢快和浪漫的影子。

同类动物，和谐相处或纷争格斗容易理解，这不同类的动物彼此相依，又是通过什么方式来沟通的呢？难道它们的胸怀比人更宽阔，友谊比人更牢固？"狗撵羊"是狗和羊的争斗，也是狗和羊的游戏，不结宿怨，不藏谋略，不慕权，不羡贵，它们在诠释着一种阳光坦诚的相处之道。

转过年，青草又泛绿了，一切新鲜而生动，但母羊却被舅舅牵走了。黑狗的春天没了芬芳，夏天没了热烈，漫长的冬天又怎样孤单地挨过寒冷？

骑行时光

我家的后院，有一辆破烂不堪的自行车。家人几次欲将它卖给收废品的，可我总是舍不得出手。这其中的缘由，更多地在于它承载了我曾经的生活。

多年前，我在西安某杂志社上班，平常住单位，到了周末，才回家看望父母妻儿。为了节约两元钱的往返车费，我就想到了骑行。我骑的单车是单位配发的一辆凤凰二六车，车身虽小，但灵活牢固，四十公里左右的路程，猛蹬快踏，两个多小时也就到家了。

其实，往返西安的骑行信心，来源于此前一次贩菜的经历。考上高中那年暑期，我随大哥到田里干活，见邻村有家大青椒长得绿莹莹，煞是喜人。我心下就想：能不能批发一些到西安零卖了，赚些学费？和几个伙伴一合计，我们当天下午就去找那家人趸辣椒。等我们摘满了两蛇皮袋，月亮已经升到了半空。

娘知道我没出过远门，这次又是负重夜行，惶恐得坐在炕边直抹眼泪。那一刻说真的，我也有些怵火了。但见父亲绷着脸，一言不发，只是低头给我往车子上绑菜，我就铁下了决心：卖不了米，还能把升子丢了？出门时，娘追上来，给我兜里塞进两个西红柿说："路上渴了吃哦。"月下暗影里，父亲咳一声，我们骑上车子七扭八歪就出发了。

我们的目的地是西安，但谁都没去过，连路都弄不清，只知道过了咸阳往东走，差不了大向。夜路朦朦胧胧的，穿过咸阳，也没路灯，我们几人就把车子靠在路边的白杨树上，计划先歇一会儿，等有人了再出发。约莫到了凌晨三四点，果然有人从身边经过。一打问，还真是去西安的，我们就高兴地跟着进了城。

我们一口气骑到西安炭市街，早市上已是人影绰绰。悄悄打听过菜价，有个小哥哥建议说："零卖分称舍两的不划算，批发了，还有时间在省城转转。"大伙儿觉得有道理，事情就这样定了。那天还算顺利，没到九点菜就发出去了。细一数，人人都赚了三元多。

说起学骑车，我也是蛮拼的。那个年代在农村，谁家要是有一部自行车是很风光的，娶媳妇都讲个"三转一响"呢。我学骑车，多亏了在县城上班的邻居三哥。他家的孩子和我一般大，每天三哥一下班，我就抢过车子开始学，狂热得时常忘了时间。三哥的自行车是加大加重的，线条硬朗，简洁大方，几乎没有多余的部件，大家都称之为"二八大驴"。前面是粗粗的钢叉，后面是坚固的钢座，前后轮上都没有挡泥板，自行车的闸皮几乎磨秃，刹把就是个摆设，刹车主要靠双脚。我们的个头刚及车身，恓惶得连车头都扶不稳。学的时候，两个人在后面，歪了就帮助扶正，人骑上去只能蹬半圈。我学车是从溜车起步的，就是左脚踏在脚踏上，右脚用力蹬地，让车子向前滑行，慢慢地能把握住车头了，眼睛不再只盯脚面了，就开始上车。虽然也免不了摔个鼻青脸肿的，但总归还是会骑了。

刚学会骑车很有瘾，见谁的车子都想玩一玩。有天，大哥借辆车准备去乡上开会，一转身我就偷偷骑上了。见村头有群人在闲聊，我有些人来疯，快骑着表演了个大撒把。谁料乐极生悲，惊着了一头老母猪，避让不及，两厢碰撞，猪嚎车翻，我也跌坐在一摊猪粪上，瞬间把面子摔得碎了一地。

学会了骑车，我没少给父亲帮忙。农村实行家庭联产承包责任制后，粮食不缺了，娃娃们上学、地里的化肥钱却成了问题。父亲就在自留地里种些胡萝卜、韭菜等蔬菜，走村转乡卖些零钱补贴家用。高中后两年，我每天早起，都要帮父亲把菜送到十几里路外的北塬上。去时，把车子绑在架子车上，帮父亲拉车。回来一路下坡，耳边生风，呼呼几下就到了学校。家附近其实也有市场，只是父亲宁愿辛苦些，也要到北塬上多赚几元钱。能帮他省省力，我很开心。

如今，开汽车的人多了，骑自行车的人少了，但回忆起当年那段意气风发、快乐前行的日子，我依然意犹未尽。

扭扭捏捏回娘家

俗话说，女儿是娘的小棉袄，这话一点都不假。比如，正月初二回娘家，就是女人心里天大的事。

大年初一吃完饺子，放过大炮，碎娃街头摔画片、亮新衣。男人街头擂过一通鼓、敲过一阵锣，抹抹发潮的头发，猫腰就溜进了麻将场。女人们可没这么清闲，收拾完碗筷，就跑去镇街置礼当。忙春忙夏忙秋冬，过年送礼就是为了补上爹娘的养育恩。

夜深了，忙了一天的女人坐在炕边直打瞌睡，一抬眼男人还是不见人，就派娃儿去喊老爸。娃儿一通白跑，二通摆空，三通女人发了飙，桃花脸一转色，揪住男人的领口就往回拉。回家的路上，男人悻悻地说："油荤吃得饱饱的，肚子不饿不瞌睡，这么急地叫着回，人笑话哩。"女人应道："谁稀罕你陪，早点睡，明天要走我娘家呢。"

说起女人们回娘家，故事还真有一箩筐。据说，有个急性子的胖媳妇想老娘，懵懂间奔到床前，抱起娃儿就出了门。走一阵跑一程，途经一片冬瓜地，扑通一声，她被瓜藤勾脚绊倒了。她顾不上拍土顾不上看，抱起地上的娃儿就又赶路了。到了娘家，她把娃儿咕咚一声放上床。老娘一看，原来是个大冬瓜！娃儿呢？她三脚五步折回冬瓜地，只见一个枕头安静地躺在瓜行里。她捡起枕头又往家赶。呵呵，原来孩子美美地睡在炕角角呢。

过年看起来闲，其实人人都喊乏。

初二一大早，女人收拾物件想早动身，男人却赖着睡懒觉。女人使一个眼色，男娃子上炕拉胳膊，女娃子炕角捏鼻子，活生生把个大男人整起了床。男人装上一瓶酒，女人掂起一刀肉；男人拿上一条烟，女人拾起一笼包，顺带还捎上了糖、果、茶。

临出门，男人忽而想起了头一年走丈人家的志忑相。那一晚，男人心里老是不踏实，生怕送了礼还不讨好，睡觉前就百般地讨好女人。女人心软，果然附在耳边就将娘家人的喜好细数了一遍，男人惴惴的心才算有了底。翌日，他拿去的礼品，果然人人都咧嘴笑。现在娃娃都有了，见丈人自然就没那么多拘束和讲究了。

女人年前烫过了头。这会儿，左描眉，右画眼，等到碎步袅袅婷婷地迈出门，男人眼前已是一个腰身软、脚步轻的俏佳人了。

三轮车咚咚咚上了路。南来的、北往的，提篮的、背包的，马路上尽是穿红的、挂绿的小生和小旦。

男人冷不丁说："骑车比不上骑马好。"

女人问："为啥？"

男人说："两口子骑马能凑成一个谜。"

女人说："娃都恁大了，还胡骚情。找骂哩！"

男人单手击腿笑着说："真聪明，两口子骑马，谜底就是一个'骂'字呢。"

甜甜的日子，男人和女人就把正月当作蜜月过。

进了村，娘家人笑眯眯迎在大门口。小姨子接过包，小舅子挎上篮。两个小人儿，伏地就磕了三个响头："姥爷、姥姥过年好！"老人家高兴地拉起说："我娃长得白，我娃长得乖，我娃就是个亲蛋蛋。"老人家又是亲嘴又是发钱，小人儿瓜子糖塞满了一口袋。姥爷问："领了压岁钱给谁呢？"娃娃脆脆地答："给我爷哩。"舅舅笑道："外甥就是喂不熟的狗，打不走还撵不跑。"

最隆重的要算大婚后头回走娘家。新人拜过了岳丈，还要拜媳妇本家的长辈和亲戚。小两口送一份厚礼，新娘收一个红包。晚上回家关了门，小两口数钱乐得抿不住嘴。当然，那一天岳丈家待女婿的酒席也最有讲究。新女婿紧挨岳丈坐，大舅哥都得备双筷子勤夹菜呢。

酒席开了。男人先给岳丈说收成、讲打算，再给岳母夸媳妇、褒奖娃娃，间或捧杯连连敬岳丈："过年了，我敬老人家福如东海长流水，寿比南山不老松！"女人夺过酒杯，脸儿红红地嗔道："老爸，不敢再喝了。"转过脸，她又冲男人说："有孝心，就来点实在的。"那一天，男人是酒场上当仁不让的大角儿，七杯八盏下了肚，糊里糊涂就吼起了秦人的乱弹子："一杯酒壮我英雄胆，二杯酒力拔山兮气盖世……"且歌且舞，意气风发。

走娘家，就是这么大包小包地来了，再盛满快乐和亲情地回去，填满了思盼生发的念想，烘托了年节吉祥的气氛。

暖暖的压岁钱

腊八一过，迎年的脚步就一天紧似一天。磨豆腐、置年货、蒸花馍、洒扫庭除、宰年猪，把人急得恨不得把日子抻长，一天当成两天用。

大人们忙得嘴吹火，娃娃们却盼着年节早点到。因为年戏咚咚锵锵地一开场，就能穿新衣、戴新帽、吃糖果、放鞭炮，还能领上喜庆吉祥的压岁钱。

小时候过年，我最爱到舅舅家去。我的舅舅们在外工作的多，转过这家去那家，手里很快就会领到好几块压岁钱。那时候的钱可不能小看，一毛钱能进馆子吃碗臊子面。要是买爆米花粘的蛋蛋糖，一捧就是十多个。在母亲的带领下，我最后专门给姥姥婆拜大年。姥姥婆住在主屋里。靠墙是一铺大热炕，隔道矮矮的小山墙，砌有锅台和烟道。这种锅炕相连的结构很科学，炒菜做饭，硬柴旺火一烧，烘得满炕都热腾腾的。房间开了个朝南的大窗户，日照雪映，满堂生辉。姥姥婆拥着棉被，慈眉善目地坐在土炕上。她的身后，左右首分别贴着《红灯记》和《沙家浜》的彩色宣传画，正中间是红彤彤的剪纸画。剪纸画有树有鸟有牛羊，还有一个穿着花裹肚、怀抱鲤鱼的胖娃娃。画面朴拙生动，充满喜感，有着庄户人的憧憬和梦想。我跪在草蒲团上，喊一声姥姥婆，磕一个头。老人家虽然眼睛有疾，但耳朵好使，张着没牙的嘴巴呵呵笑："不磕了不磕了，我娃心到就行了。快过来，婆给我娃取好吃的。"说着话，她就打开了炕角那口油漆斑驳的小木箱，颤巍巍地抓一把花生、抓一把枣，最后还摸出了几颗麻核桃。她坐稳身子，又从贴身的衣兜里掏出个扎了又扎的小手绢，从不多的零散钱里拿出三毛钱说："娃呀，这是婆给你的压岁钱，拿着买铅笔买本子哦！"我刚开始扭扭捏捏不好意思接，钱到了手，跑出门就想寻个商店买鞭炮，大人的叮嘱早被我抛在了耳后根。

如今，姥姥婆和那座旧房子都不在了，但在寒冷的西北风里，我依然记着那分温暖和欢欣。

俗话说，过年过娃娃。娃娃们快乐了，年节也就热闹了。所以，在不滥发、不骄纵的前提下，我还是喜欢压岁钱营造出的氛围。

去年大年初一早上，我吃过饺子，准备到村头练锣鼓。出门我看见邻居家的小孙孙，新衣新帽新鞋袜，一蹦一跳地跑着给他五爷来拜年。他五爷正在院子里招呼人，小孙孙可不管这些，扑通跪倒就磕头，然后伸出胖乎乎的小手说："五爷五婆，恭喜发财，红包拿来。"他五爷故意掏了掏口袋说："五爷没钱，怎么给啊？"小家伙犹豫了一下，眨巴眨巴眼睛说："五婆有钱呢。"五婆说："看来小人精哄不住哦。给钱可以，但要跳个《小苹果》才行。"于是，他爸爸用手机放曲子，他还真的手舞足蹈起来。那憨态可掬的样子，惹得大家哈哈大笑，他五婆赶紧把准备好的压岁钱递到了小手上。

长辈给小孩发压岁钱，蕴含着祝福和关爱。许多孩子长大了，也常常会懂得乌鸦反哺孝父母。

有年春节，我见到了一位久违的好朋友。平日里，他在建筑队里干杂活，由于家里日子紧，一年四季总是穿得破破烂烂、邋里邋遢的。三五年不见，那年过年他竟然穿了件崭新的皮上衣。更重要的是，他的头发不乱了，苦黄的脸色亮堂了，两个眼睛也炯炯有神。我打趣道："终于想开了，知道给自己买件好衣服了。"好友说："这是儿子买的。"原来儿子看到爸爸在建筑队打工不容易，为了减轻家庭负担，也为了磨炼自己，从高中最后一年到现在上大二，每逢寒暑假都要揽一份短期工。那年寒假，他用打工赚来的钱，不但给爸爸买了新皮衣，给妈妈买了新棉袄，还给家里买了待客的烟和酒。好友说："娃娃有志气、有决心，几年的学费都是自己挣下的。"言语里充满了骄傲和自豪。临别，他拉住我的手说："娃给我买礼物，就是给我发压岁钱哩。"

压岁钱？我一时脑袋没转过弯。好友本来就木讷少言，见我质疑，急得结结巴巴地解释说："是压岁钱啊。娃娃有出息了，我的心就舒畅了，舒畅了就老得慢了呀。这不，就把岁给压住了。"

这伙计，甜蜜生活让他的嘴巴都变巧了。从他的故事里，我再次感受到了压岁钱带来的温暖。

年节将近，你有没有期待一场红包雨？

敲锣打鼓过新年

吃过腊八饭，过了二十三小年，该了的事了了，该回家的人也准备好了行囊，但大伙儿扯起过年，又都几乎异口同声地说："没意思。"在乡村，年前洒扫庭除，赶集市买年货，蒸包子做花馍，揭红纸写对子；过年时提礼品拜舅舅，携娇妻看丈人，似乎样样没减少，可怎么就没意思了呢？是我们对年有了新向往，还是年少了魅力和味道？

正月初六，我和四哥一起去了侄女家。吃过午饭，也就约莫一点半左右。四哥要回家，我以为他着急凑人打麻将，就劝他多坐坐。四哥说："上面今年下发了文件，严禁节日期间聚众赌博。两点后我要去练锣鼓，正月初十、十五市上要举办锣鼓大赛。"听四哥这么一说，我才注意到，街上除了来来往往的走亲戚的人，就是几个狗子陪着老人晒太阳，几个儿童在放鞭炮、做游戏。前几年过年可不是这样，从村东走到村西，打麻将、掷骰子、掀花花、飘三叶的，前一摊、后一摊、屋内一摊、屋外一摊，可谓"四处是战场，逢人说输赢"。过年，仿佛就是个赌博大会。

四哥和同伴们兴致勃勃、满怀激情地去练锣鼓，我很高兴。这对他们来说，算得上是文化大餐，而过去的教训也的确不能忘。

过年了，亲戚朋友聚一起，按说玩玩闹闹也无不可。问题是，这玩着玩着就玩大了，不可把控了。邻村王叔今年七十六，老了老了迷上了麻将，一闲下来就要去搓几把。前年过年，儿子远从南方打工回来，本想尽孝心带着他和老伴到外面转一转，可他甩出一句"金窝银窝，不如自己的狗窝"，就钻到了麻将馆。有天和麻友玩得正高兴，他突然口歪脸抽，眼前一黑，就顺着桌子溜了下去。后来再见到他时，已是半身不遂、口齿不清了。老人偶尔玩下麻将是可以的，倘若久坐，会导致血液流动不畅，尤其是有高血压、冠心病的患者，如果过于激动，很容易出现心脑血管意外，还是多参与一些健康活动好。

打麻将，还会让人变贪。我还听了件奇葩事。有年下雪，林和柱一群年轻人打麻将。主家没有高桌子，几人就围着低矮的小饭桌开了场。输输赢赢的零散钱，各自放在脚底下。柱手气好，连炸带和，一会儿脚下花花绿绿就放了一堆钱。林脑子好使，今天却手气背，把本来走亲戚看丈人的几千元很快输了个精光。后来，就发生了一件奇怪事，不见他拿钱，麻将却照打。上了桌的钱，虽然张张有泥巴，大家也没在意，毕竟雪后初晴，人人脚底都不干净。可柱低头揿烟把时，无意间却看到了一个大秘密：林悄悄在用泥脚粘自己的钱。

他喝喊一声，热闹的场子瞬间炸了营，其他几人也觉得自个儿丢了钱。争执中林将茶水泼了柱一脸，柱抡起拳头就砸青了林的眼。争吵升级成了动武。大过年的，把主人家捣成了瓦砾堆，两个人双双被送至医院。派出所知道后，罚了他们的钱，还要求他们写了保证书。林、柱两家是世交，两个人从小一块上学、游戏、打工，亲如兄弟，但赌博打破了这种和谐的关系。为了钱财，他们伤了颜面，失了和气，还落下了笑柄，过后都后悔不迭。

春节酗酒也很可怕。邻村的马老弟，平常喜欢喝两口，但只是早晚各抿两三口，不逾矩。过年有天，堂弟约他去镇里的饭馆坐坐。酒酣耳热，几人划开了拳。你一杯，我一杯，喝完了白酒喝啤酒，挨到半下午都没回家。女儿担心老爸喝大了，就驱车去寻。在酒馆里，果然见他东倒西歪，醉眼蒙眬找不着北。女儿挽着他的胳臂扶出门，他哇一声就吐了一大摊，把女儿给买的新棉衣涂抹得又脏又难闻。上车时，女儿怕污了新车，想想车里面有空调也不冷，就脱了老爸的棉袄，顺手丢进了大垃圾箱。这一丢，麻烦大了。这老弟一觉睡醒，已是夜里十点多。看看棉衣不在身边，他就问婆姨。婆姨说："你把那棉衣吐得臭不可闻，女儿都扔垃圾箱了。"他一惊，悄悄吐了下舌头，就找了个借口溜出了门。酒馆门前是有个垃圾箱，不知道谁扔进了带火的烟蒂，这会儿正悠悠地冒着烟。他拿根棍子东挑挑、西翻翻，只找到几块破布片。一抖动，冲出一股碎纸屑燃着的火星子。他见状立刻瘫软了腿。原来他的衣服口袋里，装着上午收回的一万多元劳务费。唉，去年冬顶风冒雪的辛苦钱，就这样灰飞烟灭了。

锣鼓队训练点设在村委会前的广场上。我到的时候，集训人员已经扎起了阵营。居中是三面特大的高架子鼓，左右两边各排列五面中鼓，对面近百面铜钹。指挥者居中站立，令旗一挥，锣鼓齐鸣，声响震天，犹如万马奔腾、千军破阵，气势恢宏，撼人心魄。敲到激越处，鼓手头颅高扬，马步蹲裆，动作夸张，如醉如痴；敲钹的双臂向上，且击且翻，戛然停处，齐整地发声喊，将秦人豪放、彪悍的精气神展现得淋漓尽致。

休息间隙，我见到了几位打工回家的青年，他们也在学习敲打锣鼓。言谈中，他们对锣鼓表现出浓厚的兴致，对优秀传统文化有着深深的迷恋。我的家乡古称"槐里"，南有渭河，北有汉武大帝茂陵，东有秦都咸阳，西有千古遗恨马嵬坡，历史文化底蕴可谓深厚。回到家，我百度了一下"关中锣鼓"。有关咸阳"秦汉战鼓"有这么一种描述：

历史性：起源于秦汉时期，有两千多年的历史。

完整性：由出征、交战、凯旋三部曲组成，每部曲前有流水调。

综合性：锣鼓声中，夹杂唢呐、马铃声。舞龙、耍狮子配合锣鼓。

几经发展，其融入了祈雨祝福、军旅作战、原始舞蹈等多种元素，难怪吸引了众多的参与者、围观者和探讨者。

训演的队伍中，还有两个人引起了我的注意。一个是爱好器乐秦腔的五哥，一个是棋艺高超的表兄，这两位兄长就是我们村买大鼓的发起人。那年我在西安当兵的三哥回家，闲聊中获知他们有想买面大鼓的愿望，就说他可以找车带大家去杨凌看鼓、买鼓。倡议一出，闻者踊跃，家家户户自愿捐款，在外工作的更是积极资助，很快鼓、钹、锣就拉回来了。又几年，大家想再买个中鼓，添加些钹，我也跟着去了趟杨凌，锣鼓队伍更壮观了。后来，村上还置办了扇子、花轿等表演道具和服饰，婆姨女子们忙完家务、干完活计，一个个描眉画眼，梳洗干净，舞扇甩袖，步生莲花，也欢欢乐乐扭起了秧歌。只可惜后来青壮年大多外出务工，活动又缺少上面的鼓励支持，两位文体爱好者，在热情过后，照旧只是自己唱唱自乐班、下下棋，没成什么气候。

就在我观看锣鼓训练的间隙，我听到邻近还有村子耍社火，组织春节联欢会。组织联欢会的村子，演员没有外请的，都是本村的戏曲、歌唱、舞蹈爱好者，他们自编自导自演，就地搭台，就地唱戏，不奢侈赶时尚，重要的是他们还表彰了孝敬老人的"好媳妇"，看过的人都夸赞搞得红火热闹接地气。文化贺新春，万家团圆情。作为系列春节文化活动，市上除了"四下乡"，近期举办的锣鼓、广场舞赛、耍社火等活动外，下一步还要层层选拔太极拳、乒乓球、棋类等方面的"乡村文体达人"，在各镇办社区组织诵读古诗文国学经典活动。十九大报告强调，要深化群众性精神文明建设活动。文化部门如果确能顺应人民群众的新期待，在深化内涵、突出特色、丰富形式上下功夫，我相信"美丽乡村·文明家园"不会只是一句口号，而会成为新时代的画卷。这种以春节为载体的文体活动，就是弘扬传统、移风易俗、创新创建的重要契机。

锣鼓队退场了，秧歌队入了场。我看见南村的胖嫂，脚步轻盈，眉眼如花，扭得最带劲；看见北村的婆媳，笑盈盈地都扎着红腰带；还看见吵过嘴的两个小媳妇，手牵手站在了一排排……

明天就要打工离开的明和我说，这样过年有意思。

提上笼笼看忙罢

时令过了夏至，热闹、繁忙的夏收就偃旗息鼓了。

这时的田野，禾苗高已盈尺，那蓬勃的样子，若绿色的火苗随风摇曳。村东的自留地里，青菜翠绿，豇豆紫花满架，西红柿、黄瓜一嘟噜、一根根压枝累秧。粮食晾晒入囤了，麦秸碾打柔软堆垛了，村庄四处弥漫着新麦的馨香。男人脸上挂着迷醉的笑，女人摘下围裙发了话："还不去理个发、刮下胡子？咱收种完了，就不兴看看我娘家的麦子收成咋个样，都入囤了吗？"男人没回过神，女人噘着嘴嘟囔说："没结婚时，三天两头地踅摸着来，人都变成了'狗不咬'了。这会儿滋润了，忘本了？"

呀，该看忙罢了，难怪婆姨使脸色。男人麻溜地骑上电驴子就去买礼品了。

夏收是村庄的大事。围绕着这场盛事，关中乡间形成了两个民俗节气，一个是"看麦梢黄"，一个是"看忙罢"。在生产力低下的年代，收麦子是件费时、费力、费人的事情。白居易的"妇姑荷箪食，童稚携壶浆。相随饷田去，丁壮在南冈"描绘的就是这一紧张忙碌的场景。夏收的忙，体现在时间短、活路杂、任务重、天气多变几个方面。稍一迟，不是误了农时，就是被突如其来的大雨淋坏了麦子，故有"龙口夺食"之说。女儿带着女婿去"看麦梢黄"，就是在夏收前，探问娘家做好准备了没有，要不要帮个忙。"看忙罢"则是与前者相对而言，已是辛劳过后了。

俗话说，巧妇难为无米之炊，这囤子满了，食粮足了，女人们自然要施展案上功夫。今天摊煎饼、蒸面皮、擀长面，明天去娘家，还不得来一笼花花馍？

在我的记忆里，娘去舅家带的礼品，大致有三种：一是黄瓜西红柿（那个年代，这可是当作水果的）；二是时令的瓜果桃子；再就是油花馍，或饦饦馍。油花馍简单，发好面，擀成片，新榨的菜油拌好葱花、辣椒等调味料，三卷两扭就上了蒸笼。大火烧开，小火慢蒸，一会儿就好了。烙饦饦馍复杂些。发好硬面，娘会早早打发我去井岸的花椒树上摘椒叶。椒叶要采老斑的，香味足。再到小商店，称一把茴香。拌面时，再加上少量的盐巴。面团揉一阵，醒一阵。三巡过后，就又筋又光，揪成剂子团成饼，待麦秸火热了锅，一个个放进去，半个时辰满屋都香喷喷的了。不过也有例外。田垄上的蚂蚱菜这时候最嫩最鲜，掐一把回来，清水洗净，切成碎末，调上辣子滴上油，面饼擀薄，捏成饺子样的大角角。热锅蒸熟，咬一口滑滑的、酸酸的，嘴角下巴都流油。

娘做这些的时候，我们在土屋的门口做游戏，口里唱着长了胡子的老歌谣：罗罗，面面，杀公鸡，擀细面。婆一碗，爷一碗，两个小伙两半碗。听见自行车丁零零响，看见小军哥带着媳妇打身边过，我们还会改口唱：月明爷，亮晃晃，开开城门洗衣裳。洗得干干净净的，捶得邦邦硬硬的。打发哥哥穿整齐，提上馍笼走亲戚。小军哥佯装要打，我们呼喊一声，就藏在了里屋的麦囤后面。

女儿女婿看重这个节气，岳丈一家也不清闲。大清早，先把门前屋后扫一遍，再抽空把面发好。等到"小棉袄"和"半个儿"进了门，老岳父接过礼当，端出化好的白糖水，让娃娃消暑解解渴。丈母娘烙完菜合炸油饼，恨不得把油壶、面瓮、鸡蛋罐罐都搬出来。末了，应女婿的要求做了一锅老鸹臊。辣子疙瘩肉臊子，女婿娃吸溜吸溜可劲吃，热得额头腮帮子都是汗，老人家乐得合不拢嘴。女儿斜睨着自个儿男人，撇撇嘴说："看馋的，好像八辈子没吃过饭。"岳父笑着鼓劲说："吃吃，别管她，能吃能干才是男子汉。"

酒足了，饭饱了，女人们坐在杏树下的青石上逗娃拉家常。那爷俩端着酒盅，裸着肚皮，炫耀自己过五关斩六将。还别说，这女婿真不赖，说话间伸伸胳膊运运气，一口气把院里的麦袋子都扛到了阁楼上。

忙罢就是这样，依着个"吃"字，系着个"情"字，大家共同分享劳动的快乐、丰收的喜悦。地里、家里安顿妥了，接下来的日子，他们自然要过得有模有样、有滋有味，这是对土地、对生命应有的仪式感和敬畏感。

散发乘夕凉

　　酷暑盛夏，城市热得人无处藏身。这个时候，我总要设法躲回我乡下的土屋，既为享受乡下那一丝清凉，也是心里迷恋乡间夏夜的奇趣。

　　入夜，一弯明月悄悄爬向树梢。一头黄牛哞地长鸣一声，就有斑驳的光影，叮叮咚咚洒落一地。回头再看瓦舍、柴堆、菜园里的青菜、懵懂学吠的小狗，全都蒙上了迷幻的光泽。

　　男人荷锄下工，舀一瓢凉水冲过身子，女人就已做好了饭菜。门前的空场上，扯张竹席，搭块门板，招呼一声娃儿端菜上汤，消夏晚餐就开始了。怕有蚊虫骚扰，许多人家还会拢一堆烟火驱蚊。这细碎的柴草里夹杂有苦艾的枝叶，燃烧起来噼噼啪啪，空气里满是飘散的香气。吃饭间，男人们大多要抿一口白酒，女人们最爱嚼几筷头浆水菜。二伯穿件花裹肚，留撮白胡须，儿媳妇抱来个大西瓜，西瓜杀开了，娃们要抢，他手一挡，却要孙子对对子。他一句："堂中摆满翡翠玉。"孙子答："弯刀劈成月牙天。"圆满回应。二伯说："还难不住你个娃崽子了？听，风扇扇风，风出扇，扇动风生。"孙子趴在他的背上耳语道："水车车水，水随车，车停水止。"这小子伶牙俐齿，耳朵平常听到的，全记在了心里。

　　秦腔爱好者七八个人扎一堆，锣鼓咚咚锵锵地敲过开场，板胡、二胡吱吱呀呀地调好弦子，大家一板一眼地就开唱了。邻家三姐爱唱《花亭相会》里的张梅英，对门哥爱唱《红灯记》里的李玉和。大家伙儿的声音或高亢，或婉转，或沧桑，个个都使真功夫。铁头的声音搞怪诙谐，就爱唱丑角戏：

> 大少爷眼睛大像俩鸡蛋，
>
> 下巴子没长齐窄楞仰板。
>
> 牛眼窝直看人发瓷不闪，
>
> 两个钱要数清就得半天。

麦娃端着大老碗正在咥凉鱼儿，铁头这一嗓子没吼完，逗得他差点笑岔了气。他媳妇胖娃给他又是抚胸又是捶背，他憋红了脸咳嗽了几声，才算定稳了。

大人有大人的乐和，小孩有小孩的玩法。趁着夜色，男孩们带个网兜捕流萤、顺着树干抓知了，滚铁环、甩泥瓮，花样百出。女孩们心细手巧，跳房子、翻线绳，末了手拉手围成一圈唱歌谣：

> 杜鲁门，高鼻子，
>
> 爱吃中国的面皮子。
>
> 辣子蹭了一鼻子，
>
> 他到河里洗鼻子。
>
> 青蛙踢了一蹄子，
>
> 哎哟喂我的大鼻子。

喜欢捉迷藏的小伙伴分两拨，一拨藏，一拨找。藏的人，有的站在黑屋门背后，弄得灰头土脸；有的钻进柴火垛，又热又痒的不敢动；还有的钻进猪窝里，扰得大肥猪直哼哼。最神的是像作家刘亮程在《一个人的村庄》中描写的那样，双腿一勾，倒悬在晾衣绳上，或躲在浓荫覆盖的树杈上。藏得笨拙的，一找就逮个正着；藏得巧妙的，找半天不见影。找的人一生气，大喊一声："再不出来，就不跟你玩了！"话音没落，就有个黑影笑呵呵地弹落在面前。

其实，我最喜欢玩的是"斗鸡"。说是斗鸡，实则无鸡。小伙伴们架起一条腿，单脚蹦跳，膝盖相撞。劲大的，一个猛攻，对手应声倒地，溅起一圈笑声。劲小的，也自有绝招。一撞未倒，第二轮上去，就偷偷落低了膝盖。两个人一靠近，他双手抱住腿猛地一抬，对手立刻被挑翻在地。当然，个高的也有优势，常常会采取下压的攻势。一场游戏就这样除了角力，还变成了智取。

小孩子东奔西跑玩累了，就围住大人凑热闹。娘不识字，摇着蒲扇，却爱唱劝善长调《黄氏女对金刚》。二哥爱读古书，"孙悟空三打白骨精""鲁智深倒拔垂杨柳""关羽温酒斩华雄"，段段讲得有声有色。我最怕骇人的鬼故事，听着听着，瞭见远处有个移动的黑影子，吓得立刻就往娘的怀里钻。

夜深了，劳累一天的人们东倒西歪睡意渐浓。

入睡的时候，是晴朗的夜空，一阵劲风吹过，天边突然就涌起了大朵大朵的云块。风愈吹愈劲，云越聚越多，一锅烟时就铺满了天空。不知谁一骨碌爬起来，惊叫一声："丢雨星儿啦！"沉睡的夜晚立刻炸了营。

头顶响起了隆隆的雷声，一道道闪电如同利剑劈开厚厚的乌云，发出刺目的亮光。顷刻间，豆大的雨点就劈头盖脸地砸下来。大伙儿卷席的、抱枕的四散奔逃。年轻人腿脚麻利，几蹦子就跳进了家门；老年人稍一迟缓，就淋得浑身湿漉漉的。瓢泼大雨倾泻而下，四周一片雨雾茫茫，站在门洞里的人，感到湿润凉爽，个个脸上挂着抹不去的笑意。

夏雨来势汹汹，去也匆匆。一通畅快过后，那轮明月又爬上了云端。澄澈的夜空寥廓高远，清风拂起，有青蛙鼓腮而鸣。咕呱、咕呱，一只、两只……草丛、涝池里音韵连天，激越高亢。难挨的暑热，在秋日渐临近的脚步声中如此这般丝丝消散。

上学囧事

新的学年开始了，看着大大小小的孩子，蹦蹦跳跳地背着书包去上学，我突然就想起了自己上学时两件好笑的事。

20世纪70年代，我正在村里上小学。那时候，学校对体育很重视，新生入学或国家颁布一套新体操，都会安排老师专门教授，然后进行考核评比。教我们体操的老师姓马，个不高，身体壮实。他最让我们佩服的动作，就是能让篮球在指尖上高速旋转而不掉落下来。

马老师代全校一到五年级的体育课。第五套广播体操颁布后，他每天各班轮流着教体操，经常累得汗涔涔的。但有的同学还是不认真学，特别是做体侧运动和跳跃运动两节，很多女生都站着不动。后来他就挑选了一个嗓门大、个子高、动作规范的女生站出来喊口令，他自己拿着教鞭一脸严肃地四下巡视。这下，大家都不敢偷懒了。

那年冬天，我穿着哥哥退下来的大棉裤去上学，做跳跃运动时就是跳不上去，这让喊口令的那位女同学瞪眼噘嘴很是生气。她把我报告给了马老师，说我偷懒。下操后，马老师就让她拿着教鞭，指挥我在操场上单练。这同学得了尚方宝剑很敬事，我稍一怠慢，她的教鞭就抡得呼呼响。教鞭抽在我的肩头上，破棉袄就留下一条白印子。无奈，我只得跳呀，跳呀，直跳得大汗淋漓、裤裆汗湿，她才心满意足地离开了。望着她的背影，我恨得哇哇大叫，可一点办法也没有。

下午放学时，我看见了这妞家的大黄狗。平日里她老是牵着狗吓唬人，我决定今个就教训教训它。夜幕笼罩了小村庄，我怀揣着弹弓出了门。顺着墙根，我摸到了她家对面的一棵大树后。没想到脚还没站稳，我就被狗子发现了。说时迟那时快，我从口袋里掏出泥丸儿，嗖嗖就打了两个。听着黄狗又急又恼的狂吠，我撒腿就跑。她老爸提着裤腰冲出门，一气蹦得三尺高，冲着我的背影又是跺脚又是怒骂。

不过，我还得感谢她。那学期期末，我们班因为队列整齐、动作规范，伸手弯腰、踢腿蹦跳无不中规中矩，竟然获得了全校体操比赛第一名。

若干年后，我和那位女同学说起这件事，她捂着肚子笑得前仰后合说："我那天就是看你穿着大棉裤不顺眼，才报告给老师的。"一句话，令我大跌眼镜。不过，那段劳逸结合、德智体全面发展的浪漫时光，回忆起来依然令人热血沸腾、无限向往。

除了这件事，我还有个尴尬而又难忘的"六一"。

那些年每到"六一"，我总是渴望穿上漂亮的白上衣、蓝裤子。但我家弟兄们多，家境又不好，所以大多只能穿哥哥们退下来的旧衣服。在我四年级时，母亲终于用卖鸡蛋攒下的钱，为我扯回了布料，在镇上裁剪了一身新衣服。

"六一"那天，我早早地就起了床，穿上新衣新鞋准备去学校。转到后院，我看见鸡窝里有一枚鲜鸡蛋。曾听同学说，吃生鸡蛋能长劲，我就把它捡起来装在了上衣口袋里。

教室里老师正在安排当日的活动事项：上午进行体操比赛，下午举行全校文艺会演。我一听好高兴，拉住伙伴黑蛋的胳膊就想把他抱起来转个圈。可还没使上劲，胸口咔的一声碎响，我就意识到麻烦了：鸡蛋烂了！我跑到厕所旮旯一看，蛋黄蛋清沾了一口袋。参加不了比赛不说，让娘知道了，还不得一顿饱打？我的眼泪啪嗒啪嗒就滴了下来。

突然，墙外有说笑声随风传来。我站在土疙瘩上朝外一看，不知谁家在浇地，小渠边一字排满了洗衣的大姐大婶们。水！我顾不上学校的禁令，扒住墙头就翻跳了出去。绕过人群，我跑到一个僻静处洗起衣服来。可左洗右洗，口袋上浅浅的黄色就是洗不掉，我就想起娘砸碎皂角洗衣的事来。我把衣服塞在麦棵子里，折身又跑回村头爬上了皂角树，囫囵扯下两个皂角，抹了一下腿上划破的血迹，又返回河渠洗衣服了。六月的太阳火辣辣的，我把衣服晾在麦棵上，就裸着上身蹲在麦垄上等它晒干。忽然，远远地瞭见父亲扛着锄头走过来，我立即伏倒在麦田里，吓得大气都不敢出一声。那时，学校的喇叭里正播放着激越的《运动员进行曲》，我知道体操比赛开始了，不由得难过地大哭起来。

那天中午我没敢回家吃饭，一个人饥肠辘辘地溜到了学校。我正寻思着如何向老师交代，就有人拍了一下我的肩。

啊，是赵老师！

赵老师说："你不用说了，我都知道了。可你跑哪儿去了？"

"洗、洗衣服去了。"我羞愧地低下了头。

赵老师说："好了，跟我吃油炸馍去！"

下午，演出开始了。舞台上，一个女同学穿着漂亮的花裙子翩翩起舞，那天使般的舞姿迎来了阵阵喝彩。想着马上就要为班级争光，我心里真是又激动又紧张。我们班的节目是大合唱《少先队之歌》，就在登台之际，赵老师拿来了一束玫瑰花，给前排男生胸前的口袋里每人插了一朵。音乐响起了，随着节拍，我们引吭高歌，动作划一。歌声未止，欢呼声已响成一片。

那个"六一"，如果没有胸前那朵红花，蛋黄蛋清也许会永远沾在我心里。可是有了那朵红花，有了老师的"忽略"，它就成了一朵盛开的蛋花，很美，很美……

红手绢、花手绢

邻家有女初长成。出嫁那天，妻去帮忙，回来时主人赠了几块红红的喜手绢。展开一看，是幅鸳鸯戏水图：碧绿的池塘，清波荡漾，一对鸳鸯交颈细语。微风拂过，含翠的荷花欲绽还羞。鸳鸯是永恒爱情的象征，这手绢自然就不是普通的擦汗遮羞之物。

昔日，在陕西关中乡村婚嫁程序中，手绢会出现两次。一次是订婚时作为定情物。这手绢可不是随便给的，除非两情相悦，父母也没意见。二是结婚时作为喜物，赠送亲朋的。可惜的是，我两次相亲都与这珍贵之物失之交臂，想来实在有些遗憾。

我第一次相亲，地点定在媒人家。走在路上，媒人拍着我的肩叮咛我："见面了，好好谈。人家满意你，就会给你一块花手绢。记住哦，接了手绢可别忘了给人家见面礼。还有，见了女孩的父母礼节要周到，要给人家留下好印象。"我虽然不住地点着头，可媒人还是不放心，非要我应出声才算数。

进了屋，在媒人的引导下，我恭敬地问候过几个生面孔，就看见一个扎双辫的女孩站在土炕边。女孩白白的皮肤，大大的眼睛，红格子衫映衬得脸蛋红通通的，那个头也比我低不了多少。来的时候，娘曾对我说："咱庄稼人找媳妇，别只顾着看长相，能娶个不傻不呆、腰身壮实的是你娃的福气。"囿于时代的思维，对于婚姻，我当时真的没有太多的考虑，更别提对于"爱情"二字的认识。按照娘的标准，我觉得眼前人就很般配。于是，我就寻思着想把手里的见面礼递过去，以便早早结束这种不尴不尬的场面。

女孩看出了我的用意，欠欠身问："你现在干啥工作？"

看来人家要考察了，我赶紧回答："学电焊呢。"

"谁给你介绍的工作？"女孩抬起了脸。

"我三哥。哦，他在西安当兵。"我还不忘讨好地说，"你要愿意，以后我三哥也可以给你找个工作。"

听到这儿，女孩的表情活跃了，似乎对西安很向往。

忽然，外屋传来几声响亮的干咳声。女孩收住笑容说："今个就说到这儿吧，我和我爸还有事要去县城呢。"

我忙问："那、那手绢？"

女孩羞红了脸说："再了解下，以后吧。"

以后就以后吧，这件事我没太放心上，但父母却愁云上了脸。晚上，父亲坐在堂屋的矮凳上抽着烟说："人家嫌咱娃儿身子单薄。庄户人家肩不能扛、手不能提的，的确不是个事。"娘就着煤油灯的光亮纳鞋底："说的那是啥话嘛！你没看咱儿子长脖子长手的，他是急着长了个头，没顾上长肉。哪有一口气吃个胖子的呢？"

老爸说："媒人说了，那家三个女子，儿子太小，种庄稼缺劳力。咱家娃又瘦又黑的，给人家帮不上忙。"关于我的黑瘦，娘曾经让我猜过一个谜语：黑瘦黑瘦，干骨头没肉。上树不蹴，下树不溜。我猜不着，娘说是蚂蚁虫。所以过去别人说我黑瘦，我总是很自卑。

原来他们是要选个随时能帮忙干农活的。婚事就这么吹了，我的心也乱乱的。趁着朦朦胧胧的月光，我在后院的枣树杈上做了三个引体向上，就躺在床上睡觉了。可我右转左翻地睡不着，大半夜了，还隔着木窗棂望着夜空数星星呢。我第一次为如何长胖发了愁。

眼看着这件事玩完了，没想到几天后，女孩的父亲和媒人又来我家看房子。找个僻背处，媒人对我老爸说："这女子的娘听说你家老三在西安当军官，逼着她老汉又来了。"事情的反转让父亲觉得很长脸，他又是端茶，又是递烟，平日直挺挺的腰弯得像张弓。但看过我家几间又矮又旧的土瓦房，家里还有个哥哥在一个锅里搅勺把后，杯中的茶还冒着热气，人家就背着手走远了。当然，我期待的订婚手绢也成了镜中花。

离开家时，我专门看了看我家的土坏房。土墙已经年老，裂开的缝隙可以塞进竹筷子。木椽弯曲出了裂纹，被雨水打湿的椽头霉迹斑斑。灰白的瓦片间，长满了酸酸草。就连曾经高耸的屋脊，也东倒西歪、砖块散乱。我悄悄对自己说：努力吧，要是翻盖不了房，这辈子怕只能打光棍了。

隔了一年多，邻村的姑姑给我又介绍了一个女孩。那女孩我认识，印象里还是个头发都梳不整齐的毛头女，就没同意。姑姑介绍的第二个，是她家对门的女孩。我上学要打那个村街经过，所以一见面，气氛相对就轻松些。

见面是在我大哥家。

女孩说："我认识你。你念书时夏天老是穿件红背心，背个家织布做的花书包。"

我说："你家后院种满了黄瓜、西红柿。水灵灵的，我老是想吃。"

女孩笑笑说："想吃就进来说嘛，我妈还能把你打出去？"

我说："我怕你家的大黄狗。"女孩哧哧地笑出了声。

我问："你现在干啥？"女孩说："学裁剪。"那个时代，娴熟的女红对女孩很重要。

她又问我："听说你会写文章？"我一愣。看来姑姑把我的情况都介绍过了。高中时我是发过几篇小文章，要说"会写"，充其量是个三脚猫。我犹豫了下，支支吾吾地点了头。

女孩说："那好啊，你以后也给咱写部电影《人生》《喜盈门》。哎呀呀，这可不得了。"我一听这要求，立刻吓得低了声，这两部可是当时最上座的电影。我转换话题说："我家房屋少、弟兄们多。你知道不？"

女孩说："知道。穷字没刻在谁头上。想变，自己以后加劲干。"

听话听音，我见有门，又蠢蠢欲动地想要花手绢。我心想：再见一个，不见得就比现在的好，更何况我家的家底也禁不住人家来"考察"。

　　女孩说："没手绢，我买了支钢笔送给你。"钢笔是个黑杆带条纹的，一头还可装小圆珠笔。我吸上蓝墨水试了试，唰唰，唰唰，很顺畅。这样的礼物我喜欢，那时候爱学习是上进的标志。别上它，我可以假装斯文显摆一下了。

　　娘到厨房去烫茶，听见我呵呵傻笑着，敲敲窗把我叫出屋说："这女娃明白事理，脚手麻利，我看就别再犹豫了。"我掏出钢笔说："这是她给的。"娘笑了说："那还不快领人家到咱屋吃个饭。"缘分就是如此神奇，看似几句不着天际的对话，却让一桩婚事三锤两棒子定了音。手绢那天虽然没得到，但那支钢笔却足足陪伴了我五六年。

　　后来，那女孩就成了我的妻子。再后来，结婚时我也买了一大把喜手绢。不过，这是婚礼场面上用的那种。

　　事隔多年，妻在老屋整理物品时，在一个久未打开的板柜底，竟然翻出一小摞叠得方方正正的喜手绢。虽然它们已是明日黄花，但依然散发着淡淡的幽香，营造着醉人的喜感。

西瓜纪事

十多年前的一个腊月，北风吹得正紧，路面的残雪都冻结成了冰凌，踩上去发出咔嚓咔嚓的脆响。我外出办事，路过一条不足百米长的乡间镇街，竟然看到了两三家超市的橱窗里摆放着西瓜，很是惊讶。对于西瓜，我始终将它与烈日炎夏联系在一起，隆冬时节看见这一幕景象，心底除了对现代种植技术的钦佩，更多的则是想起一些幸福或心酸的往事。

记忆中，有年秋雨绵绵，病重的八婆突然想吃一牙西瓜，这可难坏了儿女们。八婆躺在暗黑的土炕上有几个月时间。老人家形容枯槁，面色焦黄，稀疏的白发散乱地遮掩着半个脸庞，但一双眼睛却不同于往常，显得明亮而有神。邻居懂点医道的二哥说："八婆病倒两个多月了，没好好吃过一次东西。这次想吃西瓜，大伙儿就尽量想想办法吧。唉，老者怕是时日不多了。"那时中秋临近，田里的玉米茎叶已显枯黄，到哪里去买西瓜呢？大家一时愁烦得眉头锁成了疙瘩。父亲从地里打猪草回来，听说这事跑过去说："我在锅洼地打草的时候，见到了一个二茬子瓜秧，上面的瓜有碗口大了，就是不知道熟没熟。"老二哥说："熟不熟不要紧，摘回来再说。"几个人踩着泥泞，连颠带跑地就去摘瓜了。还好，父亲在垄口做了记号，没费多大功夫就找到了。那个瓜父亲用一把茅草遮盖着，原想着成熟后再来摘，没想到现在派上用场了。

回到家切开瓜，果然没熟，但水嫩的瓤口已显粉红，尝一尝也有了酸甜味。二叔拿过糖罐子，捏出一撮白糖，倾斜瓜面，仔细地撒了上去。待这面吸收了糖分，又撒另一面。八婆接过瓜小口咬着，细细嚼着，像极了她温良贤淑的性格。吃过小小一牙瓜，女儿给八婆擦过嘴角，她就倒头睡下了。两天后，她竟然平静地离去了。

小时候因为想吃西瓜，我还有过一次"惊心动魄"的经历。

小学时的一个暑假，我和村里的小伙伴们去打猪草。邻家哥哥说："西瓜里，熟透了的'十八红'最好吃。碗口大，皮儿薄，熟透了一摇咣当当响，皮上刻个小口儿，嘴巴凑上去就能喝。"啊！西瓜还能喝？望着远处的瓜田，我们的心都痒痒起来。

太阳火辣辣地挂在头顶，瓜田里看不见山东来作务的瓜客，我们就从侧边的玉米地偷偷爬了进去。我不想摘大瓜，老想着摘一个愿望里的"十八红"，可就是寻不来。眼看着伙伴们都抱着瓜溜进了玉米地，情急之下我就随便摘了个小瓜放在了担笼里。进了玉米地，胡乱拔几把草盖上，我抚了抚嗵嗵直跳的胸口，急急匆匆地就往家里赶。

快到村口的时候，我突然看见瓜客正在井岸上洗衣服，一下子就慌了神，不知咋的，直愣愣站在那儿不敢动。瓜客回过头看见了，站起身就朝我跟前走。我更紧张了，连忙倒出西瓜，撒腿就折返到另一条路上往家里跑。那次，西瓜没吃成，受到的惊吓却不小，好长时间，我一望见瓜客的影子，就赶快躲起来了。

我真正吃上西瓜，是跟着娘去镇上买盐巴的时候。

那天，天气特别炎热。称过盐，娘指着街边的瓜摊，问我吃不吃西瓜。我正热得满头大汗，听母亲一说，就朝着瓜摊张望。瓜主是一个满脸络腮胡子的大汉。他坐在杨木制成的小椅子上，一手抚腿，一手摇着芭蕉扇，肩上搭着一条已经看不出颜色的旧毛巾，正笑眯眯地望着我们。我觉得他挺面善的，但却没有想吃西瓜的意思，这大概和我当时不知道西瓜是什么味有关系。但看着翠绿的大西瓜，我却有一种抱抱西瓜的冲动。我想试试它有多重，还想着抱着这个大家伙一定很凉快，因为我的脖子上出了一片痱子，又扎又痒，于是就决定吃西瓜了。

母亲称了半个西瓜，瓜有多重我不知道，但瓜主说的一斤瓜八分钱我却记得清清楚楚。瓜脆皮红瓤，吃在嘴里沙甜沙甜的。我光着膀子大口地吃着，瓜汁把肚子上的泥灰冲出了一道一道的红条。母亲怎样吃，我没顾上看，我吃完了瓤就开始吃瓜皮。瓜主看见了，一把抓住我黑瘦的小手说："那不能吃。"我愣怔了，心想：瓜皮不苦也不涩，咋不能吃？直至抬头看见母亲的笑，我才不情愿地扔掉了那翠绿、水甜的西瓜皮。

多少年之后，这一幕幕仍像夏夜的萤火虫，时常扑进我的记忆里，成为脑海里不灭的小亮点。

我十二岁那年，大哥大嫂搬出了老屋，分家另过了。为了补贴那个新建立的小家，大哥承包了邻村的罢茬西瓜。下午放学后，我丢下书包跑去看。见大大小小的花皮西瓜堆满了地头的水井台，我高兴坏了。我从来没见过那么大一堆西瓜，五六个瓜摊都顶不上它多。父母都在地里忙碌着，我也就提着担笼帮着去摘瓜。

此后三天，我没有去上学。天不亮，我口袋里装上几个蒸馍，就和大哥拉着架子车进咸阳城去卖瓜。十几公里的土路、公路我不怕远，像天天去上学，蹦蹦跳跳地就走到了。前两天还可以，第三天卖瓜很不顺利。早上刚到不久，戴红袖箍的市管人员说我们把瓜蒂、瓜叶散落地上了，影响了卫生，罚了大哥五毛钱。中午时分，下班的人刚围上来，天却突然下起了大雨。眼看着买瓜的人都跑散了，大哥站在屋檐下望望天，无奈地说："回吧，今个雨是停不了了。"我俩用衣服包起头，拉起大半车子的瓜就往回跑。跑着跑着，看见路边有个机井房，两个人就决定躲在里边歇息一会儿。

大哥说："来，吃瓜，你和哥今儿吃最好的！"大哥挑了个最大的，左拍拍，右拍拍，又放在耳边听了听，就用刀切开了。那个瓜可真叫好，咬一口，甜汁都能把人噎住了。在大哥面前，我没有虚伪和顾忌，大口地吃，响亮地嚼，瓜汁沾了满脸满嘴满鼻子，下巴上都滴答着水线。到了最后，一牙瓜吃不完，我就很奢侈地将它扔出去。大雨哗哗地下着，看着半牙瓜在天上打着旋儿，然后有声地跌落在玉米田里，那个爽快，那种独特的释放方式，可能只有我和大哥才能体会到。

那次吃瓜，应该算是我今生最痛快的一次。

金 黄 色

　　时令跨过立夏，金黄色就逐渐成为大地的主色调。有趣的是，麦子在由青翠、淡黄，演变成金黄的过程中，太阳和农人是携手的合作者。太阳将色彩泼洒一点，农人挥舞锄头涂抹一点，到了芒种，麦子的肤色就达到了极致，丰硕的腰身也芳香迷人。

　　庄稼是在农人的期盼中成熟的。一茬庄稼从播种到收获，浇水、施肥、除草、喷药、收割、碾打、晾晒、入仓，需要经过层层环节。风来了，雨来了，干旱了，草疯了……一个环节疏忽了，就有可能前功尽弃。故而，侍弄庄稼的过程，于他们而言就更像两者前世有约。他们是为庄稼生的，庄稼也一直在等着他们。

　　在一个小麦泛金的季节，我曾看见父亲跪在成熟的麦田里低声自语。灼热的夏风，夹杂着布谷的鸣叫四处涌动，不知父亲是在感谢上苍的恩泽，还是在感谢土地的馈赠，他滚落的老泪，溅湿膝下一地浮尘。阳光如水般淋漓倾泻，他神情严峻，身体僵直，手心捧着的麦粒，颗颗闪耀着金光。那一刻，四野辽阔，万籁俱寂，天、地、麦子，和无数次被风霜雨雪雕刻的父亲浑然一体，分不清彼此。他们的组合呈现了自然基本的色彩，少了谁，那恢宏的画面似乎都将出现不完整的缺憾。

　　我最早为这种色彩所震撼，是在少年时的一个初春。

　　那天，我和父亲拉着板车到北塬上卖胡萝卜。过了午时，胡萝卜还剩下大半车。父亲揉揉膝盖说："歇歇吧，吃点东西。"我们就圪蹴在村口一个荒废的配电房前，吃起了咸菜夹馍。

虽然时令已近惊蛰，但呼呼的西北风，还是吹得我像冻猴一样缩在墙角。一位大叔打身边经过，对我父亲说："跟我来，给娃舀碗热汤面吃。"父亲迟疑了一下，点了点头。

大叔的家不大，是三间半边盖的厦子房。大妈的面条刚出锅，闻起来香喷喷的很馋人。她盛一碗给我父亲，一碗给我。父亲觉得受用不起，又是摆手又是阻挡，说："我吃馍饱了，娃有一碗吃就行。"大叔说："粗茶淡饭的，端来就吃，有啥推让的？"说着，他还给父亲递上了旱烟袋。于是，我们父子俩都吃了碗热汤面。

吃完饭到后厨送碗，我见院中几垄油菜竟然在乍暖还寒的季节灼灼地开了，心下不由得好奇。大妈说："这些花是比外面开得早。你没看四周有墙护着，你叔还给上面搭了塑料棚呢。"油菜素朴地生长着，金黄的花儿在白雪的映衬下迎风含笑，我的心里不知怎么突然就暖融融的，仿佛从我有记忆起，那些油菜花就一直这样热情地盛开着。

虽然我心中有团暖，但当我该描绘自己的金黄时，却因惧怕现实而退缩了。

那一年，当我融入城市的理想破灭后，扛着铁锨站在龟裂的黄土上时，我被眼前的现实击倒了。我看不见诗人眼里的风景和浪漫，也体会不到父亲的收获和快乐。在一阵近乎疯狂的胡翻乱铲之后，我满手血泡，仰天而泣，竟然在暮色中昏沉睡去。当被一阵窸窸窣窣的响动吵醒后，我看见父亲在我身边放了一盘向日葵，那明丽的色彩与秋夜的星空两相呼应。父亲说："醒了？"口中的烟斗一明一灭。他拿起向日葵问："这是啥颜色？"我木然。父亲说："你是识文人，看看这饱满的籽粒，应该知道啥叫聚天地精华。这向日葵，染的就是日头的颜色。"父亲早年失去双亲，土地、庄稼是他活命的依赖。他在无望中读懂了稼禾的语言，自然也就明白为人处世的道理。面对皇天后土，我还有什么抱怨的理由？站起身，我和父亲披着月色，踏着夜露蛙鸣轻松回家。

　　那年秋日，玉米、向日葵、毛豆、南瓜……个个都像讲义气的朋友，或慷慨的客人，带来了一串串、一嘟噜、一盘盘、一朵朵丰厚的回报，让接应的人手忙脚乱，顾住前面顾不住后面。等到把它们肩扛手提、人拉车载地收起来运到家，墙上挂的、晒箔上晾的、窗台上摞的、院角里栽的都光灿夺目，映得屋里屋外亮堂堂的。空气中弥漫的香气，熏得人如痴如醉，步履踉跄。好日子让碗里的油水旺了，父亲的腰身展脱了，我的婚事也醒动了。一年后，我把一个圆脸盘的姑娘迎进了家门。黄土地上，又有了一个新的开始。

　　人活着，许多时候都离不开个寄托。金黄虽不是黄金，却蕴含着收获和满足。我喜欢。

静里听声

少时，看待动与静，总以为二者词义相反，难以同日而语。此去经年，蓦然回首却发现，动静只是个相对的概念，因为人们一直在喧嚣中寻找寂静，在静默里谛听声音。

化静为动，动里享静，宋人赵师秀"有约不来过夜半，闲敲棋子落灯花"最是灵动。梅雨时节，约客饮酒对弈，却因一场突如其来的大雨阻断来路。独对斟满的酒杯、摆好的棋局和昏黄的油灯，无意间用棋子敲击棋盘，孰料悦耳的声音震得灯花猝然坠落，霎时溅开满屋星火。他很快就忘记了等待的焦虑，没有了对雨的愁怨，完全沉浸在梅雨、池塘、蛙等万般天籁构成的世界之中。

就这样，一次看似约客未至的失意，顷刻变成了心灵升华后的偶得。

古语有云：小隐于野，大隐于市。动中取静，抑或静里听声，都须抛开世事的华丽与浮躁。陶渊明有"结庐在人境，而无车马喧"之句，是人境，必有喧嚣，但他放下了浮名，自然会品到酒的醇香，看到菊的金黄、南山的悠远。故此，我就想一个人若能在静里听出天籁，动里寻出宁静，应该是脱俗的，是获得了大境界的。

有年冬天下大雪，洋洋洒洒一夜不停歇。清早打开门，树枝、瓦屋、田野……都被厚厚的白雪包裹着。天地苍茫，冰雕玉砌。戴上有护耳的棉帽，裹紧娘暖热的小棉袄，我喜欢一个人走在路上。我前面走，小狗紧相随。它时而黑箭一般射向土坡，时而弓起腰肢，在柴火垛里刨寻野兔，眼里满是新鲜和好奇。踩着咯吱咯吱的积雪，我只想捕捉几片雪花送给娘。眼瞅着雪花飘过来，我伸手去接，不是落在脖根、肩头，就是挂在了眼睑、眉梢，腾挪跳跃，终不能得。于是，我就展开两掌，静静等待，终于有几片雪花蝴蝶般停在了掌心。六瓣的雪花晶莹透亮，每个花瓣上的小冰晶，都闪烁着圣洁的光彩。娘说："雪花是花，就应有暗香涌动。"我屏住呼吸，仔细一闻，果真有幽香如乐声在寥廓的雪野徐徐响起，那沁人心脾的乐感令我如痴如梦，陶醉万分。惊奇过后，私心里再待收藏，我眼里就只剩几粒滚动的水晶了。

蜿蜒的小路曲折悠长，路边几丛干枯的苍耳子在北风里簌簌作响。我顺手牵住雪枝一抖，就有苍耳子沾上了棉袖筒。苍耳子是乡村孩子游戏的道具，沾上头发、钻进衣领会让你甩不掉。那一刻，大雪无言，但把玩着苍耳子，我的耳边却有遥远的童谣隐约传来：

> 叫大姐，开门来。
>
> 大姐不开叫狗开，狗到河里捞韭菜。
>
> 韭菜花，漂上来。
>
> 叫你戴，你不戴，人家戴上你可爱。

我就这样走着、看着，忘记了寒冷，忘记了忧愁，心底涌满了无限的欢快和纯美。

若干年后，我也多次踏雪寻梦，倾听天籁。然而，昔日的清纯和率真再也难觅踪迹。莫非是被世俗熏染了耳目，让得失遮挡了心智？

有件事令我念念不忘，至今称奇，那就是父亲的耳朵。

父亲八十岁那年夏伏，天气奇旱，土地龟裂、小河断流，庄稼叶子都打了卷。为了不误收成，父亲就托人打电话让我回家帮忙。由于旱情严重，村里实行挨户轮流，人歇水不停。轮到我家的时候，正值夜晚，父亲担心我多年不干活，不会浇，不让我去，我死活非要跟着上地。怕父亲夜深受凉，我扛着铁锹，还夹着凉席和薄毯。

月亮明晃晃地悬在头顶，四下里朦朦胧胧。改好水渠，我和父亲就坐在路边拉家常。突然，父亲屏住声息说："你听，玉米拔节了。"

我凝神听了听说："哪儿来拔节声？只有蛐蛐叫呢。"

父亲说："玉米喜水。渴极了，能喝上水它就连夜长。你再静心听。"

我起身蹲在了地垄里，真的就听到咯吱咯吱的脆响声。不似虫鸣，不是鸟语，却分明能感受到一股向上的力量和生机。我问父亲："周遭水声、虫声、风摆禾叶声，您咋就独独听到了生长的声音？"

父亲说："我伺候庄稼，庄稼有个喜乐病痛就知会人。"

粮食是乡村人的命根。庄稼给予他们希望、梦想和快乐，他们就以全部的热情和真诚"伺候"庄稼。他们促膝交谈，荣辱相依，故而能于纷乱中相互听懂特别的语言，这不是我认为的特异功能，而是一种心灵的默契。

淡泊心境，守望简单，方能感知生命的真和美，在静与动中游刃有余。

烟雨青瓦

青瓦是光阴和烟雨洇染雕琢的图腾。

所谓烟雨，不同于盛夏的暴雨那般来势猛、雨滴大，覆水倾盆，水天一色。它们形成于初春和暮秋，徘徊在下与未下间。说下吧，孩童们照样捉迷藏、捕蝴蝶；说没下吧，对着木门，或贴近迎春花刚刚织起的浅黄帘，你却能看见一丝丝的水线，轻盈地凝成了小水滴。目光向远，山朦胧，树朦胧，就连小路上荷锄的农夫也是朦朦胧胧的。

土屋的瓦片最初是灰白的，只是在这连日的氤氲中，才呈现出湿漉漉的黛青色。

年少的时候，我时常搭一架木梯，伏在屋檐上看青瓦。土屋的脊，是一层层青砖砌就的。瓦片似鳞，错落有致地分列在两面。头顶，燕翔雀鸣，天蓝云白，痴愣间，瓦楞里就冒出了簇簇小瓦松。

我喜欢这种肉肉的小植物。有雨时，它是水灵灵的浅绿苗。干旱时，它就蜷曲成了灰褐卷。掐一指，出青汁，舔一舔，酸溜溜的。它还有很多的小昵称呢，比如：天草、瓦塔、瓦玉等，但我和伙伴们更喜欢叫它酸酸草。不为别的，就为少年最初的体验和感觉。父亲好像不喜欢它，见一根拔一根。后来我才知道，他是怕草根撬动了瓦片，破坏了家人栖身的小土屋。

在乡村，瓦顶是秋天最美的晒场。红薯收回来了，棉花收回来了，萝卜缨子摘下了，都要在瓦屋上晾一晾。屋顶上，今天红了，明天绿了，后天又白了，看得人笑意都藏不住，心里充盈着幸福和快乐。

我最爱吃娘做的萝卜干。冬天菜蔬短缺，萝卜片晾干了，温水发开、挤干，撒上辣椒面、花椒粉，煎油一泼，那又筋又香的味道，我至今都认为是下饭的上品。有天，娘切好了萝卜片准备晾上房，我抢着喊着要自己来。等到端着簸箕爬木梯时，我才知道自己的胳臂不够长。我就一手扶着梯子，反背着身子慢慢往上挪，一步，两步……还没踏稳第四步，花狗汪的一声叫，我一个跟头就跌落了下来。幸好，地面上有团干茅草，我只是鼻子出了点血。现在想来，我捂住嘴都笑出了声。

靠房子有棵大桑树，翠绿修长的枝条，遮掩住了半边瓦屋顶。每到盛夏，紫红的小浆果撩拨得人心痒痒的。枕着瓦楞，我吃一会儿果，听一段评书，下来时，还不忘给盒子里的小蚕带几片嫩桑叶。有苦有乐的童年，就这么轻轻松松地度过了。

土屋最具烟火气。在乡村，家家屋顶都有个小烟囱。做饭时，你家冒白烟，我家冒蓝烟。二狗爸手勤，割回的苦艾条燃不尽，烟囱里会冒黑烟，嗅一嗅，还有醉人的清香味。炊烟飞上天，一缕缕，一团团，风一吹，扯成丝连成线。再翻转儿个圈子，它们就成了呼儿唤女的小旗帜。从烟火色里，眼睛尖的，能辨别出柴火的种类和干湿；鼻子灵的，能猜出你家做的啥饭。烟色薄而直的，肯定烧的是硬柴火，不是蒸馒头，就是紧火煮面条；烟色白而柔的，不是用软麦秸烙炊饼，就是摊煎饼、蒸麦饭。

坐在屋顶上，我看见牛犊家的门口聚着一圈人。大家伙儿捧着碗，你夹我一筷头，我尝你一勺子。平日里有的那些小恩怨，嘻嘻哈哈说笑着也都云散了。娘在葡萄树下置了张小方桌，上面有南瓜条、玉米棒、毛豆角，我拿起一个烤红薯边走边剥皮。那扑鼻的馨香，馋得猫儿、狗儿，我走哪儿跟哪儿。没及时分食给它们，个个都哼哼唧唧地生气哩。

西风渐起，雨滴趋密。再回首时，瓦片下黑发健壮的父亲，已腰身佝偻。手巧眼明的娘亲，也步履蹒跚。他们紧挨着身子坐在旧时的光影里，侧耳细听，孩子们的童谣声已渺茫悠远。

土屋青瓦是家的灵魂。孤独漂泊的人，梦里依稀，还是它的影子。身居闹市的人，委屈落魄，还想回到从前的日子。然而，岁月已压弯了老屋的大梁，雨雪让棱角分明的瓦片也化为齑粉，那群进进出出的人，也走着走着都散了。有谁还能在红尘里，挽住流年的脚步？

遇见茅草

走在秋天的一场大风里，我看见桐叶落了，柿子红了，河水瘦了，一群籽实饱满的茅草在风中舞蹈。

茅草又叫狗尾巴草，是乡村常见的草类。秋风里，它们毛茸茸的穗子欢快舞蹈，掉落的种子四处飘零。路边、滩涂、壕沟，甚至墙头、屋顶，落到哪儿，就在那儿等待。来年春一萌动，这些干瘪的草籽沐着新雨，虎生生地就冒出了芽尖，芯子很快还会抽出一枝嫩茎。及至掩过脚踝，就有籽粒悄然生出。一粒，两粒，粒粒相聚就形成了小小的穗子。穗上有细芒包裹环绕，素素的、淡淡的，防御似的枝枝怒张。待到秋色熏染了天地，它们弯下的头颅，就满是成熟的娇羞。

茅草是猪牛羊喜爱的饲草。上小学时，每天放学割草是我的重要课外活动。逢到暑假，我还要给自己定下一个任务：做完作业，再收获一百斤干草。割回来的鲜草，猪羊鸡鹅先吃，吃不完的，就倒在门前的场地上晾晒。晾晒干草有两重用处：一是粉碎了，留作牲畜冬日的饲料；二是多余的卖了，可以换来下学期的学费。由于打草的大人小孩多，显眼的地方，茂盛的饲草并不多见。那时要是遇见这群高及膝盖的茅草，不仅我喜欢得不得了，猪羊怕也会激动得哼哼撒娇、咩咩唱歌呢。

野外割草的日子是快乐的。小伙伴们蹲在青纱帐里，拔草、唱歌、讲故事，并不觉得辛苦。《隋唐演义》《水浒传》《三国演义》等故事，我都是那一阵熟知的。累了，大家就在地头捉蟋蟀、弹弹珠、滚铁环，或架起一条腿玩斗鸡，输赢都是一捧草。女孩们好静，就跳房子、看云朵，也有用茅草编些小兔、小猫、小狗之类玩的。男孩们还会抽空去偷西瓜，或者偷偷跑去小河洗个澡。田野里，我们呼喊奔走，纵情欢歌，谁的童年都会因草而生动。

茅草丛也是昆虫们的快活园。蚂蚱、蟋蟀、蝴蝶、蜻蜓，有蹦的，有飞的，扑闪得人眼花缭乱。找一束麦秆，压在水渠里泡泡，三折五叠，就编成一个小笼子。蚂蚱捉住了放进去，回家挂在窗棂上，嘤嘤，嚓嚓，鸣叫声把月牙稀奇得都不眨眼。当然，每个虫子、每棵草都并非愿意束手就擒，小羊去土壕的塄坎上刨枸杞根，就遭遇到了茅草根下蝎子的突袭。它们可都具有浓浓的家园意识呢。

看电视剧《红高粱》，其中有段张家少爷俊杰为九儿做草戒指的镜头很是眼熟。他用的是不是茅草，我没看清，但用茅草做戒指我也玩过。掐一段毛毛最长的狗尾巴草，摘掉叶子，空出两寸茎秆，比等手指，左缠右绕，绿绿的、茸茸的草戒指就做成了。做成的草戒指，我会送给母亲，也会送给喜欢的小姐姐。她们接过草戒指时开心的笑靥，已随着少年时的记忆渐行渐远，但当初的欢愉依然恍如昨天。

茅草留给我的记忆是温暖的。高中毕业那年冬天，我在家里无事可干，心里为前途郁闷纠结。邻居哥哥在外面承包了一起基建钻探活，我就想跟着出去散散心，顺便赚几个买书钱。出发时，天近黄昏，娘给我布袋里装了几个馒头，又放了两头洋葱，我就和大伙儿骑着自行车上路了。那天正值迎面风，我骑得满头大汗，身上的棉袄都湿透了，但脚下还得带着劲，要不就被队伍落下了。晚上十一点多，我们终于到达了目的地。吃过两大碗花白菜烩面片，我累得一下子就瘫倒在地铺上。地上铺的是干茅草。隔着一层床单，虽然丫丫杈杈的硬秆有点扎后背，但在茅草的清香中，我还是睡了一个好觉。第二天上工地，我弯下腰杆拼命打孔，速度一点不比别人慢。邻居哥哥看见了，对我跷起大拇指直夸赞。

茅草和众多的草类一样，是麦子、谷子、玉米的死对头。地里的草长满了，我的父母愁烦得就睡不下。倘若哪天真的没了草，满目都是钢筋水泥的丛林，恐怕他们握惯锄头、镢把的双手又会困窘得无处安放。他们不怨草。在他们眼里，草没有什么好不好，只有地方长得对不对。天地万物，到世上走一趟，没有谁会是多余的。它们生长、开花、结果，都是随性而已。

在乡村，遇见草，应该是遇见美好。我顺手拍下它们的靓照，还没忘再留张合影。

种菜看露

隔着柴扉瓜藤，韭花、黄花的幽香就欣然入鼻。说是幽香，是因为它们的香味没有菊花、槐花那么浓烈，而是一丝牵着一丝，一缕扯着一缕，淡淡的、柔柔的，打成捆、抱成团才形成了气候。我推开门，果然见妻子在清整菜园。

一园菜蔬从下种到出苗，从开花到挂果，妻差不多天天围着它们转悠。不是给韭菜松土，就是给白菜捉虫。西红柿该不该打杈，葵苗有没有病变，豇豆要不要搭架……她照看完这个，又去抚弄那个，少看了谁一眼，心里都是个欠缺。

妻子喜欢种菜，和邻居聊起辣椒茄子们，也是如数家珍。今天西红柿摘了个带壶嘴的，明天南瓜悄悄缠上了葵秆，没有多少笑点的事情说给婆姨女子们，都迎来嘻嘻哈哈一阵笑。好像那菜呀果呀的，就是张家的女子、李家的儿子。比种菜，主妇们都暗自较劲。你家种了墙脚、树坑，我家就种上门口、场院。不出一个春夏，地上长的、树上挂的、墙上爬的……走到哪儿，都是千姿百态，你呼我应。邻居四姐擅布局，她用竹竿在门口搭了个棚架子，葫芦、丝瓜缘竿而上。盛夏时节，浓荫鲜花，挨不到秋深，就果实累累，瓜果碰头。谁打门口走过，都得回眸一笑，心里本来憋着的疙瘩，也随风吹散。

小小菜园不但食取方便、健康新鲜，还有一个妙处，就是能欣赏蓄养着的露珠。太阳将出未出，露珠的眼睛就一眨一眨。牛皮菜的叶子肥厚宽大，叶片上积聚的露珠，晶莹透亮。抬起一边叶角，它们就骨碌骨碌滚向另一边。淡薄的日光斜斜地穿过，流动的露珠，像串起的明珠，流光溢彩。茄子的叶面密布着一层细毛，露珠落成，底面就布满了凝滞的气泡，如珠镶钻，美不胜收。黄瓜、柿子上的露珠，静静地缀在果的下端，欲落未落，仪态万方，细腻的线条如少女的肌肤般吹弹可破。南瓜花承载不了偌大的水滴，但那份装点的心意，氤氲的馨香，却惹得蜂蝶嘤嘤嗡嗡。露珠身形、大小不一，视角变换，韵致各异，宏阔狭隘全在自心。

看露如同看花，不能贪心，不可亵玩。手一重，它就滚落在地；风一急，它就珠玉飞溅；日一高，它就幻影化形。没了泥土，湿了衣襟，碎了晶莹，美好便荡然无存。

盛夏的夜晚燥热难耐，一家人常围坐菜园对月闲谈。刚浇过的菜地，虫鸣声声，凉气袭人。凑近静听，甚至能听到苗儿拔节的脆响。菜蔬饮一口井水，生几滴甘露，若透亮的童心，充满了憧憬。清早再看，瓜秧弯弯的触须就又攀上一个新高。它们每前进一步，就丢掉一个幼稚的昨天。月儿悄悄地挂上树梢，劳碌的村庄睡眼蒙眬。猛一扭头，核桃树干上缠绕的丝瓜，又绽开一朵耀眼的黄花。那袅袅摇曳的喇叭，吹奏着无声的夜歌，撩得细小的韭花摇头歌唱。地豆的花羽似雪青的蝶衣，含月的夜露宛若裙裾的流苏，顾盼生辉。抓一把月光，清凉无味。动一枝花影，馥郁弥漫。雪小禅在《随心而喜》中说："那人间众多的清喜，如小蛇一样游在混沌的日子里，只要你用心，就能抓到。"这月、这影、这一园清露、这声声虫鸣，细看了，细听了，平淡中也能醉得人酣眠呢。

菜园看露，是寻找自我的一种方式。在这种慢半拍的时光里，虚伪和浮躁都淡化成透明的水滴。目光所及，尽显生活的素朴、热情和真实。

韭香久久

大雪一到，北塬上吹来的风就发出了凌厉的哨音。没过两天，后院裸露的冬韭就黄萎了叶子。

女儿说："韭菜怕是要冻死了。"

我说："韭菜冻不死，它在窝冬聚能量呢。"说话间，我用小刀挖开一丛韭菜，看见韭根团团紧凑，蜗居在一起，底部的毛根牢牢地抓挖着泥土。

女儿说："韭菜真是个智者，难怪春生的韭菜那么肥美鲜嫩。"韭菜知道以退为进，其实做人做事，也得懂张弛之道。

小时候有年冬天，娘许我到县城去吃臊子面，我心里又激动又着急，晚上做梦都长出翅膀往城里飞。但第二天，娘为了节省两角钱的乘车费，拉着我的手步行上县城。十几公里的路程，说远也不远，可是对于一个六七岁的孩子来说，确实也不近。想着油汪汪、热腾腾的臊子面，我甩开娘的手就是一路小跑，嘴上还老是埋怨娘走得慢。然而，刚刚走了小一半，我脚底就磨了几个大水泡。风一吹，汗湿的棉袄又硬又冷像个铁甲。娘给我擦擦汗，捏捏脚，把我按坐在路边一根树桩上说："娃呀，做事要知道巧用劲。歇好脚，才能走长路。"听了娘的话，我边走边玩，摘了野花，捕了蜻蜓，轻轻松松走进县城里。

韭菜属多年生常绿草本植物。一年大多数时候，它都绿意盎然，直到大雪覆盖才慢慢地失去葳蕤。来年春雷一响，河面的薄冰还没有完全消融，原先干白的叶底下，就有强劲的生命在土壤里萌动。隔不过五七天，地垄间就齐嗖嗖地蹦满了尖尖的、红红的、笨笨的韭菜嫩芽。入夜，一场春雨悄然洒落，嫩红的叶芽吱吱地吮吸着雨水，暗夜里竞赛般舒腰展臂。待到太阳爬上东山，庭院里已是韭叶曼舞，满目绿翠了。

韭菜翠绿、幽香、辛辣，无论腌渍烹炒、炸煮做馅，都是美食里的极品。一千多年前的那个春天，杜甫自洛阳返回华州途中与卫八处士相逢。乱离时代沧海桑田，别易会难，两个人亦悲亦喜，悲喜交集。虽有万千言语，都被一句"问答乃未已"轻轻带过，唯有处士的热情款待令诗人感叹不已。菜是冒着夜雨剪来的春韭，主食是香喷喷的黄米饭。故人重逢话旧，不是细斟慢酌，而是一连进了十大杯酒。淳朴真挚的友情，让一把春韭渲染得缠绵婉转，耐人寻味。

杜甫和朋友一家人怎么吃韭菜，我猜不着，但韭菜合子却是我的最爱。每年开春，头镰韭菜一下来，就是妻展示厨艺的时机。调和好韭菜馅，摊几张半生煎饼。电饼铛里，放一张煎饼覆一层菜，三层齐全了，趁热按紧周边。三翻两转，两面金黄的韭菜合子就烙熟了。置于案板，刀切八瓣。拿起一块，在边角咬上一口，不及品出真滋味，香辣油水就挂了人一下巴。

韭菜坚忍，割一茬吃一茬，浇水施肥又会生长新一茬。等到秋风乍起，大雁南飞，韭菜的芯子就会抽出一根细细的嫩茎。再过几天，茎头还会绽开白色的花簇。这花半开正开间，正是采摘韭薹、韭花的好时节。可惜的是我除了吃过韭薹炒五花肉外，对韭花的腌制一无所知，故而错过了诸多采摘的好机会。前年途经大雁塔，我看见一家卖菜豆腐的，进去一尝，鲜美无比。私下里打问，才知道其中放了韭花酱。

其实，韭花酱的做法并不复杂。每年的秋天韭花上市，买回后清洗、加盐，用石臼捣碎，加入姜、蒜等调料，放入一个罐内，密封置阴凉处，十多天后便可食用了。有了酱，吃锅盔、夹馒头、涮火锅，抑或拌豆腐下酒，都令人口舌生香。

韭菜是农家的家常菜。平日里来个三朋四友，或自家农活忙没顾上买菜，拿韭菜顾个紧还是蛮出彩的。有年秋天，父亲拉着架子车上北塬卖萝卜。他早上天不亮出门，走村进户地卖完菜，已日落西山。父亲一天没见汤水，只啃了几口干馍就咸菜，回到家又冷又饿，面无血色。娘心疼不已，系上围裙，割把韭菜在开水里焯了焯，放凉，撒一撮蒜末和辣椒粉，热油一泼，先做了个凉拌韭菜。她回身又在鸡窝里摸了两枚鸡蛋，清油入锅，不出半锅烟时，又做了个韭菜炒鸡蛋。父亲摸出半瓶白酒，轻抿一口，长咂一声，一天的劳顿都随之消散了。

　　韭菜质朴随性，长在哪一家，都被格外爱怜。妻割韭菜就有不少讲究。她总是一只手将一簇韭菜收拢，另一只手在韭菜离地约半寸处落刀，干净利落，不染土粒。绝不会莽撞地掐将起来、顺地割取，那样肯定会伤了韭菜的根系。

　　冬深了，我给地垄薄施了一层草木灰和农家肥，来年春天又是满地香韭绿。

与秋虫对酌

秋风，秋雨，秋虫。与其他季节相比，秋是多了声音的。而这声音之中，尤以秋虫的鸣唱最具灵气，最能诠释秋之意蕴。

老家的后宅有一分闲田，妻便尽情在那儿展现才艺。她喜欢豇豆行里点缀几朵金菊，喜欢韭菜垄突然冒出几棵生脆的萝卜。一溜向日葵下有青椒羞红的倩影，小树坑不知啥时候趴窝了几棵南瓜。这不合章法的狂草，虽然让秋不堪重负，但却使秋虫有了活色生香、错落有致的舞台。

暮色四合，月朗星稀。那些伏身在菜花、绿叶、茎蔓上的蟋蟀、蝈蝈、金蛉子们，吮吸饱甘露，深呼吸几口泥土的气息，便调好弦子，清清嗓子，振动起双翅，让天籁之音在寂静的夜海中升腾、弥漫。

丁零零、吱吱吱、嘀、嘀……虫子们的歌声或低沉，或高亢，或清越，或婉转，听得出大伙儿都敞开心、尽着兴地出力。那浅吟低唱的和声里，有优雅的，有性急的，有不迭声的，还有一起一落、一鸣一顿的，奇妙的节律和韵味，像长了翅膀，飞落瓜架，绕上炊烟，系住秋月，任你是金石之人，也会中了魔咒一般，为之生情，为之心醉不已。

"兰陵美酒郁金香，玉碗盛来琥珀光。"走出钢筋水泥的丛林，我身累了，心累了。搭一方石桌，置几张木凳，沐浴着明月的清辉，今夜我何不与虫对酌？

咕咕咕、呱呱呱……你听，青蛙、蛤蟆也来凑热闹了。那如浪如潮的蛙鸣，可是来自悠远的童年？透过瓜的藤蔓，我仿佛听到，很远的地方传来了曾经纯美的童谣；我仿佛看到了月影下，少年们忘情嬉戏的身影。是呀，不经意的一声蛙鸣，不知会让多少躁动的心在梦境里相遇，领悟生命的慰藉；不知会让多少追名逐利的人重拾纯真，忘记了红尘琐事。蛙声薄如纱、轻似梦，细辨也不能分出是什么颜色，但它不媚不俗，不卑不亢，却足以显示生命原有的亮色。

寒蝉凄切，不能等同于秋虫的吟唱。蝉以"居高声自远"，夺尽了夏的荣耀，倾吐出了地下三年暗无天日的怨气。此刻，忽感生命的短暂，对上苍发出几声质问，也情有可原。而秋虫就不同了，它们身小声微，时常隐匿在枯枝上、墙缝里、衰草下，身体虽然卑微，但灵魂却是自由的。故而它们在生命之火将熄之时，依然能把秋的清冷唱得矜持平静、殷实热烈，让生命最后的乐章精彩纷呈、高潮迭起，若秋日的私语轻轻划过耳际，像明净的秋光高远爽朗。

秋虫的歌声以蟋蟀最为嘹亮。甲骨文中，"秋"字形为蟋蟀，虫以鸣秋，借以表达"秋天"的概念。郭沫若先生在《殷契粹编》中提出："故古人造字，文以象其形，声以肖其音，更借以名其所鸣之季节曰秋。"秋景、秋意、秋色、秋声，秋天的象征意义实在太多，我猜想仓颉造"秋"时一定费了很多心思，但暗夜里的一声虫鸣，却让他豁然开朗，获得了灵感，故而画虫为秋！

可惜的是秋虫之吟，常被人当作悲秋、悯秋的托词。白居易说"夜酌满容花色暖，秋吟切骨玉声寒"，杜甫则说"莫度清秋吟蟋蟀，早闻黄阁画麒麟""促织甚微细，哀音何动人"……人的一生大多数时间都行走在浮躁和喧嚣之间，用心于生计和权谋之上，命运多舛，宦海浮沉，心里装着诸多的不如意，眼里自然少了季节的美妙，耳里自然少了天籁的纯净。我的父亲不懂诗，也不像公冶长那样谙熟禽言兽语，但他却知道秋天很多秘密。听一声虫鸣的稀稠，望一眼窗外的秋雨，他便知道庄稼的长势、来年的丰歉。他不贪不占，地里的收成能满足一家的衣食，就知足地枕着农谚，鼾声如雷了。

境由心造。对于秋天，人想得多，虫想得少，虫就走进了秋天。也许它们真的知道，生命是一段距离，快乐走得长了，忧愁就短了；自信多了，失意就少了。

　　聆听虫鸣，是与自然沟通的一种方式。月光如水，金风玉露，我和虫子们还要再饮一杯，一起来体验下活着的意义。

石榴树，我的对应树

老屋的后院，有一株已有些年份的石榴树。说它有些年份，是因为我的确不知道它有多长的树龄。但有一点可以肯定，那就是应该超过五十年了。

在我童年的记忆里，盛夏的石榴树总是开满了火焰一般炽烈的花朵，把个偌大的院落照得一片灿烂。及至晚秋，玉米或高粱的香气，任性地在空气里弥漫的时候，淅淅沥沥的秋雨，总是把一个好动的乡村少年，困在黑暗的土炕上。透过两扇狭小的木窗，好奇和幻想在我的心里疯长着。我先是看雨滴在瓦楞上开出美丽的、湿漉漉的水花；接着，我就无聊地开始数瓦沟里生出的酸酸草：一棵、两棵、三棵……秋风挟裹着水汽，令我不时打个寒战。直至我的视线爬过低矮的土墙，看到绿枝掩映下，那一个个硕大的石榴时，幼小的心灵才变得充实而温暖。

"娘，我想吃石榴。"我说。

吱扭、吱扭……娘总是没日没夜地转动着那架木纺车纺线线。她左手拿着捻线，轻轻一扬，接着右手就快速地转起了纺轮。不一会儿，一个雪白的大棉穗子就纺成了。

"等到八月十五再摘吧，那时石榴就甜了。"娘停下纺车说。

娘说得对，只有等到八月十五，酸石榴它才算是真正成熟了。那时碗大的石榴，多数裂开了大口。深红的籽，整齐地排列着，晶亮晶亮的，就像镶嵌在一起的宝石。放几颗籽在口中，牙齿轻微一碰，酸甜酸甜的汁，就溢得满口都是。

等就等吧，反正我是老小，吃得也最多。于是，我就拉条被子盖住脚，认真地看窗外雨丝斜织着水帘，听屋檐上燕子亲昵地絮语……

乡间孩子的童年看似枯燥，其实，无垠的蓝天，广袤的原野，一只鸣叫着的青蛙，一串翠绿的榆钱，一截鸣哇吹响的柳笛……都会让他们遐想无边，快乐无边。童心是没有囚笼的，正如那株给我安慰的石榴树，就让我滋生了不尽的诗意和梦想。

初春的一天，我到老屋去找书。推开院门，呵！石榴树已经绿叶满枝了。

拽住一条树枝，我看到新生的叶片，亮亮地裹着一层蜡质，没睡醒的朝露还依偎在上面。嫩绿的叶芽，虽未褪净浅红的色彩，但枝叶间，已隐约可见幼小的花蕾了。这株石榴树有一把多粗，疙疙瘩瘩的树身写满了经年的沧桑。有年，家里伐树割门，不小心砸坏了主干，父亲抚摸着树干痛心不已。也难怪，这株树是他走了十多里土路，从亲戚家扛回来的，更是他唯一能给予孩子们的水果啊。还好，在父亲的呵护下，它又生机盎然了。

在乡间，无论谁家娶妻生子、盖房架梁，还是葬埋老人、礼过三年，大都要宴请宾朋、款待乡党。我家每次"过事"，大大的"连二锅"盘在后檐下，案板就搭在石榴树的跟前。乡党们炒菜的、烧锅的、剥蒜的、洗案的、担水的、买炭的都忙忙碌碌的，他们或开心地说笑着，或表情肃穆地同情着。可以说，石榴树见证了我们家的大喜和大悲、大怒和大哀，甚至我的欢乐和伤感。凝望着它的枝叶，我默读着逝去的时光和故事。

石榴的花期很长，从含苞欲放到落英缤纷，有两三个月的时间。它以自身的妩媚和浪漫，引得古人留有不少吟咏的佳句。唐人李商隐有"榴枝婀娜榴实繁，榴膜轻明榴子鲜"；宋人晏殊有"开从百花后，占断群芳色"，王安石有"浓绿万枝红一点，动人春色不须多"；特别是女皇武则天的一句"不信比来长下泪，开箱验取石榴裙"，使得古今多少男人，至今还迷倒在"石榴裙"下。

读多了这些诗书，石榴树于我的心中，就幻化成了一个特立独行的女子。我迷恋她飘逸奔放的个性，更敬重她果繁多实的真诚。

　　娘这一生虽然没什么文化，却念经向善。说是念经，其实是读旧时劝善的叙事诗，如《黄氏女对金刚》《韩湘子》等。不识字，别人给娘教时，她就死记每一页、每一行的读法。久而久之，她读得通畅流利，生人都听不出来。念经拜佛前，娘总要很虔诚地洗洗手，然后，打开柜子，取出久存的大石榴，敬献在佛龛前。我静静地看着，心想：娘念完经，我就可以吃那佛光普照过的福果了。娘说过，佛最爱听话、不撒谎的娃娃。

　　仔细回想，我的确吃了不知多少个神圣的福果。可现在，我却时不时说着言不由衷的假话。想起娘的教诲，我心下惭愧不已。

　　写到这里，忽然隔窗有毛阿敏唱的《绿叶对根的情意》袅袅传来，我不由得停下了按键的手。

　　　　不要问我到哪里去，我的心依着你；

　　　　不要问我到哪里去，我的情牵着你。

　　　　……

　　　　这是绿叶对根的情意！

　　歌声如泣如诉，一咏三叹。听着、听着，娘的影子就鲜活起来，再一细看关节暴突、腰身佝偻的石榴树，我禁不住潸然泪下。

　　不久前，我看了作家刘心武写的《你的对应树》一文，很是感慨。他说，人和树，有一种生命体之间的对应关系。而他的对应树，就是地坛里一株补种的相对细瘦的柏树。因为是"补柏"，望着它，他就意识到，自己的生存也只不过是一种"缺位补充"，是幸运，也因此有一种责任。在领受造物赐予的大欢喜时，还应总充溢着一种由己及人的大悲悯。说得多好啊！

　　对于对应树，过去的我茫然不知。如今，我就认定了，那株苍老而生机勃发的石榴树，就是我生命中的对应树！有了自己的对应树，不管是面对怀旧与时尚、诱惑与喧嚣，还是起落与沉浮，我相信我都会多一分沉稳和定力、自信和坚强，不再怅惘和迷失。

鼠 打 头

那一年夏收，金黄饱满的麦子装满了我们家的大缸小瓮，连新砌的麦囤都冒了尖。父亲愁眉舒展，笑脸如菊，他破天荒地允许大家抿几口。我在板柜底下取酒时，无意间发现柜脚的鼠洞口积了麻钱厚一层黑灰，几粒干得发白的鼠屎也散落了骨架。我知道，老鼠搬家了！

放下酒，我禁不住好奇地四下巡视着，果然在麦囤的下角摸到了鼠洞。鼠洞的秘密我没有告诉父亲，遇到丰年了，我想老鼠也应该像猫儿、狗儿一样，分得一杯半勺羹。

酒足饭饱，劳累了一天的家人酣然入眠。黑暗里，父亲突然啊地喊了一声，接着就传来了鼠叫声和撞击声。我起身吧嗒拉亮灯一看：父亲的脚跟流了血，一只肥大的老鼠死不瞑目地躺在屋柱旁。父亲怒骂道："不知好歹的东西，真是吃饱了撑的，啃着我脚磨牙了！"我缩在被窝里，偷看着娘给父亲又是挤瘀血，又是用盐水清洗伤口，心里对纵鼠成患很是懊悔。

第二天，我邀伙伴黑蛋出主意。黑蛋拿起父亲喝空的酒瓶掂了掂，又用手指测了测瓶口的广度，最后给空酒瓶内滴了几滴香油，就将瓶子放在了老鼠洞口。大梁上缚了一架秋千，我和黑蛋一边荡悠，一边瞎吹。过了一会儿，酒瓶猛地骨碌碌滚了起来。黑蛋笑了说："狗贼上当了。"我们捡起一看，瓶内果然有一中一小两只老鼠滴溜着眼睛，惊恐地四下张望着。黑蛋塞上瓶盖，我挖好了坑，两只老鼠就此长眠地下了。

但不知为何，这一招此后却不灵了，老鼠依然猖獗。无奈，娘借回了邻家的大黄猫金虎。在猫界，金虎的长相算不上酷，但两条瓷实的后腿和健硕的腰身，让它堪称"肌肉男"。特别是它发威时，怒目圆睁，须眉倒立，双爪伏地，呜里哇啦的样子，让人都会打个寒噤。

金虎匍匐在洞口不远的地方。它的身体紧紧地贴着地面，两眼一眨不眨，除了偶尔胡须抖动一下，其他部位都像定住了一样。有一只老鼠探头探脑地在洞内张望，金虎依然未动。老鼠以为金虎只是个吓人的标本，扭扭捏捏地迈出了洞口，估计脚还未站稳，金虎就箭一样射了出去。逮住了老鼠，金虎并没有急于吃掉它。它把老鼠撇在一边，自己躲得远远的，状似假寐。但老鼠稍一行动，它又会立刻扑上去按住。我很同情这只倒霉老鼠，被吃之前硬是让猫玩了个半死。

黑蛋来找我玩，看见了说："别让猫吃了！"伸手就去抢老鼠。金虎怒了，低头叼住老鼠，嘴里发出呜呜的抗拒声。黑蛋才不管这些，挥起秸秆就抽了过去，金虎丢下老鼠仓皇逃遁。

黑蛋呵呵笑着说："看我今天表演个新节目。"他捏住鼠头，给老鼠的肛门里塞进了三粒黄豆，又将老鼠放回洞里。"我爷说了，过几天黄豆发涨了，就会憋得老鼠肚子痛。老鼠急了，见谁咬谁，一天能咬死好几只哩。"黑蛋是想以鼠治鼠，这办法看来不错。

美食被抢又挨了打，金虎有了抵触情绪。饱餐之后，它不是蹲在炕边打盹，就是叽里咕噜念猫经。我跺脚想吓唬它，它的眼睛也只是微微张开一条缝，掉过头，又闭目养神了。

那天，娘给体弱的哥哥用黄豆煲了一只大公鸡。见我们都睡着了，她就盖好鸡汤、鸡肉，封好灶门睡下了。早晨起来，案板上盖肉的黑瓷碗摔碎在了地上，叼出的鸡肉被啃得七零八落。也许是为了报复，离开时老鼠还故意似的将米粒般的黑屎拉满了灶台。父亲恼得蹲在后门外直抽闷烟，娘坐在灶间围裙遮面，欲哭无泪。

猫指望不上了，我想到过农药毒、火攻、水漫等法子，可又怕伤了鸡兔鹅儿的，又由于鼠洞位居粮仓，只得作罢。那时，村头就传来咚不隆咚的货郎鼓声，和刘三极有韵味的吆喝声："帽子头绳苍蝇拍，剪子顶针疙瘩针……张飞买马张飞骑，关公不买干着急！"悠长的尾音过后，婆娘们探出头来，男人们站起身来，拐角旮旯儿也蹦出了一群碎娃娃。我走过去说："我想灭老鼠。"刘三咧嘴笑道："你娃想当猫，用不着给我打报告！"我的脸唰一下子羞红了。刘三拍拍我的肩说："说笑哩，说笑哩。我这儿有粘鼠板哩。能粘皮，能拔毛，老鼠爬上没法跑。"刘三揭开粘鼠板，伸出食指按了一下胶面，抬起手时，长长的胶丝就被拉了出来。

狼有狼迹，蛇有蛇道。那晚，我将粘鼠板一面着地，一面沿墙立起铺在粮仓下，又给四周撒了小撮芝麻，借着月光，就趴在窗洞里静静地守候着。没过多久，我就看见一只老鼠噔地跳上了粘鼠板。我点着蜡烛，见老鼠趴在粘板上又伸胳膊又蹬腿的，它越挣扎，粘得越紧。挣得没劲了，黑豆样的眼睛露出了暗淡的光。我用火钳钳走老鼠，又铺好了板子。赶天明，没声没张就捉了两只，其中还有一只大肚子的。但鼠王始终没露面。

第三晚，这家伙终于熬不住了。可能是它早就注意到了粘鼠板，所以纵身一跃，并没有坐以待毙。隔天查看，地上满是爪痕，它又回到了洞里。

看出了破绽，这次我一下子铺了四张粘鼠板，它纵然有"飞人"之功，怕也难过鬼门关。鸦雀无声，暗夜四合。等到熟悉的吱吱声从屋角传来，娘掌灯过来，嗬！尺把长的毛贼被擒住了！至此，一窝老鼠全军覆没。

对一窝老鼠穷追猛打，听起来很不大气，但老鼠的"贪"着实让人恼火。就拿我家这窝老鼠来说吧，身居粮仓，本可以优哉游哉，但它们却贪婪得一而再，再而三地使坏，招来杀身之祸自然就不足为怪了。大秦丞相李斯未发迹时，曾受厕鼠仓鼠启示，明白了这样一个道理：一个人有没有出息，取决于自己所处的环境。环境不同，生活品质就不同。于是，他就辞了楚国上蔡的小吏，拜荀卿为师，以图日后大成。学业毕，他又想到了老鼠的启示，毅然选择去了秦国。在秦国，他凭着对七国争雄形势的透彻分析和卓越的政治智慧，官职节节升高。直至做到宰相，一人之下，万人之上，尊贵显赫，好不威风。但他和鼠们同样没有想到，操守才是立身之本。

贪心不足蛇吞象。秦始皇死后，李斯与赵高合谋，助二世为虐，最终为赵高所不容，公元前208年，李斯父子被秦二世以叛国罪腰斩于咸阳闹市。刑前，李斯忆起发迹前平淡安适的生活，追悔不已，与其子抱头痛哭，曰："吾欲与若复牵黄犬俱出上蔡东门逐狡兔，岂可得乎！"真是一失足成千古恨啊！

搬到新家后，我曾回老屋看过一回那个鼠洞。凛冽的北风从门缝挤进，那洞发出呜呜、呜呜空洞的声音。

小名木犊娃

秦地关中，村村都有木犊娃。不管羊娃、狗蛋曾是你的小名，还是俊豪、少勋现在是你的大名，只要是个带把的，幼时几乎都有个共同的名字——木犊娃。有些人长大了，这个名字逐渐淡出。有些人下巴长胡子了，头发白了，还是木犊娃。木犊已经成了他们的名字，嵌在了他们的骨里，长在了他们的肉里。

木犊娃，有乖萌、可爱、健壮的含义。过了百天的小子抱出门，嘴巴嘟嘟着，脸蛋粉扑扑，胳膊腿嫩白得像莲藕，虎头虎脑的样子，谁见了都想亲一亲、抱一抱，嘴里还会忍不住冒出一句："这木犊娃，爱死个人呢！"

"木犊"两个字，一木一犊，组合起来有讲究。细品，满满蕴含着期望、吉祥和富足。先说木。要想富，多植树。农家人庄前屋后，谁不种树？空气好、风景美。树木大了，盖房、割门窗、打家具，谁家都离不了。在过去，儿子们大了，父亲邀来村里的长老写约分家，木椽、屋檩、长着的树木都成为财产分割的一部分。有木有柴，就有了烟火。再说犊（牛）。牛是农家宝，拉车犁地离不了。牛温驯、忠厚，替人干了最重最累的活，人视牛如家人。养了牛，下了犊，当然如获至宝。邻村六叔家有两头大黄牛，他给牛洗澡、挠痒痒。牛爬坡他推车，光着膀子咬着牙，手抓车帮脚蹬地，嘴巴咧得能挂到耳朵上。六婶蒸了花卷、白馒头，他偷偷给牛也吃。夕阳落在村道上，六叔双手背后牵着牛，你快我快，你驻足我驻足，两下默契得我都怀疑他们到底谁牵着谁。

有了木，有了犊，生活的架子就搭好了，斜一丈顺八尺就能施展，农家人已然知足了。

　　乡村人心里的木犊娃，都是诚实守信的。狡诈的、爱算计的，够不上。有些人开初是好的，走着走着，就迷失了，有甚者最后还落个声名狼藉。小羊六岁时和老爸去赶集，路上捡了五元钱。他爸说："一会儿给你买油饼、买甑糕。"小羊说："老师说要交给警察呢。"他爸骂道："那让老师给你买好吃的去！"那天他爸拗不过，小羊最终把钱交给了老师。三十年后，小羊当上了副县长，和朋友、老板们一比，他觉得自己是个"穷光蛋"。于是，他想换车，找朋友；想换房，找朋友。一次两次挺顺溜，时间长了，竟然习惯了。万把元在他眼里，不再是个事儿。有年过年，他提着茅台去看老师。老师说："你大县长的酒，我不敢喝。"他愣住了。老师说："你成人精了，不是当年的木犊娃了。"

　　木犊娃得有副好身板，敢作敢为有担当。木犊娃小时候打陀螺、滚铁环、弹弹珠样样行；长大了脱掉上衣有腹肌，撸起袖子是腱子肉。种庄稼、干活要的就是这精气神，病恹恹顶不住梁。在乡村，那些吃饭拣大碗，上场拣小杈，吃死老爸睡塌床，好吃懒做怕动弹的，人见人厌，狗见狗汪汪。

　　木犊娃不木，自己该朝南走，还是向北行，茶壶里煮饺子——心里有数。木犊娃也有难场事，但脊梁直得不打弯，眼泪不在人前流。宝娃哥小时候双目失明，没上过学。他家兄弟姐妹多，日子过得紧巴。但他有志气、不消沉，不信天地不信命。靠摸索，他学会了做饭洗衣干农活；凭努力，他学会了种蘑菇、做生意、养乌鸡、酿苞谷酒，一招不成另想招，稳扎稳打向前奔，多年以后，成全了自己，带动了乡亲，受到了政府的褒奖。大家都赞他眼睛不亮心里明，是个乐观自信有骨气的汉子。这"人"字，是大写的。

　　木犊娃活得不拘谨。该吃吃，该喝喝，不做谦，不做作，有一说一，不会虚情假意。我听到一首关于"木犊娃"的童谣是这么唱的：

　　　　木犊娃，饭量大，

肚子撑得胡吱哇。

黑了睡下（方言读hà）呼噜大，

咬牙放屁说胡话。

幽默、生动的话语，把木犊娃率直、坦诚的性格特点刻画得真实、有趣，活灵活现。人是人来鳖是鳖，喇叭是铜锅是铁。木犊娃就是木犊娃，行不更名，坐不改姓。

撒　话

日子流转到腊月，西北风刮得呜呜响，平日清冷的乡村却热闹起来了。

村西头的二小子，领回个南方女子，年节准备订婚。村东的三丫头，身后跟个帅小伙，说是要让爹娘把把关。一同出去的三娃婚事没醒动，金贵两口子眉头就蹙成了一疙瘩。晚上，金贵躺在炕头磕了下烟锅说："孩儿大了，该撒话了。"三娃娘撩着围裙点点头。

乡村的婚事要动了。

撒话，属关中方言，是繁复的婚姻仪俗中的发轫环节。有动员、广而告之的意思。核心是"我家儿子打工回来了，有合适的女子给介绍一个"，或"我家有女初长成，该找婆家了"。乡村长大的人，都见过撒麦种。一把麦籽抓在手，力道要匀，心气要稳，挥撒时先半开再全抛，滑脱的籽种会随着优美的弧线，雨滴般落在泥土里。撒话和撒种一样，是个技术活，也要有远有近，四下布局，十面埋伏。

自由恋爱时兴多年了，但必要的牵线搭桥还是很管用的。

撒话的是主人，跑腿的是媒人。但撒出的话，不是都能落地生花。德行好，说媒的人门前排成队；人品差，乌鸦说成白的都没戏。有生产队时，二婶手腕利落，放工回家，不是顺手揪把苜蓿，就是给大襟袄里揣几团棉花，好几次被看护的人捉住了，脸面灰塌塌的没光亮。等到儿子大了说媳妇，她手脚不干净的旧事，把几门看好的亲事都搅黄了。那娃娃倒争气，当兵争下个军功章，城里的姑娘都给写情书呢。花姨嘴唇薄、颧骨高，骂起男人嘴里像吃了辣椒挂了刀，是个麻糜不分的"惹不起"。她家女子大了也没人来提亲，起初她满脑子冒问号，等到明白了曲折，不但改了瞎毛病，逢人有了笑，还推着老婆婆逛集看大戏哩。

婚姻不是儿戏，撒话定要讲实诚。乡里有句老话："说媳妇夸富贵，娶媳妇告艰难。"闲人的嘴、媒人的腿，属两不靠谱。订婚前，男方为了引得凤凰来，晒钱炫富不足奇，但也不能舌大口阔，满嘴跑火车。被戳穿了，毁了一门亲；囫囵结婚了，就是个苦果。故而主家要稳住砣，不能打诳语。铁头叔的兄弟在县上当局长，谁碰上个糟心事，铁头叔的口头禅就是"有啥愁烦的，我到县上给你二叔说说去"。你还别说，还真有几件事办成了。大家一夸赞，铁头叔乐得眉眼堆笑，摇头晃脑的。

儿子相亲那天，他拍着胸脯给准亲家许诺说："女子进了门，十指不沾阳春水，脚穿皮鞋不沾土，让他叔给安排个坐凉房间的好工作。"可儿媳妇娶进门，他嘴上像挂了锁不吭声了。媳妇嘬嘴吊脸子，儿子也怨爹放了空炮。宝娃哥也爱咧大嘴，撒话时牛皮吹得牛都想哭。亲家抓住话茬，彩礼来了个狮子大张口。这下热闹了，回到家婆姨气得跺脚又瞪眼，夹着包袱要回娘家，他这才发觉话说冒飘了。想改口，儿子看上了人家女娃娃又不依，他只好蔫巴巴出门借钱去了。

话撒了，等待是个焦心事。这比不得撵兔逮鸡娃，眼窝尖、手脚快、有力气就行，没耳没把的，不好挖抓呀。娃们回家的日子有期限，爹娘就掐指头算计着，看有几人上门提亲了。晚上定下神，还要比对分析着，看哪个门当户对正合适。高不成、低不就，勉强扭下的瓜也不甜。当然也有例外。三丑娶的媳妇貌若天仙像朵花，大家弄不懂女娃子看上了他哪一点。有人问三丑，三丑说："鲜花插在牛粪上长得旺嘛。"知底的人都明白，三丑脑子活，心眼多，干加工、运沙石，把苦下了，把钱也挣了。女娃子看他强过那些好看没担当的"小鲜肉"，能不爱吗？三丑这俊媳妇数钱、算账、经营小家也是一把好手，两个人夫唱妇随很般配。

年节是婚恋黄金季。前几天，我见金贵叔迈着方步唱秦腔，露着白牙笑嘻嘻的，打趣说："叔，三娃的婚事有着落了？"金贵叔说："嗯嗯。腊月初九是个好日子，来喝喜酒哦。"他凑近我又说："年后，三娃就要和对象结伴出门打工了。"

关中旦娃

花姨的孙女随打工的爸妈从城里回家了，呼啦围上了一群人。

麻婶说："哎哟哟，这娃娃惜得像旦娃呢。""旦旦女，来，让婆看一看。"三姨刚刚掏完炕，胳臂袖头都是灰。胖嫂抢先一步搂住娃娃说："姨，你把人拾掇干净了再来。我先亲一下这爱死个人的女旦娃。"

惜，是关中人口中"漂亮、俊美"的意思。漂亮到了啥程度？像旦娃。这"旦"，指的就是秦腔中的正旦（青衣）。

关中人有三大爱好：看戏、逛会、咥粘面。看戏属精神生活，是吃饱了、喝胀了、逛美了后的首选。黄土地绵软浑厚，关中人倔强耿直。哭了，笑了，能生一出柔情百折的秦腔；爱了，恨了，就有一段九曲连环的故事。他们的生活离不开秦腔。大婚时唱，盖新房了唱，过寿、葬埋人也要唱。台上演员唱，台下他们和，谁错了一句词、少走一步路都瞒不过。戏曲里的人物在心底生了根。尤其是那旦角更疼人，腮边一点红，水袖随风摆，爱恨苦悲，全在眼角眉梢上。小时候我随爹娘看社戏，小旦一扬手、一蹙眉、一声叹，若雪地里发现了一枝梅，迷醉得人心尖都打战。

现实中，他们就这样把"旦"融入了生活，把生活戏剧化。

旦娃女红最能拿出手。女子们七夕望月穿银针，晨起对镜贴花黄。顽皮撒娇娘不怪，倘若不潜心学裁缝画花样，少不了要挨几鞋帮。娘训导说："学会了，且不提你出嫁后能顾惜自个儿家，'亮针线'那天，也是在'晒'我的脸面呢。""亮针线"是指新娘娶进门，在堂屋展出陪嫁的刺绣、缝纫等针线活，让人欣赏评价哩。活好，受夸赞；活糙，爹娘会跟着受非议。丽姐少时和姥姥学缝布老虎，后来结婚生子、打工种地就把手艺搁置了。多年前，镇上建了民俗村，老古董、老手艺兴盛了。她备了剪刀、布料和棉花，缝制了一笸箩大大小小的布老虎想探探水。没想到这些驱邪避灾、代表平安吉祥的物件很受青睐，三下五除二就卖光了。她花心思又设计缝制出了老虎鞋、老虎兜、老虎挂件等系列布艺品，惹得游客直跷大拇指。现在采取公司+农户模式，她的老虎更是添了翼，富了自己，还带动了一大群姐妹。

旦娃心生莲花自芬芳。乡村不缺老故事，"孔融让梨""程门立雪"，孝悌礼义的教化从小没少听，耳濡目染，她们悟到了做人该是个啥模样。桂嫂搀扶着脑梗的公公在广场学走路。老人脚上系着绳，桂嫂拉一下，公公挪一步，累得她脸颊额头都是汗。丈夫远路打工，她把半瘫公婆三餐吃饭、喂药擦身、按摩换洗的活全拿下了。她用行为传承美德，孩子们回到家，也主动帮忙干农活、做家务，给爷爷奶奶喂饭端尿壶。婆婆在门口夸赞说："我这一家子，离了女旦娃可不得了。"

旦娃骨子里面多自信。《白蛇传》里的白云仙、《五典坡》里的王宝钏、《花亭相会》中的张梅英……会矜持、爱害羞，关键时刻却柔韧坚毅、敢爱敢恨。妮子患有先天性脑瘫，如花的生命蒙上了灰暗的阴影。她用嘴巴咬着笔练写字，"微商"助人卖果蔬。几年打拼，几年摸索，她已不再是爹娘眼里的"小可怜"，而是人见人爱的"旦娃子"。

旦娃的惜在心灵。光阴易逝，容颜易老。妖媚娇艳不当食，胭脂花粉不当衣。她们的世界有柴米油盐，有聚散离合。真实的生活，平凡的人生，让她们从青涩到成熟，时刻绽放着迷人的美。

乡恋

　　田野里，一畦一畦的麦子，站成了夏天最美的姿势。有风吹来，垄头高大笔直的白杨舞动枝干，连天的麦棵此起彼伏，哗啦啦，唰唰唰，仿佛在合奏一曲波澜壮阔的丰收曲。我常常被这种恢宏和色彩所震撼，眼里满是铺麦子上场、拉新麦磨面的自豪和美好。

　　少年时，为了几朵微小的豌豆花，我经常会伏身麦垄间。雨后的阳光潮潮的，土地软软的，贴近它们，我感觉脚底好像生出了须根，自己也变成了一株青麦子。然而，欢乐过后，一觉睡醒，麦子依旧，而我却已人到中年。

木匠二哥

我是在清晨散步时见到二哥的。

那时，他正架着二郎腿坐在后院的井台边。伏里的天气，早晨起来有一股难耐的暑热。二哥上身赤裸，脊背弓屈，一边品茶，一边认真地收听着广播里的新闻。直到他起身续水时，才注意到我的存在。

二哥姓张，是方圆百里有名的木匠。早年我们两家是近邻，出于对手工技艺的热爱，二哥干活时我常常是最忠实的粉丝。只是后来他家迁到了村东南，而我又大多在远离家乡的外地务工，所以彼此见面的机会才少了很多。

二哥与早年间留给我的印象大相径庭。原来他瘦归瘦，胳臂腿肚子满是腱子肉。鼻头高挺，双目有神，脸部轮廓方正分明，应该算是村里的英俊汉子。几年不见，怎么只剩下黑瘦的躯干和高耸的颧骨了呢？

走进二哥家，我看见窗台上放着一个装满木楔的搪瓷小碗。问二哥："怎么放这么多木楔？"二哥说都是用裁下的榫头做的。我说："现在的家具不都是用五金件连接，还用得上木楔？"二哥半晌不搭腔，后来沉沉地说："只用五金件，那、那也算是木匠？"据我所知，传统家具都是以榫卯相接的，这样不仅严谨、牢固，还有装饰作用。榫卯结构的种类很多，就其使用的部位、功能和形态而言，大体可分为明榫、暗榫、套榫、夹头榫、插肩榫、抱肩榫、钩挂榫、燕尾榫、楔钉榫及走马销等。各种榫卯结构奇特，灵活多变，学问很深奥的。

二哥说："家具套好榫，再用破头楔子蘸胶夹一下，结实得很哩。活，不说大小，干，就要给人家干好哩。"说完，二哥意味深长地看了我一眼。

说话间，来了一个客户，说是需要二十个小凳，要二哥抓紧做，娃娃要订婚哩，货到付款。二哥非常高兴，赶紧切开西瓜招待客人。

二哥说："你看，我干的都是打紧的活呢。李家的门框坏了，王家的架子车烂了，今日东家换个挡板，明日西家修个桌面，庄户人过日子谁能离了修修补补？"说话间，街上有蹦蹦车隆隆驶过，乡邻有孩子结婚买回了新家具。二哥的声音渐渐低了，眼里流露出阻遏不住的迷惘。是的，现在的孩子结婚，都是买的家具，谁还请木匠做呢？我问二哥："一个凳子多少钱？"二哥说："十元。"我算了算，一个凳子十元，二十个二百元，每个凳子木料、电费等成本合计下来低不了五元，二哥剩余多少呢？耗力耗时算不算？

小时候，但凡家里请木匠，母亲总会倾其所有，每天要上两三道菜的。看着我眼馋的模样，父亲就说不要只是羡慕，自己也好好学个本事，长大了才有饭吃呢。可是他们没想到，匠人也会穷途末路。作为木匠，谁不想成为能割床、能雕梁画栋、能打大家具的"大拿"呢？但现在……为了展示手艺，二哥只能拿出几个小凳让我看。我掂了掂，又看了榫，还坐了坐，果然美观牢固有分量。

乡里人把会点手艺的人统称为"匠人"。茶有茶道，匠有匠道。忠于规，不逾矩，拒绝短期诱惑，也许就是二哥始终孤守作坊、不改初衷的根本原因。

二哥的工房十分简陋，但并不影响他静心专注地干好每样活计。一凿一刨、一刻一画，他都做得十分虔诚。树是活的，木是死的。在他眼里，家具就是有生命的树，树就是活着的家具。家具沁入了二哥的执着和心思，才有了人的灵气和性格。

走近窗前的工作台，二哥双手紧握刨柄，猫下腰、叉开步，对着一块木板用力地推起来。喊——喊——刨花翻滚着跌下台板，在他的脚下环环相扣，层层叠叠。不一会儿，他背上的汗就流淌得一缕一缕的。

二哥生于1940年，算算已是七十多岁的人了。虽然一生吃重，练就了结实的身板骨，但毕竟年龄不饶人啊！如今许多活计不得不依靠电刨子代劳。休息的时候，二哥点燃一根烟专注地品着、吸着，好像失去的力气可以从烟卷中弥补回来。我劝二哥少抽点，二哥说："能抽烟，说明我身体还行。不能抽了，哥就真的老了。"

村里许多年轻人都想不到，二哥曾经是20世纪50年代令人羡慕的美术中专生。1958年，二哥十八岁。那年，他由于喜爱美术，考中了西安美术学院附属中等美术学校。那时的二哥，心想毕业后就成了"公家人"，意气风发，神采奕奕。但没想到，临近毕业的时候，国家一个号召，他又懵懵懂懂地从省城回到了家，成了一个面朝黄土背朝天的农民。

幸好，那时村上经常需要配合上面搞活动，他这个"有本事"的中专生，就又派上了用场。今天出个墙报，明天刷个标语，甚至凭着名气，他还在公社棉花公司干上了会计。生活虽然看起来并不那么沮丧，但二哥还是不满足于只写几个美术字，或拨拉一阵算盘珠。终于，在一个夏日的午后，他招来了同村的两个青年，端出了大家一块学木工的计划。可谁有钱有闲去拜师呢？二哥说："不用拜师。我懂美术，我先干，会了，就教你们。"就这样，在他父亲不理解的骂声中，二哥他们白天劳动，晚上学木工。两年后，还真出了师。

靠着自学的本领，公社供销社把他定为专职的木器供应者。大热天坐凉房底下干活，还能挣工资、挣工分，这可实在是件了不起的事。更重要的是，那个年代，别人买不来白糖，他能；别人买不来自行车，他能。二哥一时间成了四乡八镇的大红人。有年，公社开物资交流大会，准备唱大戏，可就是要不来电，领导们急得抓耳挠腮。这时，有人想起了在某部队仓库干木工的二哥，就提议让他借部队的发电机应个急。二哥一听满口答应，跨上车子就动身了。那天晚上天还没黑透，大戏果然咚咚锵锵地开演了。

说到这些，曾经的辉煌映照着二哥苍老的面孔，我被他开心的一刻深深地感动了。

二哥的牙齿脱落了几颗，一块小小的馒头，都要在嘴里咕哝半天。尽管如此，二哥每天仍然继续着他的木匠工作，抽空还要兼顾二亩地的庄稼。这不，等到下午太阳落了山，他还要去地里拔一会儿草。庄稼地已盛不下年轻人的梦想和追求，收收种种的农家活计也只能落到留守的老老少少肩头了。

离开二哥家，我的心情很复杂。我明白，是"木匠"这个词见证了二哥的梦想，给予他绘画设计的天地、天天向上的信心，但同时又伤害了他的身体，时时勾起他无法忘怀的回忆。那么，二哥蹒跚的步履还能走多远呢?

花 草 祭

几场春雨过后，桃红柳绿，菜花灿烂。父亲茔上成片的草，手牵着手，臂挽着臂，也连缀成了清香的翠衣。

记得父亲刚刚故去的那个清明，我看见乡邻们给亡故的亲人焚烧纸做的冰箱、彩电、空调什么的，也曾有那么一点心动。可真的要去订制时，我却改变了主意：父亲一生都离不开土地、庄稼，种植一些花草在茔头，老人家会不会过得更舒心、更自在？

清明那天，我和哥哥们来到父亲的坟地，给老人家圆过坟、焚过香、磕过头，就查点起坟头那些葳蕤的草、花。这儿是猫儿眼、宝盖草，那儿是爬地龙、麦花瓶……呵呵，这些越过冬的生命，虽然干叶尚未完全退尽，甚至芽尖还有些怯怯懦懦的，但挑起一颗露珠，一眨一眨的，仍然生动鲜活。

"怎么不见打碗碗花呢？"三哥好像在寻找一位朋友。是啊，打碗碗花可不能少。那是一种藤蔓植物，有着浅红、淡粉、白里透红的花朵，它们或贴着地面匍匐前进，或缠绕着植株向上爬行。我一直迷恋它们优雅的舞步、曼妙的身材、娇艳的花朵，但却想不出赞美的句子，直至读了唐人李贺的"花枝草蔓眼中开，小白长红越女腮。可怜日暮嫣香落，嫁与春风不用媒"的诗句，才还了一个藏在梦里的夙愿。少年时，它们可是藏着我不少美好的心事。我曾经幻想着用它们编织一个花环，送给一位仰慕的小姐姐。可是，采啊采啊，就是采不够，等到攒够了一大束，花却悄悄地枯萎了。父亲喜欢那些花，是因为它们是兔子、猪崽的青饲料。不是他不懂浪漫，而是他太能感受到生活的沉重。我跑过小渠，铲回一棵打碗碗花，小心翼翼地植在了父亲的坟头，还在空出的地方，撒上了四下里采摘的草籽。

哥说："草、花全了，父亲今年暑天就不会再热了。"

我说："父亲还可以坐在阴凉处，看他的麦苗、玉米棒、牛、马哩。"

那一年，父亲的坟茔果然鲜花盛开、绿意盈盈。其实，对于热，对于暑天，作为庄稼人的父亲，心里从来就没个"怕"字。苗儿除草浇水、庄稼收割碾打、土地平整耙糖，哪一样能离开烈日下的劳作？哪一样又能躲在凉房底下品茗呢？父亲在离开的前一天上午，还用架子车给田里拉了三车粪，可谁能想到这个年逾八句还如此勤劳的老人，第二天早上却无疾而终。

父亲老了。虽然他一句也没喊过热，但他苍老的身躯，毕竟犹如过了芒种的麦子，行将枯槁。有年暑天，我看见父亲眼睛红红的，就买回了一台电风扇，让他热的时候吹吹凉风。可有一天大哥却找到我说，父亲将电风扇收起来了，他怕浪费电。是的，父亲辛劳了一生，节俭了一生，即使天堂里空调可转、冰箱制冷、彩电能开，那又如何？老人舍得开启吗？他也许真的更适合自己的纳凉方式。

看见草、花们已经根深了，长大了，我心里很是安慰。饥饿时，它们曾滋养过我的身心；贫困时，曾为我换回过学费；困惑时，曾放飞过我的想象。现在，它们与我的父亲为伴，为我的父亲遮阳挡雨。我感谢这些草、花们呢。

夜幕垂临，潮湿的地气，慢慢浓酽起来。我沉沉地磕下一个头，为父亲，也为草、花们。

腊月的乡集

关中道上的乡集、庙会，大多集中在农事散淡的冬闲季节。到了腊月，年味日渐浓酽，也就不管是不是集日，人多路畅的地方，差不多天天都能形成人头攒动的集市。

家乡的年集，今年走出了老街，一团聚在新开的仿古集贸市场门前，一溜连缀在广场北侧的人行道上。较前而言，地域开阔，视野通透，吸纳了更多的人气。那些做买卖的商家，按照商品的类别或经营的属性，自然分群，抱团取暖。他们搭架子、摆板凳、架案子、置锅灶，或卖水果，或卖干鲜蔬菜，或卖衣袜鞋帽，或经营小吃面点，各显其能，吆喝声、叫卖声此起彼伏。

随着人流，我边走边看，一路上碰到好几个头戴猴王冠的小朋友。一打问，才知道有人专门制作售卖这种帽饰。这猴王冠金色帽圈，红缎系带，两耳后有柔长、坚韧的花翎子。娃娃们戴上它，一举手一投足，花翎子或卷曲，或旋转，或跃动，很招人喜爱。突然，我被远处传来的哄笑声所吸引。走近一看，原来是个卖削皮刀的小哥。他坐在一张矮凳上，头戴耳麦，手持削刀，边削萝卜土豆边说唱："五块钱，又不多，到不了美国新加坡。五块钱，又不贵，嫌买贵了还包退。往前推就往后拉，等于把技术学到家。"听起来蛮生动的。见有人还犹豫，他又唱："你说五块贵不贵，买瓶酒儿伤了胃，买包烟儿伤了肺。买个刀儿没有罪，老婆夸你干得对，夫妻感情翻一倍。"呵呵，那幽默煽情的语言还真说服了围观者。我也心里一动，赶忙喊小哥拿了一把。

说是逛会，其实小吃才是最吸引我的。辣子疙瘩、粉汤羊血、油炒凉粉，

梦故乡真

这些都让我垂涎欲滴。但很多时候，我会选一处安静的排档坐下，要一碟酸辣适口、筋光柔软的凉皮，再来一碗热腾腾的豌豆面糊汤。我一直觉得，这一凉一热是绝好的搭配。事实上，寒风中吃凉皮确实有一种独特的感受，尤其是当油泼辣子在额头上催出潮潮的细汗时，境界最佳。

糊汤是用豌豆面加杏仁、黄豆、芝麻、桃仁等熬制而成，也有再加入青菜、粉丝的。黏稠喷香，余味悠长。我品味一次，陶醉一次，其痴迷完全缘于对一种植物的怀恋和偏爱。

我初识豌豆是在生产队的饲养室里。那时豌豆是作为"硬料"，专供驴骡马等高脚牲口添力的。孩子们好奇，偶尔偷出一把两把炒食，那唇齿留香的余味让我对豌豆十分关注。在乡间，豌豆常常套种在麦田里，属于夹带的副产品。开春麦子起身时，它只是隐约可见。谷雨过后，在绿油油的麦田里，它蓦地就这儿绽开一朵小花，那儿绽开一朵小花，像纯净的画布上突然栖落了几只彩蝶，极其耀眼。过不了几天，这些红的、紫的、白的、粉的精灵，就把一片沉寂的田野映照铺陈得满目璀璨、清香弥漫，连强势的麦子都成了配角。它卷曲的触须一长一绕，步步升高，此时突袭的大风再也吹不倒它了。麦收之前，豌豆初成。鼓鼓的豆荚，如月牙样弯弯。掐掉豆角的两头，轻轻一撕，边上就会翻卷出弹簧般的筋丝，这时你会看到水灵灵、脆生生的豆粒。这样嫩嫩的豌豆烧汤、熬粥最是鲜美，只可惜我多年没见到滚圆的豌豆了。

吃过、喝过，看一折秦腔是不错的选择。小时候我看秦腔，虽然从哇哇咋咋、缠缠绵绵的吼叫或倾诉中，并没有听懂多少戏词，但武生的兵器、长靴却让我非常着迷。有次，我和一群娃娃跑到后台看化装，不知哪位猛然发声喊，慌乱逃跑中，我被踩丢了一只鞋，为此差点挨了娘一顿打。孩子的模仿欲是极强的。我曾用柔韧的茅草轧制了一副长髯，又砍段树枝作为丈八蛇矛，偷偷穿上大哥的高勒雨靴，就在野地里与伙伴们演练剧中的情节，现在想来，依然异趣横生！

戏台的一侧，有几位书法爱好者在义写春联。写好的对联一出手，就有人

142

欣喜地接了过去。对联的内容，句句透着喜庆和祥和，如：雪消门外千山绿，猴到人间万户春；旧岁又添几个喜，新年更上一层楼；民安国泰逢盛世，风调雨顺颂华年……那些有点文墨功底的人，也有自己捉笔上手的。这一写，既有了过年的对联，还博得满堂喝彩，其喜洋洋者矣！配合着对联，四周还有卖灯笼、福字、门神的，红红的一大片，把个冬天都烘托得没了寒气。

暮色渐起，集散人还。回望来路，那些采购了年货的人们四散而去。他们手里拿的、车架挂的、肩上扛的，个个满满当当，脸上都洋溢着一样的喜悦。

那一片庄稼地

　　我二十岁那年秋后，父亲坐在门槛上磕着烟锅对我说："你长大了，庄东那片地交给你打理吧。"父亲一字一顿，满脸郑重，像托付一件天大的事情。我瞅了瞅门后沉默的铁锨、弯锄和镬头，心里把娶媳妇盖房的事，就托付给了这群伙计们。

　　那片地不长不宽，有三亩多，平整顺溜，旱涝保收。有一年，父亲让我和哥给地里拉墙土粪，哥腿长，一行倒八车，我没劲，一行偷偷倒五车。拉完粪，父亲指着剩下的粪说："我估摸粪剩不下来，咋会多了？"我说他看花眼了。没承想人哄地地不哄人，三个月不到，哥那几行玉米苗绿油油的，我的那几行个个面黄肌瘦的，看上去就像两个娘生的娃娃。这次，我整好地，比往年每亩增加了二十斤播种量，又厚厚地捂了一层猪粪、墙土粪，想凭此恢复好名誉。

　　麦子出苗了。一大片，齐整整的，像喝了油似的，噌噌地往上蹿。父亲从地里转了一圈回来说："麦苗要冬旺了，得用石碾碾碾。"我说："咱要的就是这个长势，碾啥哩？"父亲看了看我，摇摇头不吭气了。

　　走进三九，一场漫天大雪悄无声息地落了下来。村西的张三裹紧棉袄说："瑞雪兆丰年，回家睡觉喽！"我也跟着起哄道："睡觉喽，睡觉喽！"我抱过一捆玉米秸秆，烧热土炕，蒙上被子，呼噜呼噜大睡了两天。

　　雪后初晴，太阳明晃晃的，西北风却干冷干冷的，刮得圈里的猪哼哼唧唧都挤成了堆。我转到田里一看，麦子冻死了快大半，活着的头顶挂着干叶，活像打了败仗的伤兵举着白旗。回到家，我躺在炕上难过得吃不下饭，父亲却悠闲地坐在圈椅上，对着南山吐烟圈。晚上我喂猪打窗下过，听娘数落说："娃不会种庄稼，你就不知道指教些？"父亲说："庄稼行里能打磨人哩，自己揣摩去。"娘抱怨得紧了，他又说冻死的，也是多余的。哎，整了我那么多粪……暗夜里我气得使劲跺了一下脚，咕咕叫的鸡噤了声，他们的谈话也停了。

没想到第二天，村西张六老汉突然主动给我说："抓住春灌和冬灌，麦苗还有挽救哩。"我如法炮制，开春后，水足粪饱，阳气升腾，麦子果然使劲地分蘖。几天时间，裸露的地皮又覆盖严实了。太阳暖洋洋的，一朵朵白云，像漂在水面的棉朵，悠悠的，我惬意地躺在地垄上听庄稼地的声响。等我睁开眼，身边的麦棵上已开满了黄黄的小花，再回头，四下里已是大片大片的麦花。

微风拂动麦叶，麦子就亮了芒。芒种那天，布谷刚在树梢上嘹了一声，我一骨碌翻起来，摸起镰刀就往外冲。娘在身后说："娃还小，看把娃劳作的。"父亲说："哪个正经庄稼汉不出几身汗？"那一年，我的麦子还真没少打，颗粒饱满，色泽圆润，装满一袋子，大力士牛三都抡不上肩呢。

碾打完麦子忙种秋。我几行地种辣椒，几行地种红薯、萝卜，大部分种玉米，地头塄坎点南瓜、冬瓜，玉米行间套种黄豆。老黑叔吆着青驴打地头经过，左瞅瞅，右瞭瞭，临末自言自语地说："这娃心眼多得很嘛，怕是超过他爸咧。"

田禾出苗后，我天天守在庄稼地里。汗珠是酸臭的，但落在豆秧上，就变成了一粒粒黄豆，落在玉米粉红的缨子上，就孕育出一个肥肥的大棒子。咬一口长不盈寸的辣椒，我尝到了力气的另一种滋味。力气大的，庄稼的味道就浓烈。

一年中，庄稼地大多数时候是静默的，但秋天是热烈的。收玉米那天，天蓝得像一块蓝宝石。雁阵摆成人字形，一路鸣叫着向南行进。我砍秆，娘掰棒子，父亲转运，二亩玉米一天时间就收完了。第二天挖红薯、拔萝卜、摘南瓜，那个忙啊，我使出了全年的劲。邻居黑娃是个大胃王，坐在地头，咔嚓咔嚓地，一袋烟工夫就拾掇了几个大萝卜。二蛋娃用小刀划开一个牛角椒，缠着他妈给撒了几粒盐，一口辣椒一口馍，辣得鼻涕眼泪直流，嘴还张得像个大车门。晚上，父亲把萝卜、红薯切成片，娘把过了开水的萝卜缨子窝在酸菜缸里，我抡开膀子挖菜窖。晒过的薯干，蒸熟了干面干面的。晒过的萝卜干，冬天用开水一烫，撒上调料，煎油一泼，那个香啊，叫人能忘了生日。第二天，我端着簸箕上房晾萝卜片。正着不好上，我就背过身上，刚踏了三级梯子，连人带菜就跌翻在了地上。饲养园的广场上不知谁家晾了玉米粒，小把戏们搬两块砖，撒几粒谷子，在那里压麻雀。收获的季节，人人都忙得转圈圈。

秋收没几天，屋檐下挂上了几串红辣椒，窗台上摆了几摞大南瓜，院中间垒了几座高大的玉米塔，墙脚的松土下藏了一溜大菜窖，空气里弥漫着甜丝丝的香气。该收获的就得收获，我的眼里除了庄稼，还有一个扎着长辫、额前飘着刘海的女子，这女子的心也被从城里回家帮忙收秋的黑蛋牵住了。

种好麦子、刨好地垄，我的脚就踏出了那片庄稼地。送别时，父亲的脚步是沉重的，除了再三叮咛外，一路沉默寡言。

隔年秋天，霖雨唰唰啦啦地下个不停。我突然接到父亲病危的电话。回到家，父亲已躺在了床上。妻和乡邻们给他换上了他平时舍不得穿的新衣新帽、新鞋新袜。他拉着我的手，嘴几次欲张又合，终于还是没说出要说的那几句话。葬完父亲，妻问："你知道爸那天想说啥？"我摇摇头。妻说："爸想说东庄地里还差几车粪呢。"

父亲一生都在打理庄稼。苗长脱了，他可以掐断它。哪个窝里挤了三根苗，他顺手可以拔掉多余的。但庄稼渴了、病了，他就得不分昼夜地服侍。庄稼长高了，长壮了，他却变瘦了，变驼了，老了还融化在了庄稼地。庄稼地靠什么让他迷恋终生呢？

收拾好车子，我得替父亲、替自己补上那几车粪。城市的风很大很硬，有些人被吹得一生都找不见回家的路。我不想丢失了自己，我的根还得扎在那一片庄稼地里。

楼观寻福

烈日下，大巴像条怕晒的虫子，快速地向目的地移动着。昏昏欲睡间，导游的一句楼观台是"天下第一福地"的简介，让我睡意顿消。

关于幸福，我有太多的纠结和郁闷。有人说，幸福是一生平安；有人说，幸福是拥有一个美满的家庭；有人说，幸福是衣食无忧；有人说，幸福是一辈子健康……既来福地，何不借此机会以明心智？

楼观有道，由来已久。传说，周康王时期的大夫尹喜有天正和夫人草堂对弈，忽见一股紫气如蛟龙腾舞，自东西迈，知是天象非凡，于是便上书朝廷愿为函谷关令。到关，敕门吏曰："若有名翁从东来，乘青牛，勿让过关，当禀我知。"时日将至，尹喜便令下人斋戒，恭候迎接。至期，果见一老者坐骑牛背，逍遥而至。遂相携入关，请老君讲经传道。此后，几经盛衰，南北朝时期，北方著名道士大多集中在这里，并形成了著名的"楼观派"。读"初入山门气象幽，春风先到紫云楼。雪消碧瓦六花尽，烟绕丹楹五色浮"（宋代章子厚诗句）和"瑶花琪树间霓旌，十二朱楼接五城"（元代萨都剌诗句）这样的句子，可以想象道教当年之盛景。

车至楼观台，穿过竹林，拾级而上，透过参天古木，葱郁竹海，可以看到山巅有一尊铜铸的老子雕像。雕像鹤发童颜、大耳美髯、目光深邃，屏气凝神，飘飘然独立于尘世之外。作为道教祖庭，在这里我没有看到繁盛的香火、如云的香客，迷信的成分自然弱一些，而优秀的中国传统思想文化肯定会让我不虚此行。

再说经台，给我留下深刻印象的是院内的上善池。上善池形同八卦，池壁石龙吐水，池底泉水如镜。池旁有一亭，八卦悬顶，中立一碑，上刻"上善池"三个隶书大字，笔力浑厚，气韵生动。相传，元朝时当地发生一场瘟疫，死者无数，民不聊生。某夜，楼观台监事梦见太上老君降临，告诉他院子里石板下有一清泉，可以治此瘟疫。梦醒后，他令依梦寻找，果然发现了山泉。而百姓们饮了此水，两个时辰后病不治自愈。三年后，大书法家赵孟頫来楼观游览，听到泉水治病之事深感奇异，遂取《道德经》中"上善若水，水善利万物而不争"之意，挥笔题写了"上善池"三个字。水，柔和得可以随器幻形，强大得可以推动巨石，执着得可以穿石……老子用无形的水，教诲人们要顺势而为、滋润万物，利益人群而不争名利，实在是"道法自然"的最佳诠释。古人云："闻过则喜，闻善则拜。"古人修君子之道，每日三省其身，我是不是也应该把目光放低些，把内心的追求提高些，从最细微的事开始，做一个平凡的有高贵心灵的人？走近天尊，我满怀虔诚，深鞠一躬。

同行有个女孩抽了个中签，不解其意，心里总是惴惴的。导游说，签虽分上下，但命运却不由签定。曾经有两个人一同来抽签，一人抽上签，预示仕途光明，一人抽下签，解说近有小难。抽上签者扬扬得意，抽下签者愁眉不展。然几月过后，抽上签者因贪腐事发身陷囹圄，抽下签者则力克困局，反而转危为安。细思其中曲折，甚合道家"祸兮福之所倚，福兮祸之所伏"的辩证思想。由此看来，生活中我们完全没必要把不属于痛苦的东西当作痛苦，把不属于忧伤的东西当作忧伤，"见素抱朴，少私寡欲"，顶得住诱惑，稳得住心神，才能气定神闲，赢得快乐和安康。

像许多历史悠久的人文景点一样，楼观台也古木参天。老子像的近旁有棵枝繁叶茂的银杏树，传说为老子手植，干径十围，冠盖如庐，数千年来，虽屡经风雨雷电，兵毁火焚，如铁的枝干仍高高地舒展于天空，凝苍凉、生机、和谐于一身，很自由，亦很洒脱，不是精灵，自蕴清奇，生于凡尘，遍身道骨。导游说其中的七星树和铁锈榆，也同样是罕见的树种，且都有悠久的历史。古树采天地之灵气，聚日月之精华，故常吸引八方来客朝拜。一广东哥们，曾一动不动地抱了铁锈榆三五个时辰。问之，答曰："吸收'天下第一福地'的灵气呢！"让人笑后，又慨叹不已。

老子祠启玄殿后，有一八角形石碾盘，传说是女娲炼石补天留下的，赠给了老子，老子就用它碾药。导游说敲三下发财、敲六下有福、敲九下长寿，敲击此石不同部位，音韵各异，故名"响石"。我拿起横放于石盘上的木棒随意敲击了几下，不求福禄寿至，只想在清越之声中领略一下"大音希声"的境界，撷几缕道家的智慧之光填补一下精神的空白。

我站在讲经台的最高处，极目四望，千峰叠翠，心旷神怡，胸中块垒，早已烟消。苏轼题留楼观台诗云："剑舞有神通草圣，海山无事化琴工。此台一览秦川小，不待传经意已空。"诚哉斯言！

出了讲经台，翠竹夹道，石阶通天，四周全是深深浅浅的绿色。我本意欲攀爬凤凰岭，到山顶去看炼丹炉，然到底是凡胎浊骨，终因畏惧艳阳，走到一半就放弃了，现在想想却有点后悔。

休憩中，我走进了山腰一间小吃部。老板娘是个二十多岁的女子，体态丰盈，待人热情。闲聊中，知道她是当地人，和老公一起卖小吃，兼营一些小杂货。开始一两年很可怜，几乎开不下去，随着景点的扩建，人流的增加，生意才开始逐渐有起色。她家的小孩约莫两三岁，不惧生，善言语，很逗人喜爱。言及家事和未来的打算，女子脸上全是满足和自信的喜气。那一刻，我明白普通人的幸福其实很简单，也许就是天黑后，一家人围坐在一起吃顿饭；也许就是孩子们羽翼丰满，能够像鸟儿一样独自外出去觅食……幸福掌握在自己手中，而不是在别人眼中。凡事只要努力去做，求得一份付出后的坦然，得到的也是一种快乐！

傍晚时分，我栖息在楼观台下的一处农业博览园里。园里绿草如茵，红的、蓝的、黄的各色椭圆形的小帐篷遍地散落，灿若星斗。薄暮里，点点灯火次第亮起，我心底瞬间涌起恬静和温馨。幸福，其实距离我们真的不遥远。

搂紧你的腰

电动摩托车推出门，妻坐上后座。正要起步，同村一位大嫂看见打趣道："妹子，把腰搂上。"妻笑答："老了，没那么浪漫了。"大嫂说："搂上是亲密呢。"

大嫂的话，不由得让我想起一件旧事。

前年秋末的某个黄昏，我去村口闲转。收获后的田野，高低不齐的玉米根茎直刺苍天。秋风扫过，残枝窸窣，一片寂寥惆怅。我郁闷地望着远方发愣，忽然身后传来嗒嗒的木杖落地的声音。我回头一看，邻村一位老哥携着老伴蹒跚而来。老哥右手拄杖，左手搂着老伴的后背。老嫂左手蜷曲，右手紧紧抓着老哥的衣襟。她的嘴角有些歪斜，双目无神，僵硬的身体倚靠在丈夫的身上，每挪动一步，仿佛都要使出全部的力气。我走过去问候。老哥说："你嫂子患了脑血栓，半边身子不太听使唤。我带她出来散散心，顺便做些康复锻炼。"说话时，老哥不时用手帕帮老伴擦着嘴角的口水。老嫂啊啊哦哦，却始终没吱唔个囫囵话语，但从她比画的手势里，我分明看到有幸福的光晕飘上她的脸颊。老哥年轻时是个军人，虽然退伍多年，但走起路来，仍然雄起起气昂昂的。几年不见，竟然腰身佝偻，满头白发，看来老嫂的病他没少操心。说完话，他搂起老伴，俩人又嗒嗒地缓慢离去。

我低头发痴一阵，抬头再看，绯红的夕阳里，已然衔了幅温馨的剪影。

妻说："老嫂子的病现在基本康复了。除了走路不很利索，思维、说话都好了。"

关中方言里，腰，除了指称身体某部分外，常常被引申为金钱、地位、权势等的代称。比如，有钱势大，人会说"你看那腰粗得赛碌碡"；女子嫁个阔丈夫，人会说"这下抱上了个腰粗的"；穷而且瘦，人会说"腰细得像麻秆"。于是，围绕着"腰"，就有了喜怒和哀乐。

我认识一家人，两口子生了三个娃，养了两头猪，种了四亩地，日常的花费靠丈夫在建筑队打工支撑。说贫困吧，大事办不了，小事也难不倒，逢年过节的，两口子还会亲亲热热带着娃娃们逛集买衣服，出门看风景。可是，自从丈夫包揽了工程，开始大把大把地赚钱，两个人的关系却走了样。大姐曾哭诉说："我都快五十岁了，他这阵嫌弃我没文化、手脚糙、不会打扮。我种地、拉扯娃容易吗？这个陈世美勾搭上狐狸精，我还说不得。一说，甩手就要闹离婚。你说，离开了这个家，我还有啥呢？"她鼻涕一串，眼泪一串，心碎得就像祥林嫂。好在这几年，她姐妹带她参加家政培训，学会了做月嫂，才有了自己的收入，有了独立的人格。不过，大姐至今不明白，为什么两个人在一起，能同吃苦，咋就不能共享福？其实，她还不明白，在这个纸醉金迷而浮躁的年代，许多看似粗壮的腰肢，大都撑不起一片天。

父亲和娘在世时，我也常见他们吵吵闹闹、磕磕碰碰的。但娘腰腿痛，有头晕头痛病，父亲还是记挂在心的。漫长的冬日里，天一麻黑，他会为娘和孩子们早早烧热土炕暖上被。娘病倒了，他火烧火燎地拉着架子车，就送娘上县城。回来后，不待洗手脸，他先架起柴火熬汤药。数九寒天他外出卖萝卜，苦撑一天舍不得花掉一文钱，娘抱怨他惜钱不知道照顾自己。他点燃一锅烟，粗声粗气地说："我还不是舍不下你擀的那碗旗花面。"他的话生硬得如同墙角冻硬了的砖头蛋，砸到地上就起坑。娘停下擀杖，捂嘴偷偷笑出了声。他们的言行，多像那对老夫妻，没有耳鬓厮磨，没有海誓山盟，一生只用最简单的动作表达最淳朴的情感。

车子启动了。妻附在我耳边低声说："咱人这腰我搂不搂，车子可都是平稳的。"

麦梢黄了

秦地关中的春很短暂，刚刚还冷得令人唏嘘，一个蛙跳就入了夏。周末脚刚踏进门，妻就满脸喜色地说："准备一下吧，明天去我娘家。"我一愣，立时想起了"麦梢黄，女看娘，女不看娘麦不黄"这句充满人情味的关中俗语。

麦子是乡人的朋友。迎接麦收，犹如送女出闺、迎娶嫁娘，是件纯粹、盛大、庄严的事情。关中农村看"麦梢黄"的民俗，就是迎接仪式中的一项。它蕴含着女儿向娘家报告丰收的消息，同时祝愿父母炎夏安宁的要义。

孩提时代，每年麦子泛黄时，娘总会买来绿豆糕、大蒲扇，再提溜上梅李、甜瓜等礼品，领着我和哥哥们去舅舅家。在路上，哥哥们和娘有说有笑，我却被路旁的打碗碗花、飞蝴蝶所吸引。间或，碰上一口浅水井，我还会用娘纳鞋底的线绳系上小瓶，打上甘洌的凉水且行且饮。几公里的土路，我走累了，间或还有哥哥们轮流背着走，所以回想起来，是满满的快乐和浪漫。舅舅家单家独户住在村外，土房侧边有一棵大枣树，门口井台边有一棵大杏树。青枣碎如豆粒，但黄澄澄的杏子却在绿叶里眨眼。待娘迈过脸，我就猴子般攀上树杈，酸杏直吃得牙根扛不住了才溜下来。有时候，二姨、三姨家的孩子也来走亲戚，娃见娃，笑哈哈，热闹极了。那晚，我们都不回家，会一块在舅舅家住一宿。

月亮升到了头顶，光影里的麦子散发着幽幽的馨香。阔大的场院里，大人们摇着蒲扇，围坐在小木桌前，喝茶拉家常，我们则忙着房前屋后地捉迷藏、滚铁环、跳大绳。其情其景，很容易让人想起孟浩然《过故人庄》里的句子：

"开轩面场圃，把酒话桑麻。"

夜深了，蛙声稀疏了，萤火虫的光线也暗淡了，大家才依依不舍地回屋躺下了。

当时我一直不明白，外公外婆早已离世了，娘为啥还要年年去看麦梢黄。一日，我问娘："爷和婆都不在了，咱们怎么还来呀？"娘说："父母住过的地方，永远都是不能忘记的家。"于是我就想，外公外婆一定能够看见我娘的，因为他们知道：麦梢黄了，他们出嫁的女儿就要回来了。

看麦梢黄，实际是敬畏土地、情系大爱的诠释。

按照妻子的安排，当天下午，我就购置了瓜果礼品，单等第二天去看望老人家。翌晨醒来，薄薄的晨曦已透进窗户，远处传来了布谷鸟嘹亮的鸣唱：算黄算割，算黄算割——这土生土长的鸟语，呼唤了酣睡的乡亲，也唤醒了一个收获的季节。

田野里，一畦一畦的麦子，站成了夏天最美的姿势。有风吹来，垄头高大笔直的白杨舞动枝干，连天的麦棵此起彼伏，哗啦啦，唰唰唰，仿佛在合奏一曲波澜壮阔的丰收曲。我常常被这种恢宏和色彩所震撼，眼里满是铺麦子上场、拉新麦磨面的自豪和美好。

少年时，为了几朵微小的豌豆花，我经常会伏身麦垄间。雨后的阳光潮潮的，土地软软的，贴近它们，我感觉脚底好像生出了须根，自己也变成了一株青麦子。然而，欢乐过后，一觉睡醒，麦子依旧，而我却已人到中年。

在乡村，粮食是幸福的要件。早年，邻村的三叔娶三婶时，迎亲的马车都吆到了门口，唢呐吹得叽里呱啦的，小伙子们却叫不开那两扇关闭的硬木门。四姨那天是娶女客，她隔着窗棂问亲家母："他姨，这人马三齐的，门不开，事情咋着收场啊？"里面传出声音说："要得顺当，要是心诚，再提一斗麦子来。"这事四姨可做不了主，她啊哦一声就被三叔捂住了嘴。他说："姨，我去借，谁让我看上了人家女子哩。"麦子送来了，新娘娶回了。若干年后，三叔和三婶分家另过，老丈人竟然送来了一斗麦子。原来老人家怕三叔家兄弟们多，自己女子挨饿，早早占下了口粮。西村的胖爷更有意思，他曾经是闻名八乡的蒸食匠。东村有家葬埋老人，日子过得很困窘，借了二斗麦子掺和玉米面蒸馍馍。去世的老人家辈分高，孝子贤孙多，眼看着这些粮食撑持不下来，主人愁得脸眉都缩成了一疙瘩。胖爷灵机一动，抓了半把碱面揉进了面团里，这下蒸出的馍馍又黄又涩，吃的人立即变少了。胖爷的牌子砸了，却顾惜了一场大事情。现在说起这事情，大伙儿都对胖爷跷大拇指。

作为农民的儿子，诗人海子也是关注乡村、关注粮食的。在他众多含有粮食的诗歌里，麦子就是他一再运用的意象。在《熟了麦子》里他写道：

有人背着粮食/夜里推门进来/油灯下/认清是三叔/老哥俩……谁的心思也是/半尺厚的黄土/熟了麦子呀！

诗里艰难的生活，多舛的命运，读后令人泪沾衣襟，久难释怀。再看当下的变化和生活，即将收获麦子的幸福，瞬间自心底溢出。

贴近麦子，我听见风掠过麦梢发出咝咝的声响。那是麦子特殊的语言，是与贫瘠和干旱的抗争，是攒集着力量，朝向阳光的呼唤。正如我们生于斯、死于斯的父母，苦难而坚强，执着而纯朴。

注视着金黄的麦田，我感恩这个因为麦子让人们亲近的习俗，更渴望像麦子一样活得真诚、自然和炫目。

芒　种

那一刻，父亲就站在烈日下的麦场上。他赤裸着上身，背上细密的汗珠，混合着古铜色闪烁着咸腥的亮光。绕着麦场，他时而步履张扬地转着圈，时而又乡绅般地踱着方步。这两个反差巨大的动作，就像一首本来表现欢快的乐曲，突然掺杂进了庄重的元素，让人感觉不伦不类。事实上，他高大略显佝偻的身材、近七十的年龄、沟壑纵横的脸膛，也的确不适合表现那两种风格迥异的乐曲的主题，但我无法阻止他近乎痴迷的举动……

斜倚在场头阴凉的梧桐下，我捏一根麦秆悠闲地吮吸着木桶里冰凉的糖水。天，瓦蓝瓦蓝的，几团绽放的云朵兀自无趣地游动着。麻雀在挂着青黄杏子的树枝间不知疲倦地聒噪着，时光显得散淡而放任。

我知道，此时父亲经常会以独特的方式诠释和演绎芒种的含义和心情。而这一切又都缘于一种叫作麦子的植物。是它们让父亲丢失了往日的木讷，有了后生的狂放；是它们让父亲忘记了贫困和熬煎，有了乡绅般的骄傲和满足。

芒种，就是记事绳上这样一个特别的结。它的颜色是金黄的，散发的是一种诱人的馨香，记载的是一些琐碎的乡村情愫。

芒种来临之前，父亲是神不守舍的。他一会儿蹲在麦垄间，一会儿痴怔地望着天，一会儿上楼找木杈，一会儿打水磨镰刀，连母亲摆在桌上的浆水面他都置之不理。每天清晨，他喜欢在布谷鸟算黄算割的歌声里，捕捉关于收割和丰收的信息。这，曾经关乎上缴的公粮，关乎全家的生计，关乎孩子的学费，关乎家人的病痛，也关乎他解乏时那一锅旱烟……芒种承载的是重了些，但父亲还能指望什么呢?

衰老的黄牛缓慢地从我眼前走过,芒种后的麦们匍匐在场地上想着心事。

吱吱呀呀的碌碡每从身上碾过,麦们就在痛苦中绽出壳里的丰硕。对于土地、农人、生死,它们比人看得透彻:从种子入土到雪捂幼苗,从春后起身到拔节抽穗,从升浆黄熟到委身于镰,这无不遵循自然的规律,但同时也使它们历经了生之灿烂,但终极目标还是这麦场上的奉献。它们感谢农人浇水、施肥,也眼见了他们的身材由伟岸变弯曲,生命由出生到入土的过程。可它们不会大惊小怪,因为不同的生命类属,总是有不同的轮回过程。它们还知道,当自己将壳里的粒儿吐完,它们也就失去了活着的水分,化作了柔韧的秸草,或焚于炉火,或舍身牛羊,或舞蹈于农妇的手掌,变灰变粪变草帽,抑或蒲团,那又有什么,谁能说这不是生命的另一种延续呢?

父亲的脚步声不再铿锵。他慢慢地跪了下去,血管暴突的双手从麦草下掬起一捧新麦,虔诚地举过头顶。然后,他雕塑般静止在那里。麦粒儿是有生命的,它们从父亲粗大的指缝里结队跳落,那美丽的褐色细流,就是我眼中永不褪色的特写。

我听不清跪着的父亲在絮叨什么,但在这芒种的金阳下、金麦上,他把自己也融进了这滚烫的金色。他不就是一颗麦子吗?是麦,自然就懂得麦语。那么,就让他对天、对地、对麦子感恩吧!

六月的杈头带火呢!父亲常常这样说。

我知道该翻场、起场了,拾起身边的木杈,走向炎阳下的麦子。杈头舞动,麦秸飞扬,成就麦子,成就父亲,也希冀成就我一个别样的年华。

若干年后的今天,麦地里跑动的是收割机,我也不再手拿木杈,但在布谷鸟算黄算割的歌声里,我还是不敢忘却那些金色的乡村旧事。

没有谁能追上风

风没有影子，但我却时常忘不掉风。

时间可以让春走到冬，让一棵小树长成材，风里的一些记忆却老不了。

早上出门，我见谷雨坐在蒲团上，痴痴地盯着大门看。我以为大公鸡跑上了他家的锅台板，或者土狗挣断了铁链子，就伸头朝里看了看。屋里空荡荡的不见人，只有几缕穿堂风摆弄着旗子般的门帘。

傍黑的时候，我从县城回来，见他从门外又坐在了门里面，还是痴痴地盯着那扇门，不由得就满脸迷惑地摇了摇头。

路过的九婆把我拉到墙角说："那娃脑子有毛病了。十年前，他爸用上好的松木板打了那副大宅门。红油漆一上，金黄边一勾，娃才娶回了媳妇子。如今，爹去了，娘走了，门缝宽了，漆色掉了，媳妇也跑了。娃接受不了，就天天守起了门。"

哦，原来谷雨在守一段被风吹走不再回来的日子。深秋的风缕缕生寒意，我走过去说："别坐了，歇着吧。"谷雨说："风毁了我先人的脸面，我得防着它。"谷雨以为，他看住了门，就看住了风。他没想到，自个儿的黑发，还是让风悄无声息地给吹白了。

一场风，想来就来，想走就走，谁的本事撑破天也防不住。二牛爸盖了一院新房子，给空院场苫了个玻璃瓦顶。他不想让谁看见他家的杏树开花了、李子结果了，也不想让人听见他家的吵闹声。他怕娃娃们偷摘他家的杏子和李子，还怕乡邻们议论他和婆姨对老娘不孝顺。他想不通，你走你的阳关道，我过我的独木桥,有你的盐,还是有你的醋?凭啥你们就劳心我家的事?他一边搭棚,一边愤怒地嘟囔着:"我把我家这块天捂严实了,啥事都不能走风声。"

可谁知,当晚就下了一场雷暴雨。他缩在炕角不敢出门,从窗角闪亮的电光里,眼睁睁地看着顶棚被掀翻了。婆姨惊哭道:"快把老人从柴房里接回家吧,我可不想让雷神抓了舌头。"

风的事,往往也是人的事。铁头的婆姨,曾经偷偷收过美莲家芦花鸡下的蛋。美莲发现了,铁头婆姨说:"你说是你家的,难道你家的蛋上雕着花?你要是能把它喊得搭了话,我就把鸡蛋还给你。"美莲无语了,搂着孩儿直掉泪。她不知道,没鸡蛋了,口袋里的钱还够不够给孩子买本书。

那一天,美莲在后院晾晒了满席子的红薯干。半夜了,她听见风大雨也大,就头顶了一片塑料布,急急忙忙地收红薯干。哗啦一个惊雷闪,铁头家的大梧桐被劈下了半个树冠子;再轰隆一声,就听见猪圈砸塌了,老母猪和一群猪娃吱吱叫。

不好了,快来人!

铁头和婆姨穿着短裤就冲出了门。雨夜里,几个人抱猪娃的抱猪娃,挪树枝的挪树枝,牵老猪的牵老猪。风停了,雨歇了,陷在烂瓦堆里的一窝猪得救了,只是美莲家的红薯干全淹进了泥水里。

第二天,我看见铁头帮着美莲家修房子,铁头婆姨还推着美莲瘫痪了的老公出门晒太阳。嘻嘻哈哈、亲亲热热的样子,好像就是一家人。

有时候,风没起,有些人却模仿着风吹开了。西村要建工业园,有人就四处游走说,要拆迁了,谁家的旧房产多,分钱分楼能发大财。口风一起,有钱的立马盖房子,没钱的借钱盖房子。没出半个月,宽敞的街道变窄了,明亮的屋子变暗了,能种菜的后院也不通风了。真的大风来了,还有几间泥砌的墙壁也倒地了。

风能吹走山,风能吹倒树,有些印迹风却吹不走。推开老屋的门,在后院矮矮的土墙上，我能找见当年吃桑葚洒下的墨点。走出村，我还能找见丢在西红柿地里的小脚印。那是我和小伙伴们偷二叔的果时留下的，里面有欢乐，有胆怯，还有一丝小忏悔。二叔老了，佝偻着腰，再也扛不起大耙子，但他的慈祥仍然留在那年吹过的一股暖风里。还有凯子和桃儿，青葱年代曾植下了一棵同心树。三十多年过去了，凯子的身影不见了，只有桃儿一人孤零零地走来了。她摸摸树，坐坐那块大青石，还能听到飘在风里的悄悄话。

读懂人，只需听他说一句话。风从街巷南吹到北，冬吹到夏，要藏的秘密都遮掩不住，但要把风读透，恐怕还需要用一生去琢磨。岁月刻画了浅淡的年轮，流年增添了头顶的霜雪。为了抓住一缕风，散着发我曾跑丢了一只鞋，忘记了一句承诺，甚至差点跑丢了自己。风在耳边呼呼吹，我还是没能拽住它的衣襟角。

秋水芦苇

白露过后，凉意是越来越浓烈了。应好友之邀，周末一大早，我就急匆匆地朝渭河岸边赶。因为朋友说，秋天的芦苇是最美的。

清晨的河岸，笼罩在一片浅淡的白雾之中。青草、绿树，挂满了细小的露珠。渭水汤汤，悄然东流，成片的苇子比肩而立，稚嫩、柔顺的苇眉子随风轻舞。苇丛不大，被荷塘间隔成几小块。小桥、凉亭、碎石小道点缀其中，风格质朴，自成雅趣。

走进苇子秋天朦胧的意蕴里，我很容易就想起了《诗经》里那个怀揣纷乱心事的少年。"蒹葭苍苍，白露为霜，所谓伊人，在水一方。"秋水伊人，若隐若现。少年几欲近前，可惜险滩连环，道路曲折，令他隔着苇丛的双眼，充满了羞涩和惆怅。

关关雎鸠，相伴在河之洲。唯美的画面，浪漫的诗意，令人心如鹿撞。

我的故乡在关中平原的中部，有一望无垠的辽阔土地，有苗壮丰硕的小麦玉米，却没有大片的湖泊和芦荡。芦苇无尽的妩媚，我只是在渭河的回旋之处，或村头涝池的积水里领略过。那时，我不知道《诗经》里的芦苇密又繁，片连片根连根，是让人遐想的爱情草。只看见父亲将砍回来的苇子，剥去叶子打成捆，等待席匠来编席子、打粮囤。

春天芦苇初成，我和小伙伴们总爱折段淡甜的芦管当笛子，扯把苇叶编草帽，抑或是在艾叶飘香的端午，按娘的吩咐打几撸苇叶裹粽子。最难忘的还数掏鸟窝。盛夏时节，密密的芦苇已长成了齐人高的青纱帐，不知名的鸟儿，叽叽喳喳地在苇丛里穿来穿去。它们用麻丝、柴草或烂线将窝缀在苇秆上，风吹不落，雨打不掉。掏鸟蛋的孩子手扶苇枝，四处寻觅，找见了，轻轻拨倒苇秆，将鸟蛋尽数收藏。若是刚刚产出的，那布满雀斑的卵就会暖暖的。我总是喜欢仰着头，闭着眼，用那枚热卵在眼皮上摩挲。只是苦了那被覆了巢的鸟儿，叽叽喳喳的谴责数落不清。

有年秋末，我去渭南办事，突然就想去看看当地景区那千顷芦苇。那个时节秋水已寒，苇叶已白，芦苇完全没了春日的飞扬和柔曼，更多的只是无数残枝旁逸斜出。我不甘心，小心翼翼地踏进干涸的芦苇荡，迎着萧瑟的秋风，想象着芦苇的风情万种。

残败的芦苇，渲染着"枫叶荻花秋瑟瑟"的凄凉。我甚至眼前莫名地浮现出了曾经看过的李玉刚演唱《霸王别姬》的情景。垓下一战，项羽损兵折将，十里连营，只剩下孤零零一座帅帐。暮色西沉，虞姬轻挪碎步，愁肠满结，一声"看大王在帐中和衣睡稳"唱出，令闻者无不心底一沉。项羽闻声而出，虽不乏舍我其谁的英雄气概，但沉重的步履，顿足、击掌的动作，更多表现出的是绵绵的悔恨和无奈。珠玉般的琴音徐徐响起，两个人相依相拥，翩翩起舞。为了坚定霸王突出重围的信心，虞姬以敬酒、饮酒、舞剑、祈祷等一连串独舞动作，尽情展示生命之美。曼妙的舞姿，让霸王沉醉在片刻的欢愉之中，谁料她突然抽出霸王佩剑，顷刻香消玉殒。激昂的音乐戛然而止。那一刻，我被李玉刚空灵、凄美的歌声震撼了，痴呆呆的，竟然说不出一句话。有谁能将似水柔情、生离死别诠释得如此淋漓尽致呢？

项羽迎风而立，壮怀激烈，身后枯黄的芦苇飒飒作响。遥想当年，江东八千子弟西渡江，现如今执锐勇士无一还。山河失色，英雄气短，茫茫苇丛只留下一声无可奈何的叹息。

秋水伊人、睹物思情，我无端地就把芦苇作为一种悲剧元素，植在了乌江岸边。

一只水鸟拍翅掠过，我的思绪被拉回现实，嗟叹不已。芦苇无辜，我之所以会想到肃杀和悲怆，不过是私心里更喜欢它的葳蕤和翠绿而已。事实上，芦苇是坚强的。它们逐水而生，极易成活。风起，顺势而为；雨来，根固神稳。它们以忠诚的守望，见证了生命中诸多的浪漫和沧桑。唯此，也才有了千年不谢的多情和美丽。

日近中午，薄雾散尽，风若游丝，安详的渭河波光粼粼，满滩的苇子兀自起舞。

秋天的情绪

　　当湛蓝的天空，划过一行雁阵，我就闻到了田野里成熟的秋禾香。坐在一丛绵软柔韧的干茅草上，我把广阔的蓝天作为背景，想象自己驾着棉朵般的流云，在点阅让农人日夜操劳的庄稼。

　　这儿是金黄饱满的油葵，那儿是蔓长荚鼓的黄豆；左首是金黄酥脆的鸭梨，右首是躲藏在叶底的南瓜。玉米的棒子已经分身，猩红的高粱低首浅语。燥热的秋风吹过，这些成熟了的伙计们，动作笨拙，表情幸福，像临盆的孕妇踏实地等待着惊喜的日子。那些开了花没结果的，结了果没成熟的，看着它们羡慕得直流口水，再也顾不得慢慢腾腾、四平八稳地度时光，个个头挨头脚赶脚地向前奔。

　　父亲曾经对我说，种庄稼，就得把庄稼像书一样下势读好。我还听人说，书里能读出黄金屋、颜如玉，但一年四季里，我和父亲更多的时候读到的却是烦闷和责任。

　　月似银盘，秋风送爽，蛐蛐伏在菜叶上饮露放歌。此时，诗人们会对月兴叹，吟咏出"秋空明月悬，光彩露沾湿。惊鹊栖未定，飞萤卷帘入"的佳句。但我的父亲却不能免俗，他没有时间赏月看景，而是蹲在碌碡上为玉米干旱得卷了叶子伤神，为向日葵上生了几条小虫发愁。在庄稼人的心里，稼禾除了是生计的来源，还是沉默不语的朋友。是朋友，就要惺惺相惜。下雨了，刮风了，天晴了，起雾了，谁有个生老病死、喜怒哀乐的，都要彼此牵挂。待到久旱的禾苗喝上了井水，满地的棉桃灭了病虫，耷拉的向日葵露出了笑容，父亲又常常会禁不住嘶吼秦腔。啊啊啊，呜呜呜……说不清的音调，辨不出的词句，瞬间就会洒落在孤寂的原野、月色下的小村。我听得出，那是父亲在表达一种愉悦的心情。他口舌木讷，纵情地嘶喊就是在表达心中的感恩。相比之下，娘的情绪反倒好些。她站在案板边，一边摘着自己亲手点在沟垄边的毛豆角，一边教着儿孙唱乡谣：

> 老鸹老鸹一溜溜，
>
> 张家坟里炒豆豆。
>
> 你一碗，我一碗，
>
> 把你憋死我不管。

幽默诙谐的唱词逗得娃娃合不拢嘴，乐得小狗小猫又摇尾巴又蹭人。

中秋临近，没兆头地落了一场霖雨。日光放晴，天高地阔，沟畔河岸上到处都是收获的身影。渭河滩的花生地里，农妇娃娃们弓腰低首，拽住黄绿的花生秧轻轻一拔，那些藏在沙土里的"白胖子"，就一簇簇显形现身。红薯耐不住心性急于出窝，红着脸憋得地皮裂开一条条缝隙。玉米的叶子已经发白，长长的穗子变成深褐色，此时收获恰到好处。玉米秆子又高又密，钻进地里看不到人影，走近了才听到咔嚓咔嚓的掰棒声。收割的大豆，晾晒在场地或庭院里。秋阳照过两天，就有豆荚喳喳地炸响。那声音脆脆的，很干净，老是让我想起夏天蚂蚱的叫声。对门二嫂从娘家扛回一把连枷，我借过来，照着她的样子使劲捶打。每一枷落下，豆叶飞舞，干燥的豆秸支离破碎。柴耙一搂，圆滚滚的豆粒就铺满一地。

收获的日子繁忙而美好。放眼望去，往日沉静的田野，人来车往，一派生气。就连两个平时有点小过节的人，此时见了面，都要和颜悦色地点个头。急急匆匆的脚步声，咕咕隆隆的车轮声，嘻嘻哈哈的朗笑声，直至天黑才渐渐稀疏。

仓廪丰实了，乡村人的心思就掩藏不住。有乡党串门，父亲像个小学生等待老师评判那样，第一句话总是问："看看咱的庄稼咋个样？"来人捡起个苞谷穗掂掂说："今年风调雨顺，虫口也少，颗粒又圆又亮的，都熟到梢头了。"听着称赞，父亲呵呵地笑着，墙头的阳光给他黝黑的脸上涂满了油彩。娃子的学费不愁了，父亲乐了，也不忘给乡党鼓鼓劲："你家的大白萝卜，个个粗得都赛过牛腿了。"乡党很谦虚地说："咱那收成算个啥，你没见人家老八家的棉花，啧啧，那可是又白又软和。哦，他家的女子秋后要出嫁了，这新棉花正赶上做嫁妆哩。"坐在门口晾晒红薯片的娘搭了话："那女子心儿灵手儿巧，谁家娶了谁家得福啊！"

白露早寒露迟，秋分种麦正适宜。忙完秋收，又该种麦子了。耕地、整畦、施肥、播种，直至翠绿的麦苗完全覆盖了田野，冬闲才算开始了。

春种秋收，夏种秋也收。人种着地，地养着人。丰了，歉了，喜了，乐了，就像缠绕着的一团麻，谁也解不开。大家在四下游走的风里，你释放一点，我发泄一点，这种因成长和收获而生的情绪，就弥漫了整个秋天、整个乡村。

蓑 衣 记

　　秋雨潇潇，村郭半暗。檐下的雨滴敲打着泥窝，溅起朵朵水花。走进光线暗淡的老屋，墙角挂着的那件蓑衣，立刻让我想起一些旧日时光。

　　那是父亲早年穿过的一件蓑衣。这件蓑衣用棕片和棕线缝制而成，宽大精致，厚重有加，形似防风御寒的披风。它的裙腰很大，可随意摆动，方便主人甩开大步走路，攒足力气挑担。穿时，两条细带系在脖下，不着衣袖，背上棕毛缕缕，底边一围流苏，雨水落下，裙裾便细流如帘。由于冷落多年，蓑衣上已落满厚厚的积尘。移至室外轻轻拍打，有断裂的棕丝散落一地。里外翻转，喳喳断裂之声亦让人揪心不已。蓑衣因雨因水而生，没雨没水了，它也就枯槁得如同一捆柴草。

　　父亲频穿蓑衣的日子，总是集中在玉米即将收获的时候。那时，天空常常淅淅沥沥，水雾蒙蒙的。在生产力水平落后的当时，为了不误麦时，父亲每年早早地就会挥着锄头在玉米田里套种麦子。玉米秆枝叶纵横，旁逸斜出，浸透了雨水的地面泥泞黏结，行走劳作极其艰难。看着父亲穿着厚重的蓑衣劳作，大哥就给父亲买了件塑料雨衣。这雨衣轻便伶俐，但风雨一大，就缠身裹体得挥不开胳臂，相比之下，蓑衣倒显得灵活自如。那一阵，父亲就戴顶草帽，披件蓑衣天天在玉米行间播种、松土、覆盖。蓑衣的忠实可靠让父亲十分珍爱。在他的心目中，蓑衣和与他朝夕相处、同甘共苦的耕牛和犁耙并无二致，间或稍有挂伤和破损，夜晚就着油灯都要细细地缝补和抚平。

　　有天傍晚，我站在村口等父亲。暮雨里，我远远地看见父亲踏着泥泞疾步走来，他的身后有着一张巨大的、褐色的羽翼，犹如苍鹰伸开的翅膀，且行且振，威风极了。及至走近，我才发现原来是父亲将锄头横亘于肩头，一手抓锄顶，一手抓锄杆，两臂伸展无意间形成的影像，而那羽翼就是棕制的蓑衣。父亲取下锄头，蓑衣复披身后，而此时的样子颇像行走江湖的侠士，依然不失英俊洒脱。我被蓑衣百变的魅力迷住了。

回到家，我问母亲："父亲为什么要横扛着锄头？他想变成会飞的大鸟吗？"母亲说："这些天你爸一直播种、锄地，腰痛病又犯了。那样扛，舒筋展臂，腰好受些。"我又央求母亲也让我披披蓑衣，母亲笑了，取过挂在墙上的蓑衣，就给我披上了。

"快脱下，又湿又重的！"我没想到父亲穿起来威武干练的蓑衣，箍在我身上，就像钻进了一个不透气的圆桶，潮闷而湿重，浓浓的汗酸味和水草味扑鼻而来。母亲帮我脱了蓑衣，我低头再看脚边，已然有个水湿的圆圈圈了自己。

蓑衣有棕制的，也有草编的。然无论其编结方式、材质如何变化，骨子里的朴拙还是掩饰不住的。它们与素衣芒鞋、风雨中穿行的农夫渔樵搭配，就像庄稼生长在土里，有着表里如一的和谐。唐人张志和的"青箬笠，绿蓑衣，斜风细雨不须归"就生动地描绘了这种穿越时空的古典美，展现了一幅如诗的山水画。然而，自从那次试穿后，我感受最多的还是蓑衣之重、生之多艰，不再单纯地觉得渔樵耕读是隐逸、脱俗的写照。

几日前，我闲读野史，看见一张袁世凯垂钓洹水的照片挺有意思。照片上，老袁头戴斗笠，身披蓑衣，身边放着一个鱼篓，一副渔樵足乐、与世无争的样子，完全颠覆了以往威风八面、呼风唤雨的形象。再读后文，原来老兄是太过高调，被摄政王载沣给挤对下来了。无所事事、混沌终老不像老袁的风格，果然，不久他的两首诗就表明了心境："楼小能容膝，檐高老树齐。开轩平北斗，翻觉太行低。"还有一首："百年心事总悠悠，壮志当时苦未酬。野老胸中负兵甲，钓翁眼底小王侯。"可见孤舟蓑笠的确只是假象，韬光养晦、图谋再起才是本意。他后来的故事大家也都知道，这位乱世枭雄最终没有扮好末路英雄的角色。

如今，我的父亲已去，曾为无数人遮风避雨的蓑衣在市面上也踪迹难觅。但在浮躁和喧嚣的日子里，我还是会想起行走在风雨里的父亲，想起那件蓑衣。

桃花之约

我生性好静，故而常将时光消磨在一茶、一书、一段二胡的弦音之中。清早，我在屋后小菜园读书，忽然，翻出唐寅的《桃花庵歌》，心中大喜，禁不住朗声吟诵起来："桃花坞里桃花庵，桃花庵里桃花仙。桃花仙人种桃树，又摘桃花换酒钱……"

一间草庵，百里桃花，一壶清酒，几方石凳……好一个梦幻仙境里的桃花仙啊！透过时间的间隙，我仿佛看见了独坐花间、吟诗品酒的唐伯虎。他那"朝为田舍郎，暮登天子堂"的志向呢？他又如何走出烟花柳巷变得超然世外了呢？

阅读之余，我心绪茫然，便想着去看看桃花。

春分一过，日光便长出了一寸。这时的鸟树虫草，已不再只是萌动和探头，而是灵灵动动地舒展了身子、释放了清新。我步出村口，果然就见远处一片粉霞浸染了半边天际和日头。

桃园不大，长阔不过五七亩，四周围护的花椒树，已悄然爆出了猩红的叶芽。脚下青草漫道，野花争艳。轻叩柴扉，一只小狗稚嫩地吠过，就见园主嫂子悠然迎出。听说来意，她呵呵笑道："好啊，快进来，好花就得有人看啊。要不，还真辜负了等人的花呢。"大嫂寻常不过，却语出惊人。

桃园的中心，面南背北搭建了两间青瓦红砖的房子。门前一片小菜园，鲜绿之外，便是粉红的花海。春日的暖阳，从桃树的枝丫里斜射下来，细碎的光影跳跃在花枝花瓣上。花白里带粉，粉里透红，一簇簇，一朵朵，或正，或侧，或仰，或俯，羞涩含蓄，顾盼流连，宛若一群翩然起舞的彩蝶，密密匝匝地栖满枝头，渲染了天地边界。低眉的一瞬，桃花已近盛期。妻从树丛穿行，就有飘落的花瓣如仙子的羽衣，美丽了她的乌发素衣。花开花谢，是生命演绎的过程。假如这一幕被多愁善感、穿越而来的林姑娘撞见，怕又会凄凄切切地赋一曲《葬花吟》来。林姑娘是世间最最惜花的人，可叹的是终没有看出桃花的笑容和热烈。我也是爱花之人。年少的时候，每当春暖花开，我总要折一两枝花，装点泥墙土屋。现在想来，那不只是为了欣赏勃勃的生机，更多的是它芬芳了少年的心事。梁实秋说："你走，我不送你；你来，无论多大风多大雨，我要去接你。"今天，我就是来赴桃花之约的。

色彩是流动的音乐。多年前的那个夜晚，朱自清先生带着淡淡的忧愁出门，月色下的荷塘，让先生听出了美妙的乐声："微风过处，送来缕缕清香，仿佛远处高楼上渺茫的歌声似的。"一个偶然的机会，听李玉刚唱《雨花石》："石对雨的爱，就像蓝的海。虽有万千语，不知怎么去表白。嗨……你在哪儿？嗨……我看不见。"那种寻而不见的失落，让易碎的心、多情的眸常常避不开期盼的雨季。此刻，侧耳倾听桃花开放，抑或飘落的声音，任谁怕都会淡出俗世的得失，在心底开出一朵向阳的花。

桃花，是令人心动的女人花。徜徉花田，崔护的桃花诗最易被想起："去年今日此门中，人面桃花相映红。人面不知何处去，桃花依旧笑春风。"人面去，花依旧，诗中充满了时光流逝、物是人非的无奈。然而，千般幽怨，万种愁绪，却因一句"桃花依旧笑春风"，使几欲归去的人重拾心动，再也抹不去花前月下的海誓山盟。

受我的情绪感染，园主夫妻邀我为他们拍照留念。园主斜倚树干，园嫂素颜拈花，一幅美丽的人面桃花图就生成了。园主说："兄弟，你知道哥为啥要照桃花相呢？哥是行了'桃花运'，日子才好了呢。""桃花运"既指桃园的丰硕，也指园嫂的俊美吧？花儿娇小、稚嫩，只可呵护，不可触摸，但我却分明地感到了生命里的美好。

转过屋后，我发现一堆修剪下来的桃树枝干。蓦地，我就忆起了小时候挂在胸前辟邪驱鬼的桃木棒。那时的我，由于缺乏营养，体弱多病，夜间经常大哭着惊醒。娘焦虑忧心，寝食不安，就携礼打问邻村的大娘。回来后，她将一枚系着红绳、雕刻精致的桃木棒郑重地挂在了我的脖颈上。此后，不知是娘心诚有灵，还是桃木棒威力无边，我不仅食量增加，面色也红润起来了。上学后，我怕同学笑话，曾偷偷地将桃木棒丢弃了。娘知道后勃然大怒，严厉地责令我将它找了回来。也就是从那天开始，我发现其实许多同学都戴有一枚桃木棒。经过园主应允，我挑选了一截上好的桃木收藏起来，也许有一天，我还需要它平心静气呢。

人生，时刻需要有一种好的心态。陶渊明遍寻桃花源，唐伯虎隐居桃花坞，是命运使然，亦是性情使然。痛也痛过，乐也乐过，疯癫也好，痴狂也罢，好在最后他们都悟出了活得真实、活得自然，才是轻松和快乐的源泉。

世有解语花，凭谁解花语？是呀，谁能猜出这片桃花绽放的心思呢？

渭水看莲

作为一个北方人，我对于莲最初的印象，仅仅来自朱自清先生的《荷塘月色》："曲曲折折的荷塘上面，弥望的是田田的叶子。叶子出水很高，像亭亭的舞女的裙……"那时候，按老师的要求，背是背诵过了，修辞手法、美妙的词句也都记住了，但因为没有深入地接触，莲在我心中的形象依然零散。

前年夏日，我偶然翻阅朋友圈，突然就被同学的一组名为"莲"的照片震撼了。作品取材于渭河清水莲菜基地。画面里，亭亭玉立的夏莲，摇曳着片片阔大的叶子。在律动的波浪里，各色的花儿忽隐忽现。特别是几幅花朵的特写，最为吸睛。白色的花朵，带着浅浅的红晕，仿佛古装戏里搽了胭脂的少女，袅袅婷婷地舞着水袖，咿咿呀呀。还有一朵羞羞怯怯，半开未开地悄悄窥视着人间，那稚嫩的模样充满了灵气。

我的心动了，看莲的心思油然而生。

那天，刚刚落过一场细雨，渭河堤岸细散的沙石湿漉漉的，空气里弥漫着荷花的香气。下了一道缓坡，映入眼帘的果然是"接天莲叶无穷碧，映日荷花别样红"的美景。荷叶田田，含翠欲滴。花有白色的、黄色的，有含苞欲放的，也有开得灿烂的，一朵，一朵，又一朵，点缀其中。绿白搭配，醒目洁净。我最喜那些粉色的花苞，远看像一团团小小的火苗，簇新惊艳。看莲赏花的游客摩肩接踵，咔咔的拍照声里，每个人都想沉醉其中。

依着一个小水湾，妻横拍、竖拍、俯拍、仰拍，都觉得表达不了莲的心事，急得脸颊落红，气喘吁吁。我看过花，目光又被荷叶上滞留的水珠吸引住了。几枚晶亮的水珠，像酣梦未醒的星子躺在叶面上。微风轻吹，小水珠滚来滚去。眼看着要从叶边落下了，风却住了，它就又呆萌地立在了那儿，前也不是，后也不是。叶底有蛙呱呱鸣叫，我投下一粒石子。蛙惊，跳起，扑通！水珠闻声，抖擞精神，一跃就隐入了池塘里。蜻蜓是花朵的挚友，从小荷尖角初露，它就朝夕相伴，起起落落。花艳了、盛了，它依然不惊不诧，专注顾惜着那份素淡。太阳出来了，湛蓝的天幕上，白云嬉闹成团，有苍狗，有灰兔，有嘶鸣的奔马……它们不知道，自己落在池塘里的映象都被一阵风揉皱了。

如果说夏莲让我看到了莲之美，那么冬莲则让我看到了莲之洁。

去年初冬，有事经过河堤，莲虽凋零，但我无意中却看到了采莲的盛况。零下三四摄氏度的冷水里，采莲人穿着特制的橡胶衣裤，长筒雨靴，在齐腰深的莲池里，持着水枪把浓黑的塘泥打稀，然后弯腰拔起一根根莲藕。凌厉的北风起着哨子，四周结着白白的霜花，他们的额头冒着热汗，那种艰辛怕是只有他们自己才能体会得到。佳肴虽好，来之不易。珍惜、崇敬，应该是我们时刻不能丢弃的良心。回头再看岸边摆着的莲藕，白白净净、齐齐整整，出身污泥，纤尘不染，这在纷繁浮躁的世界里，该要抛却多少奢靡，放下多少诱惑，才能保留下这分纯净呢？

塘黑泥沃，花美藕白。莲，是懂泥的。

据说，荷花之所以被称为莲花是有着宗教意义的。庙堂、壁画里的诸佛，神情肃穆、面含浅笑端坐于莲花之上，寄托着人们对永恒、对未来、对美好世界的渴望与追求。

华灯初上，暮色降临，如水的月华沐浴着百里长堤。静听莲语，诚品莲心，我感恩生命里美好的遇见。朦胧里，有水鸟拍翅长鸣，我的心再次感动：我们生而为人，拥有智慧，是不是应该始终不忘初心，保持对真善美的追求？倘若每个人都能远离污浊，心高志远，相信都会渐渐玉洁成一朵盛开的白莲，浑身散发出独有的馨香，而不再只是羡慕一种植物固有的芳华。

看莲，悟莲，倾一城烟花，伴一世清欢。

西安城里看城墙

我到西安看过两次古城墙，一次是进城卖青椒，另一次是进城看三哥。在这两次之前，我从没进过西安城。

1984年夏天，我考上了乡高中。由于家里经济紧张，我先是跟着建筑队打了一段零工，为开学时的学杂费做准备。活结束后，望着漫长的暑期，我心里就盘算着再干点什么挣点钱。就在这个时候，同村的两个小哥哥找上了门，他们邀我一起去贩菜。这对我来说是个新课题，因为我连秤都不能熟练地使用，更别说分斤分两地卖出去。两个哥哥很热情，都争先恐后地说会帮我，这让我彻底打消了顾虑。当天下午，我们就到邻村趸回了辣椒。吃过晚饭，三人便向西安出发了。因为不熟悉路，加之中途休息了几次，我们天亮时才经过古城墙。凝视城墙的那一刻，我非常震撼，此前只是听说过，但亲眼见到了，左瞅右看地就挪不开脚。卖完辣椒我本想再仔细看一次，可惜的是，还要骑自行车往兴平老家赶，所以只能满怀遗憾地离开了。穿过门洞时，阳光正穿过树丛恣意地洒落在青灰色的城墙上。回眸望去，城墙愈加秀美壮丽。

第二次看古城墙是1986年5月，那时我正在上高二。有个周末，四哥说："咱俩去城里看三哥吧？"我高兴得一夜没睡好觉，心里暗想：我又能看到仰慕已久的古城墙了。我的三哥原来在新疆当兵，前一年调动至西安某军事单位工作，而这家单位距离西城门很近，这就使我有了近距离观看游览古城墙的机会。

到西安的那天下午，三哥见我对古城墙充满了好奇，就约了一位西安本地的战友，大家一起登城墙游览。走在宽阔的古城墙上，那个哥哥说："西安现存的城墙是明代初年在唐长安皇城的基础上建起来的。民间流传句话叫'汉家唐塔猪（朱）打圈'，说的就是朱元璋修城墙的事。"

雄厚方正的古城墙巍然威武，每隔百十米就有一座突出的敌台。那个哥哥说，这是专为射杀爬城的敌人设置的。古人防御工事的建设是充满智慧的。两座敌台之间的距离，恰好是弓箭的有效射程。突出的部分，是便于从侧面射杀攻城的敌人。

听着讲解，我一会儿俯视如玉带般缠绕的护城河，一会儿仰望箭楼、角楼的翘角重檐，低头再抚摸女儿墙、垛口的青砖，耳边不由得就响起了来自远古的呐喊声和厮杀声，心底竟然还涌起了"昔日长城战，咸言意气高""青海长云暗雪山，孤城遥望玉门关"等古人壮怀激烈的军旅诗句。就在我们且行且观赏期间，不时还会跟几个金发碧眼的外国人擦肩而过。他们对古城墙的壮观啧啧称奇，让我这个第一次走出家门的乡村少年，心中满满都是民族自豪感。

诗人商震说："不动声色是一门科学/比如海中的礁石/海浪变化多种击打的方式/它都安闲地应付。"古城墙，犹如一位历史老人，虽然历经了沧桑岁月的风云烟火，见过了多少雄心壮志的浮沉湮灭，但它依然深沉厚实、凝重如铁。

参观完古城墙，我心潮起伏，思绪万千，当晚趴在桌子上就写了一篇《古城墙，我对你说》的散文诗。在文里，我问道：青色的古城墙，你是一部史籍，还是一台录音机呢？不然，你的每块方砖怎么都有段惊心动魄的故事呢？不然，人喊马嘶、枪鸣炮响怎么会灌注在你的脑海里呢？想着古城墙下的车水马龙、繁荣和谐，我还反思道：尽管你的胸脯现在还结实，尽管你的四肢现在还有力，可你能阻挡今日的枪炮、飞机和炸弹吗？通篇洋溢着对古城墙的赞美和敬重之情。

回到家，我给老师和同学们讲了奇妙的古城墙游览经历，还让他们看了我稚嫩的文字。大家羡慕之余，夸赞不已，鼓励我把那篇习作投给兴平县文化馆办的小报《兴平文化》。没想到一个月后，稿件还真的发表了。事情过去了三十来年，小报也早已停办了，但那篇见报的文字还被我珍藏在剪报本里。

现在，我依然对古城墙情有独钟，闲暇时总喜欢到古城墙下散步游玩，看老人们健身跳舞，听戏迷们自弹自唱，游览古城墙上的灯展猜灯谜。儿子考上中学那年，我还专门带他上古城墙观赏了古城风光。

一堵墙的阅历

　　人年轻的时候，总是仰着头朝前走，脚步也是急急匆匆的。看见的、经过的，许多事情都没往心里去。一堵墙就不同了，你动或者不动，它就在那儿。人说一句话，狗莫名地吠一声，驴子甩一下后蹄，绣花针落地了，风掠过发梢，它都会记得清清楚楚。

　　一堵墙的生命可以有几十年，甚至上百年。风吹雨淋，日晒雪压，就像一个人，谁的承受力强，就多撑持几年；谁病在胎里，怕是没人帮得了。这就是说，筑墙人最初的心思和劳作是决定性的因素。

　　筑一堵墙，需要一群人来合作。整好地基，大工就开始测距放线绳，指挥大伙儿挖窝子、栽夹杆、顶挡板、固木椽。一切就绪了，娃子们发声喊，噼里啪啦就放起了开工炮。筑墙汉子用的是尖底锤。一锤子，一个窝。打的人落锤子时，会顺势半旋转，挤压摩擦出的窝个个光滑透亮。墙上四个人，宏叔常常是领头。他个头不高，肤色黝黑，一只眼睛虽然有朵小白花，但这并不影响他的技术和风采。打墙每到兴起时，他甩掉汗褂，朗声吆喝，四个人同时发力："嗨——嗨嗨！嗨——嗨嗨！"声音齐整得像刀割的。他们时而从中间向两端打，叫"白马分鬃"；填满土，擦把汗，下一槽子，又从两端向中间打，来个"合龙口"。号子声里，人往前挪，锤窝成行。墙一拃拃增高，汗一滴滴跌落，繁重的劳动完全变成了一段情景交融的舞蹈。那彪悍的臂膀，浑厚的嗓音，常常惹来一群婆姨女子看热闹。可谁知道，他白天是个人气王，晚上只能一个人恓惶得溜光炕。

休息时，宏叔还会拉二胡、吼秦腔。我最忘不掉的是他说的快板：

> 冬去春来阳气升，
>
> 百草发芽树木青。
>
> 伟大祖国工业化，
>
> 我老九越活越年轻。
>
> 年过六十能劳动，
>
> 做起啥活也轻松。
>
> ……

他光着身子，拿两根竹节边说边敲，把农民诗人王老九的《进北京》演绎得有板有眼，听得人人心里热腾腾的，浑身上下都是劲。因为这段快板，我很怀念英年早逝的宏叔。因为宏叔，饲养室那堵墙根基牢，影子正，身子坚，风风雨雨里坚守了几十年。

人会走，墙不会，墙就看。牛从跟前走过，驴从跟前走过，它们的步履踢踏踢踏，不急不缓。人，却不是每次都从容。有次，西村的胖嫂腰里缠了个大布袋，半夜摘了一兜白棉花，明明月光亮堂堂的，她偏拣暗影处摸，一不小心，还被半截砖头绊了一个大跟头。当然，贼娃子二狗偷偷干的事它也记得。那一晚下过一场瓢泼雨，墙边的小土坑积满了水。二狗去的时候，满嘴酒气，哼着乱弹。回来时，后面有人追赶呐喊，他就跌跌爬爬的，弄得满脸满身全是泥，这与他平日里吆三喝四的威风劲反差实在是太大了。墙想笑，但没有嘴，只好作罢。

话说回来，每件事墙并非一定要看个清清楚楚。比如，墙头那个麦秸垛里，发生过好多浪漫事，它就没注意。它觉得，关键时候遮掩一下，会成就人的好事情。前几天，小翠和根娃打身边过。根娃还打趣说："要不是这堵墙、那个麦秸垛，你爹当年逮住我，怕是要打断了我的腿呢。"小翠羞得掩嘴笑："谁让你脸皮那么厚。"

一堵墙，能平衡人的心境和身份。童年时，一群伙伴们捉迷藏、逮麻雀，谁心里都少不了谁。长大后，就不同了。三娃穿上了干部的中山装，胸前的口袋里还别了一支黑钢笔。谷子拉着架子车，满满地捆扎着一车干柴火。这两个人大概有七八年不见了，墙期待看见他们热泪相拥，还像当年那样伸出手，玩一会儿"剪刀、锤子、布"。可是，谷子停下了车，问话的口还没张开，三娃却腆着肚子走开了。谷子吐口唾沫，只好尴尬地离开了。

现在好了，冬日的阳光暖暖的，墙根放着一排小马扎。坐着的有大水，有谷子，还有退休回家了的三娃。谷子的儿媳妇端来了一碗热干面，馋得三娃直流口水，争争抢抢夹了几筷头。大水年轻时受过伤，病恹恹的老爱扶着墙，跟着铁娃练了几年拳，老了老了，反倒鼻涕不流了，腰也挺直了，还能吃下一大老碗饭，说话的声音都刚强了。天佑和三羊是邻居，早年曾为一寸庄基打破了头。现在两家儿女都外出打工了，空落落的院子里，他俩把头凑在一起抽烟斗，再仰头时，不由得慨叹道："没人了，要这么大的地方有屁用？"

哪里来哪里去，落叶总要归根的。不管你当年是打阳伞、绾着满头鬈发的洋太太，还是烧窑扛锄扯大锯的，如今也都蹦跶不了几尺高。冬天来了，大伙儿还是会像当年那样，排排坐，晒太阳，你来我往地斗斗嘴功。

一天到晚，人要睡觉墙不睡，墙的见闻、阅历就比人多得多。墙的一生很简单，站起来是土，风化掉了，还是一堆土。人就复杂了，每有喜乐哀愁、爱恨情仇，眼里的风景都会变，所以身会乏，心会累，情会躁。

有句话是，谁的心里没了自己，谁的眼里就有了世界。墙是实实在在悟透了这句话。

迎接麦子

"算黄算割——"行走间，就被村头大树上跌落的一串鸟鸣砸中。

那时，父亲正走在五月的麦田里。艳阳下，大片大片泛黄的麦子，顶着硕大的穗子，手挽手肩并肩组成了浩瀚的黄金阵。父亲头戴草帽，佝偻着腰身，正细细地察看麦子的成色。夏风吹过，麦子们笑着、舞着、簇拥着他溢金漾波。他掐下两个麦穗搓了搓，噗地吹去麦壳，尖角还带着些微青色的麦粒，便胖娃娃般聚齐在了掌心。放几粒在嘴里咂摸，麦粒溢出的香气，像一坛老酒，把他醉倒在了季节的风里。

如果不是那串鸟鸣，乡村的夏日其实是散淡的。路过田野，你会看到少年伏身在青蔓黄花间，静候着一只粉蝶，或土黄色的蚂蚱；走近村口，你会看到三两个妇人，盘腿坐在青黄的杏树下，手指翻飞，专心地摘着笸箩里的豆角、青菜。汉子木愣地转出屋，时而爬上阁楼找寻农具，时而痴怔地望天；女人眼角偷瞄了一下，心里酸酸地嗔道："麦还没熟透呢，就坐立不安的，当新郎也没见这么着急！"

和人一样，麦子也知道张扬和拿捏。它们先是将馨香散出一丝，隔几天又散出一缕，直至庄稼汉们等得有些浮躁了，它们才唤出了鸟鸣，散出了芬芳浓郁的香气。这时你要抬头，肯定会发现天更高了，高得连远处的山都矮了；地更阔了，阔得连头顶的云都化成了丝。这样的季节，自然得有激动人心的大事情发生。

天向黑的时候，头顶咯嘣嘣地滚过一阵炸雷。接着，就有铜钱大的雨滴噼里啪啦地落下来，扑起的土腥味呛得人直打喷嚏。

哥说："坏了，要收麦子了，老天咋下雨了？"

父亲说："白雨一阵阵，明天正好光场。"

光场，就是用碌碡把场地碾光，以便打麦晾谷捶菜籽。上学后我知道这"光"是古汉语中形容词的使动用法，翻译成现代汉语就是"使场光"。呵呵，没想到这粗粗的农活，积淀起的文化还蛮深厚的。场地，是早已收割了的油菜地或者大蒜地。父亲用锨平整一遍后，我和哥拉碌碡，父亲摇筛撒炕灰，我们就开始光场了。下过雨的地面黏黏的、润润的，碌碡或南北或东西，一遍一遍吃住茬口碾。积了一冬的炕灰干燥绵细，碌碡碾过四处飞扬。几圈过后，场地起明发亮了，我和哥的脸却变成了花的。歇过一袋烟的工夫，迷离花眼的太阳，在场地上刻满了篆字般的裂纹。父亲东踩踩，西踩踩，复撒上炕灰和干土，我和哥重新开碾。等到地面平如鼓、光如镜了，麦场就算做成了。碎娃们难得有这么个大舞台，他们高兴地翻筋斗、捉老鹰，胡撂欢子。

返回的路上，我听见宏叔唱"他大舅他二舅都是他舅，高桌子低板凳都是木头，走一步退一步等于没走……"，就问哥："戏里面为啥要唱没用的白话？"哥说："图热闹呗。可咱有满地的麦子哩，爸的汗没白流。"那语气傲得就像吃上了新麦蒸馍、蘸水面。

"麦稍黄，女看娘。"回到家，娘已备好了新衣、新裤、馒头、面花等礼品，我跟着娘就上舅家了。娘要向娘家人述说麦子丰收的喜讯，还要问娘家的劳力够不够，更要祝舅爷舅婆平安度夏呢。

父亲一门心思扑在麦子上。他上了一趟集市，购回了草帽、扫帚、铁叉、推板等农忙用具，又担水和泥盘了一个大囤。囤的外边，父亲用黄泥浆涂了一遍又一遍，看着白亮平整了，才坐在门槛上，眯着眼听风闻香想乐事。村头的金豆串门见了说："你能打多少粮食，盘那么大个囤？怕是装不满哩。"父亲站起身咳咳两声，疾步就向后院走。哥对我说："爸盼的就是个仓满囤溢，这金豆问话也不长个眼色。"

麦熟一晌，蚕老一时。吃罢晚饭，父亲借着月色，霍霍、霍霍一气磨了好几把镰刀。他用手指试试刀刃对娘说："明天开镰吧！"

第二天一早，父亲就唤醒我们去割麦。还没出村，我们就碰上了弓着腰拉麦子的长命。长命说："我用联合收割机收了，镰没用上！你看，麦粒子都装进袋里了。"父亲一愣，我和哥趁机夸赞收割机割麦多么快、工序多么省。其实，我们是受不了又热又累那份辛劳。父亲掂着镰刀木木地站在原地，红黑着脸膛始终没说一句话。过了一会儿，他恼怒地跺着脚说："你们不割，我割！"扭过身子走了。

那一年的夏天，无疑是父亲最失落的季节。因为他准备了、盼望了好几个月的收获大戏，刚开场就快速地收了场。买回来的扫帚、铁叉没用上，磨好的镰刀割了不到半亩麦子，剩下的被哥叫来的收割机抢收了。而场，也只晒了几天麦子，就被挖开种菜了……空旷的田野里，麦茬白花花地直指着天。他蹒跚着转过一圈，又返身伏在了麦囤上。这一切变化太让人猝不及防了，以至他没有机会亲近麦子，没能让麦芒给他文上夏的印记。麦子是藏在父亲心底的黄金，而这黄金的获得，让他倾注了生命里的全部热情和能量。他，不忍心就这么看着麦子悄无声息地流进了泥囤呀。

麦子们走出麦芒的锋口，已没了在麦棵上的平静和矜持。它们在麦囤里挤成一团，眨着眼睛，好奇地仰望着囤边那双粗粝的手和布满皱纹的脸。它们不明白：丰收了，那个老人怎么还会老泪纵横、百感交集？

麦子走进人的肌体，人是活着的麦子；人魂归泥土，麦子是活着的人。收获的过程对于父辈们来说，也许不仅是一种生存的需要，更是一种活着的典礼，与土地、与万物交流的方式。庄稼的丰歉让他们饮泪，天气的阴晴让他们祈祷，如果真有一天他们失去了土地，看不到那些日夜相伴的鲜活的生命，他们还能找回精神的慰藉吗？

人头攒动、挥汗如雨的夏收已渐渐远离了我们，但听到那串鸟鸣，许多人的心里还会产生迎接麦子的念想和冲动。

织　娘

　　母亲节来临的时候，我很自然地做了一个关于母亲的梦。

　　一个李白桃红的清晨，父亲扶着犁杖，吆着青灰色的驴子，踢踏踢踏走过村街的时候，阳光穿过木格窗子，正水一般在堂屋里流淌。娘绾着发髻坐在织机上，双脚一起一落，机杼一前一后，织机就发出唧唧唧唧蛐蛐般的鸣叫。娘一甩手，木梭就鱼儿般穿过棉线，再一甩手，木梭又鱼儿般穿回棉线。来来回回，如此往复，土布就一丝一缕地向前延伸着……

　　"娘——"我大喊一声，惊醒了。但娘劳作的身影，却定格在梦境古朴的画面里。

　　儿时，我最爱看的就是娘织布、纺线。

　　秋后，父亲弹回棉花，娘盘腿坐在蒲团上，依着簸箕条条凸起的舌面，先把蓬松的花絮搓成一根根棉条（捻子），而后就开始纺线了。娘纺线的样子很好看：她左手扬着捻子，右手摇着纺车。纺轮一转，手一伸一扬。棉捻子便徐徐"吐"出一条细线。一会儿，一个大穗子就缠绕在了锭钎上。

　　那个时候的夜晚大多没有电，为了省油，娘白天参加劳动，晚间便和邻居的六妈、五娘借着月光纺线。时间久了，她摸黑纺出的线都又细又匀称。秋夜，明月如盘，树影婆娑。农妇们常常通宵达旦地摇纺车。要是谁家碰上儿娶女嫁的需要赶活计，那就更忙活得没了早晚。做好的饭凉了，饿了再去热；手中的棉线断了，躬身再去续接。一筐笤棉捻纺完了，时常天也亮了。

　　月光下，我和小伙伴们玩捉迷藏、斗鸡跑累了，一个人不敢去睡，就伏在娘腿上听故事。纺车吱扭，纺轮嗡嗡，萤火虫打着灯笼在枣树上胡碰乱撞。听着听着，我很快就甜甜地入睡了，殊不知，压得娘腿都发麻了。

多年后，我听秦腔传统折子戏《三娘教子》，方知娘的辛劳和不易。

> 娘为儿白昼织布夜纺线，
> 一两花能挣几文钱。
> 你奴才把捻子带线齐揪断，
> 舍了分量短工钱。
> ……

戏中薛乙哥逃学回家，织布养家的三娘见天色尚早，查问儿子学业，劝其用功。不料乙哥以三娘不是亲生母亲相回应，引出三娘满腹委屈，几欲放弃教养。薛保从中解劝，协同三娘讲明道理，终使乙哥醒悟，发愤上进。多年以来，三娘以耕织之艰教子育人的故事，备受百姓褒赞。看了这出戏，娘的养育恩情，我又如何敢忘？

线纺完了，接下来就是染线、浆线、经布一系列流程。所谓经布，就是把纺好的纱线根据要织的布的花样及厚度，搭配缠绕到一根轴筒上。经布的时候，场面很壮观。那一刻，娘侧身牵线，步履轻盈，几十个缠满纱线的筒管在娘的带动下，像一群等待喂食的鸡崽，毛茸茸地围在她脚边欢蹦鸣叫。

线轴固定在织机上，就开始织布了。织布，讲究的是力道和巧劲。会织布的人，用劲小、织得快、布平整。初学的人，忙了手里顾不了脚下，三两下就会乱了板路。那时乡下嫁女儿，讲究陪嫁多少这样的布料。当嫁妆抬到男方家里的时候，当地的三姑六婆会打开女方的衣橱，对陪嫁过来的织物的数量及品相做评判，而这又是关乎脸面的事，所以跟娘学织布的邻里姐姐真不少。我家没有女孩，娘看不清时，常常让我帮她穿针引线，她们看见了，总是笑骂我"臭小子"。

年节快到的时候，布也就织成了。冬日的暖阳下，父亲帮娘折叠、拼接、捶平。娘细心地扯平、剪头、掐量。他们的动作和谐默契，脸上都漾着掩不住的喜悦和兴奋。乡间有句老话："家常饭，粗布衣，知冷知热结发妻。"土布里织进的不只是艰辛和期盼，还有绵绵不尽的温馨和关爱。

织好的土布素淡清香，厚重平朴，几何形的图案和花朵明丽生动。娘一部分用来缝制家人过节的新衣，一部分用来为哥哥们准备结婚的被褥。粮食紧缺时，父亲还背着土布上北塬换粮呢。许多窘迫的日子，就是这样在爹娘创造的欢乐氛围里，变得红红火火、大有奔头。

某日，我携妻带女去民俗村游玩。女儿对古老的织机表现出极大的兴趣，又是拍照，又是请阿姨示范，等到自己坐在织机上的时候，却一下都不能操作。唯有妻手扶机杼，脚蹬踏板，还有些许织土布的范儿。我不由得喟叹，这养家的技艺怕是真的要失传了。

一日，我和农林局工作的一位文友说起土布。她说："土布蕴含的商业价值和传统文化，越来越显现出了独特的价值和魅力。市上已建起了织纺专业村，成立了金梭子纺织公司。"我听了很是欣慰，看来作为传统工艺的土布真的要焕发青春了。

倏忽间，娘离开我已二十余载，倘若她能听到织土布已不再只是谋生的手段，应该含笑九泉了。

走亲访友那些事

"小孩小孩你别馋，过了腊八就是年。"小时候每到腊月，看大人们忙忙碌碌地扫房子、炸豆腐、炒肉臊、蒸馒头，我就睁大眼充满了期待，巴不得新年马上到来。

过年了，敲锣鼓、穿新衣、放鞭炮、打灯笼，还有个重要的事：朋友相聚、亲朋走动。忙忙碌碌一整年，大家平日见不上，这个时候见了面，又搂又抱的，满肚子话往外涌。那时候，我特别享受这个，因为走亲戚、见长辈，除了能听到暖心的话语，还能领到压岁钱。可近些年，这亲戚走着走着，情就淡了；聚着聚着，人就散了。

王村小林在天津干建筑活，好几个年头没回家。今年过年回来了。初二那天，他早早收拾好礼品，准备了烟酒，带着媳妇儿子去拜岳丈。他们一家前脚进门，后面连襟一家也到了。小林小，开席了，他又是敬茶，又是倒酒，殷勤得不要不要的。他掏出盒"金卡猴王"去发烟，老丈人接住了，连襟一摆手，却要让大家抽他的"芙蓉王"。给小林抽，小林不接，说他就爱抽金卡猴王。连襟说："真是个怪人，麦面馍馍不吃，非要吃窝头。"酒过三巡，妻姐说："小林呀，你大过年的也不置身好衣服，皮鞋都不知道买双新的。"小林闷了一口酒不搭话。媳妇说："他一年到头顾不上家，钱也没见落几个。"岳丈弹了弹烟灰说："挣不来钱，年后别去了。"岳母接住话茬说："听说建筑队工资也不少，忙了一年年的，咋就没攒下钱呢？"小林再也忍不住了，拍了下桌子，起身就出了门。岳父指着背影骂："钱没挣回来，驴脾气还大得不行。"

小林不见了。家里人找了好几天，后来才听一个工友说，他又回天津了。没挣下钱，是由于他被钢管伤了肋骨，工钱用来看病了。

小林媳妇问："工头呢，不管吗？"

工友说："跑路了。"

小林媳妇自言自语说："伤了，也不给家里说说。"

工友说："说了你们又能怎么着？他不想让你们千里之外有负担。"

听了这件事，我心里五味杂陈。那个连襟开着机械加工厂，他怎么就不在技术上帮扶下小林呢？媳妇能在娘家人面前说长短，怎么就不问问小林在外面苦不苦？当然，小林也是太爱面子，纯粹就是个闷葫芦，有事了也得和家人亲戚多沟通不是？这么走了，下不来台面的不是一个人。

李牛是独子，大学上完在上海做软件，隔了几年，积累了些资本，就开了家软件公司。父母年龄大了，病了痛了，他只给卡上打钱，人却回不来。李牛的堂弟李刚，在家附近做装修工。老人家有个头疼脑热的，都是李刚忙前忙后地管顾。可今年弟兄俩见了面，这层亲密关系却走了味。

李牛回家开了辆宝马车，那天两家人一起去看舅爷。李伯对儿子说："等等李刚一块去。"李刚提着礼品来了，拉开车门准备坐车。李牛说："你看你一天到晚不努力，没房子没车的，这样下去咋行呀？"李刚一听，这明显是嫌弃自己，不客气地回了句："我穷，我过我的，吃我的，一毛不用你有钱人的。"李牛还在叨叨，李刚说："你有钱，我不羡慕。我有我的活法，你只要不忘了自己爸妈就行。"两兄弟你一言、我一语，话越撵越高。老爷子看看氛围不对，气得直骂儿子："你挣那么多钱，和我有啥关系？没有李刚，我和你妈早入土了！"一个不合时宜的话题，让两个从小一起长大，一起玩尿泥、掏鸟窝的兄弟有了隔阂。

初五那天，见李刚蔫头耷脑的不开心，我说："何必呢！老人家知道你的好就行了。"他说："对对。我小时候没鞋穿，伯伯看我脚冻得像烂红芋，偷偷把大娘卖鸡蛋的钱给我买了棉鞋。我记着二老的恩呢。"说话间，他站起身说："你看我，差点把大事都忘了。我给老人烧热炕去。"

还有几个哥们也有意思，过年的一场酒算把燃烧的友情浇灭了。

大军、建华和二蛋是同学。离开学校后，三个人学刘备、关羽、张飞"桃园三结义"，相约"苟富贵，勿相忘"，一起干事创业。几年后，大军在西安卖搅团，建华考上了公务员，二蛋开了个养猪场。几个人隔段时间聚会一下，相互出出主意，倒个流动资金，鼓劲打气还挺频繁的。后来来往渐渐少了，只是偶尔打打电话，客套一下。今年过年碰得巧，村上有位老人过世了，几个人见了面。大军开上了奥迪，建华当上了科长，二蛋买了辆桑塔纳。几人都混得风生水起。可端起酒杯，事来了。建华不喝酒，二蛋埋怨他忘了发小情，当官了看不起乡里人。大军指着二蛋说："你开个破桑塔纳也配教训你二哥！"说完，又是强盗式劝酒。一会儿，二蛋搂着建华哭，啃肉抓骨头的手，抹得建华脖子油乎乎的。大军抱着酒瓶说："这些年我在城里没少遭白眼，那些假洋鬼子牛气什么？哥我腰里有的是钞票。"二蛋满脸鄙夷说："你那就是个服侍人的活，还想让人把你供在庙台上？笑话我开破车，我咋着也是一手摇，老婆、娃娃、满圈的猪娃没有不听我的。"建华劝完这个劝那个，两个人脸红脖子粗的，还是争扯没个完。

喝酒不文明，攀比不歇嘴，友情就这样喝伤了，怕是以后彼此都难见面了。

大人有大人的心事，这初出茅庐的学生，却惧怕七大姑八大姨的"亲切关怀"。那些令人感动的"灵魂拷问"，常常让他们无语凝噎。前村的张涛，大学毕业后考研没成功，应聘进了一家国有企业。过年回家，他天天宅在家里不出门。父母高兴孩子吃上了"公家饭"，鼓励他出去走走，要他不要淡漠了亲情，私心里，顺便还想让孩子相个对象。可没想到，走了一家亲戚，儿子就垂头丧气没了精神。前天，他去了一趟二姨家，坐下没说三句话，二姨父就问："你上班累不累？"张涛说："我干技术，比起车间的师傅还不算累。他们辛苦多了。"二姨父说："不累能干啥！关键是要能挣来钱。"张涛说："我刚入职，给人家该干的，还都没完全学会呢。"二姨父说："你挣多少钱？"张涛说不多。二姨父紧追不舍："你到底挣多少？"张涛说："也就四五千吧。"二姨父仰头大笑："你这大学我看是白念了。我家碎狗给人开个装载机，一个月都不下八千元。就凭你这收入，还想在城里买房买车娶媳妇？"他二姨见势头不对，用眼瞪着老公说："就你话多，烟卷都堵不住你的嘴！你就不知道问问娃工作适应不适应，下一步还有啥发展？"他二姨父梗着脖子还不服，说："我这、这不是掏心窝子话嘛。他外人横一丈、顺八尺，我都懒得去管哩。"

张涛羞得脸蛋红通通的，恨不得找个地缝钻下去，插个翅膀飞上天。

走亲访友其实很有学问。早些年，大家年节聚会，除了看望长辈，加深感情，还有很重要的一条：交流信息，互通有无，传递致富经。现在，虽然这方面仍是主流，但攀比、酗酒、赌博等恶习，却让这祥和、欢乐中有了杂音。我还听说了一件事，亲戚间打麻将，由于作弊打起了架，最后竟然惊动了110。大过年的，你看闹心不闹心？

再说说压岁钱。李叔的外甥女出嫁后就不来看舅舅了，隔了两年，突然拿了几十元的礼物，抱着孩子来了。老舅一看，心花怒放，赶紧掏出了丰厚的压岁钱。来来往往十多年，大前年孩子上了初二，适逢李叔盖完房、身体大病初愈，手里不方便，李叔就硬装着没有给。谁知这接下来的两年，母子俩都不上门了。发压岁钱只是个习俗。我想问问这位外甥女：难道你就是带着孩子来混钱的？再说这样做，也误导了孩子，让孩子觉得别人给钱是理所应当的。这三观，实在是需要正确引导和理顺。相反，邻居良子就不错，他远在江浙打工，平常也回不来看亲戚。但这小伙子有心，过年去看舅舅妗子，只要健在的，都会送上一份贴心礼，敬上一份孝心钱。老人家们念叨外甥打工辛苦，坚辞不受。良子说："收下吧，我一年到头只能来看望一次，心里愧疚着哩。"四邻八舍都夸这孩子知礼节、重孝道。

网上有个忠告是，过年串亲朋要记住：男不问工资，女不问年龄，孩不问分数，未婚不问对象，已婚不问生育。少说话，多吃菜，够不着，站起来。虽然有些偏颇搞笑，但对"自律"性太差的人来说，还是有些用处的。

中华民族是礼仪之邦，自古尊崇礼尚往来、君子之风。在乡村振兴这个大背景下，在春节这个特殊时段里，讲文明、有道德、知荣辱就显得尤为重要了。

乡味

　　小时候贪玩，我常常会听见母亲唤我吃饭的声音："六儿，回家来！娘给你做好吃的了。"那时，母亲腰系围裙，倚门而立。她身后低矮的青瓦房上，有土砌的烟囱飘着若断若续的炊烟。那秸秆烧成的炊烟，像母亲唤儿的手臂，一起一扬。我相信，那一刻娘的心里也是欢喜的。

　　会做饭，做好饭，会让生活荡漾无尽的快乐。不想回家的人，你们也回来吧，家里有人等你吃饭呢。

吃　春

春一到，花红柳绿的稀罕物就日渐多了起来。除了赏春，吃春也是一种任性的享受。

雨水一过，麦苗约定了似的，齐刷刷立起了身，田野一片绿油油的。村口沟渠上的歪脖柳树，甩掉了一冬的枯涩，黑褐色的枝丫，笼罩在一团绿色的氤氲之中。这时，小路上的爬地草软绵绵的，干白的叶子虽已化作泥土，看似冻干的草芯却透出了惹眼的新绿。

此时，寻访野菜最适时。

城里不知季节已变换。若不是周末回家，时序更替于我来说，只剩下了日历上苍白的字眼。迈步麦田，米蒿蒿高已盈寸，细小的叶子四下舒展着。它的茎营养富足，水嫩粗壮，上面密披着一层白白的细绒。这时候，正是用它蒸疙瘩的绝佳时机。我和妻紧挖快拔，一会儿篮子就满当当的了。菜疙瘩，是用野菜拌面蒸出的美食。其他地方也有类似的做法，但非散即黏，我都不太喜欢。

回到家里，先去掉老根、底叶，再水洗两遍，就可以盛在盆里拌面粉了。面粉不能放得太多，多了菜味就淡了。揉搓的时候要用力、要有耐心、要搓出菜汁，只有这样，蒸出的菜疙瘩才滑爽、筋道、适口。搓好的菜上锅蒸，十几分钟就飘出香味了。现在的任务就是砸好生姜、蒜，倒上白醋，兑上调料水调汁了。香油、芥末油、辣椒、麻辣粉适量放些，但酱油不能放，它会让翠绿的菜疙瘩呈现黑色，失去可人的秀色。菜疙瘩出锅凉一凉，或泼汁搅拌，或蘸汁即食，都是赏心乐事。

野菜里，荠菜虽好，可它更适合用来窝浆水、包饺子、烙菜合。苦菜花性凉、味苦，野小蒜辛辣、鲜嫩，但都不好找，所以很难圆解馋的梦。米蒿蒿和枸杞子就容易找多了。它们不但遍地生根，而且味道鲜美，药用价值也很明显。因而，初春的田野里，到处可见大姑娘、小媳妇的身影。她们穿着花花绿绿的衣服，嬉戏打闹，笑声在很远的地方就能听到。有兴致高的，还会亮下金嗓子，唱一段眉户《梁秋燕》：

阳春儿天，秋燕去田间。

慰劳军属把呀把菜剜，样样事我要走在前边。

……

挖野菜，真是乡下人踏青休闲的盛会。

小时候，家里日子穷，天天粗茶淡饭的，我实在难以下咽。要是母亲挖回些野菜，能蒸顿菜疙瘩，特别是米蒿蒿、枸杞子芽的，我简直乐坏了，心里再大的委屈都没有了。贫困的生活需要装点，村妇们因而大都练出了化苦涩为甜蜜的厨艺。现在，这更是提高生活质量、勤劳致富的一种技能。

相对于米蒿蒿而言，枸杞子萌芽要稍晚些。但到了三月下旬四月初，沟畔、渠岸、地角，差不多到处都可采到。老株上采摘到的，只能是嫩叶和纤细的芽尖，最好的应算是刚出土的新芽。它茎粗、叶肥、汁液饱满，蒸出的菜色泽很诱人，吃起来特别清香。有年开春，我和妻到田野去散步，路过一处壕沟岸时，发现了大片新萌芽的枸杞子。这里原本是先年堆放玉米秆的边角地，绵绵延延有多半里。冬天了，秸秆干透了，为了不影响耕作，就有农人一把火烧了柴堆。这一烧，柴堆底的枸杞老干也被烧光了，但谁也没料到，那么大的火，那么持久的余烬，竟然没烧死枸杞子深埋地下的老根。这不，雨水一浇，它在松软的沃土和草木灰的营养中，变得愈加茁壮了。那一天，我们欣喜地采了一篮子。此后，我们还来了若干次。有了枸杞子芽，一个春天都喜气洋洋的。最后一次，我挖了棵老根回家，栽在了故宅门口的梧桐树下，父亲勤浇水、常施肥，两三年后，长得快有擀面杖粗了。肥肥嫩嫩的叶子，绿莹莹的。想吃了，端个盆过来，现摘现采，随时取食。直至我们搬离了，这棵枸杞子才被人挖掉做了旱烟杆。

当然，洋槐花、榆钱也很出彩。洋槐树上的硬刺又尖又细，扎人可不是一般地痛。但为了口福，爬树、用铁钩，大伙儿办法似乎都用尽了。有年，村西的三娃上树折槐花，眼看着大功即将告成，转身时，咔嚓一声挂破了裤裆，他羞得夹着双腿蜷在树枝上不敢动。他爹向上抛了一条绳，他吊上他娘给系着的裤子换上，才红着脸溜了下来。

吃春的方式有很多种，我唯独青睐菜疙瘩。闲聊间，妻把菜疙瘩蒸熟了，我端着碗品着春，心里就念想着春的好。

吃货的世界也精彩

进入小暑，柴狗的舌头就耷拉在了嘴外边。偶有游风吹过，也是温突突的。间苗回来，妻在耳边问："中午吃啥？"我说："'头伏饺子二伏面，三伏烙饼摊鸡蛋。'伏过了，天还凉不下来，就来碗蒜汁拌凉面吧。别忘了放上绿豆芽、黄瓜丝哦。"

大门洞开，当院置一躺椅，饭饱汤足后，我腆着肚子唱起了乱弹："吃饱了，喝胀了，跟皇上他爸一样咧。"妻笑言："人家吃了鱿鱼海参、喝了西凤茅台都没见嘚瑟，你倒吼上了。"我说："他不唱是他的事。我唱，是因为吃饭让人情酬意满，生发信心。你没见今人古人，伤春惜别、负笈远行，或一个人徘徊在寂寥的车站，亲人叮嘱最多的，自己最易想到的都是吃饭？"

吃饭是件稳心定神的事。多年前，因为喜欢写作，我在省城谋了个文秘差事。初进新单位，工作没费多大劲就上了手，就是人生地不熟，有些憋闷。有天傍晚我外出散步，见一家川味卤肉店门口人挤挤攘攘的，不由得就多看了几眼。这家店店面不大，却收拾得纤尘不染。玻璃食柜的托盘内，卤好的排骨、猪肚、猪蹄、鸭掌、豆筋等新鲜润泽，香味扑鼻，瞅一眼就口舌生津。我排队过去，挑好副鸭架，称了几两鸭肠，转过街口，又买了个白吉饼就回家了。

那一晚，我听着音乐，啃着鸭架，气定神闲，踏实温暖。在辣的吸溜声中，我竟然文思泉涌，赶出了一篇稿子。这与往常念家的情绪太有差异了。

上省城时我曾对妻说："我要是能熬过第一周，以后你就别管了。要是回来了，那就是不适应。"妻笑笑说："吃好了，你就能适应。"没承想今天竟然应验了，真是知夫莫若妻啊。

与现在这副吃货形象相反的是，小时候我吃饭爱挑食。娘曾沉下脸对我说："要再这样下去，就饿成猴子了。"我说："成猴子了有什么不好？"比如爬树，我就比小伙伴们有优势。有年夏初，我和伙伴们打完猪草，坐在小河梁上玩土棋。不知谁突然喊了声："看，那树上的桑葚红了。"大伙儿抬头一看，浓密的绿叶里，果然挂满了紫红紫红的桑葚。桑树是二叔家的，有两三丈高，碗口粗细。我翻过土墙，朝手心吐口唾沫，扒住树干，噌噌噌地就爬了上去。伙伴黑蛋也想往上爬，几次到了中腰都哧溜下去了。坐在树杈上，我吃一阵，摇摇树枝，抖落一些。树上树下，小伙伴们嘴唇乌紫，一片笑声。正得意时，我看见父亲扛着锄头往树下走来，心里不由得紧张起来。走近了，父亲朝我招招手说："下来，我不打你。"谁料，我溜下树脚跟还没站稳，屁股上就啪啪挨了两鞋底。痛是痛了，背过父亲我还是没有放弃体验上树掏鸟窝、折槐花、摘果子的乐趣。

真正让我改变吃饭态度的，是一条谜语。那年冬天，三哥应征入伍，我和父母赶到镇上送行。公社优待军属，每家盛一海碗烩菜，发四个大馒头。烩菜里有白菜、豆腐、粉条和肉片，珍贵得不得了。但我怕吃豆腐，还多嫌肥肉，娘就很不高兴。她说了个谜语让我猜：黑瘦黑瘦，干骨头没肉。上树不蹿，下树不溜。我抓耳挠腮地猜不着，问娘。娘说："是蚂蚁虫。"啊？我急得一蹦三尺高，吃饭不乖，难道我连做猴子的资格都没有了？

我要吃饭！

食亦有道。吃好，但不能贪吃。在家里，我是最小的孩子，平常受到的关照自然多一些，这就让我很容易产生一种唯我独尊的心理。有一天，舅舅捉来一只大公鸡，对我娘说，把鸡和黄豆炖了，给娃补补血。有鸡吃了，我高兴得一蹦子弹出了门。可是到了晚上，我左等右等却不见娘动手，心想娘怕是舍不得杀了，就放心地睡下了。

第二天一大早，没听见公鸡打鸣，我掀开鸡窝门一看，鸡没了。原来娘是怕我贪吃，等我睡着了才杀的。可那鸡汤又是熬给谁喝的？趁父母下地，我爬高沿低，揭瓮盖、开柜锁四处寻找。踢踢嗵嗵的响声，惊醒了炕上睡着的四哥。四哥说："别找了，在麦囤里。把坛子抱过来。"

我想偷吃时决心大，四哥真让我抱坛子时，我反倒僵住了。四哥溜下炕，把我拉到麦囤跟前说："放心吧，我不会告诉娘的。"说完，他吃一口，用勺子喂我一口，我不张嘴都不行。四哥那阵身子弱，娘瞒我，无非是想让四哥多吃几口，毕竟那年月杀鸡炖肉，对农家来说不是件随性的事。那一天吃着鸡肉，我觉得自己长大了，更理解了亲情于一个人的成长是何等的重要。

我本布衣，又不善经营结交，吃大餐的机会相对寥寥，但这似乎并不影响我活得热气腾腾。有年和朋友走了趟川渝，归来后朋友慨叹，所谓旅游，就是花钱从自己活腻的地方到别人活腻的地方去。我说："那不一样。人家那吃的、民俗就和咱有区别。"朋友说："我怎么没觉得？"我说："你是心在景上，景在路上。我是吃在景上，品在吃上。"朋友说："怪不得老看你往背街僻巷里去，掌故传说随口就来，原来是在舌尖上品味景致呢。"我欣然称是。

小时候我觉得城里吃得好、穿得好，有高楼住，现在倒是舍不下乡村的随性和任意。就地取材，随季而转，让我追求起美食来游刃有余。春暖了，花开了，地里的野菜露头了。踏着春光，采一篮荠菜、枸杞芽、水芹菜，或凉拌，或剁馅，或蒸麦饭，天天不重样，样样吃得风生水起。夏天最喜的是蚂蚱菜包子、丝瓜腊肉、酸菜粉鱼儿。门庭里一座，褪去长衫长裤，再整两瓶冰啤，那可真是把酒临风，其喜洋洋者矣。到了秋天，青菜绿了，柿子红了，茄子紫了。呼来妻小，围坐瓜棚，待明月升起，也有"举杯邀明月"的文人雅趣。若是冬天，最好有一场雪，最好有客来访，最好炉上的火锅咕咚咕咚飘着肉香，你就会猛然发觉，自己也生活在"绿蚁新醅酒，红泥小火炉。晚来天欲雪，能饮一杯无"这幅极具美感的风情画里。

吃饭能平和人心，沟通情感。说起老板和员工的关系，估计有相当多的人皱眉头。前几天看了一个视频，我心里却是满满的感动。视频里，百十个民工在冬至那天，一溜排开吃饺子。滚水沸饺，人群熙攘，把酒临风，场面可谓壮观。记者采访时，大家对老板逢节必宴的做法赞不绝口。虽然每次吃的也就是个家常饭，但那份情谊却让他们跟随老板走南闯北，不离不弃。远离家乡，思念故土人人难免。但老板的一顿饭，却慰藉了漂泊的灵魂，和谐了复杂的雇佣关系。我佩服老板是个明白吃饭道理的聪明人。

人是铁，饭是钢，吃饭的确不是个小事情。刘亮程老师在一篇文里说，由于欠一顿饭，多少年后的一次劫难逃生中，他差半步没有摆脱厄运。正因为这顿没吃饱的饭，以后多少年他心虚、腿软、步履艰难，因而失去许多机遇、许多好运气。这句话说到了我心上。妻年初到村口工业园去打工，这让享受惯了妻侍候的我很不适应，但咱也不能不吃饭啊。有句老话，要想吃好，自己动手。于是，我就照着菜谱自己来。现在烙菜饼、擀面条、炸油饼、打凉粉、腌泡菜……样样会。

好好吃，是对生活认真。我要偷偷告诉伙计们，亏了啥不能亏了吃，吃得没滋没味，凭啥能活得热气腾腾、气象万千？

饺香暖冬至

"冬至不端饺子碗，冻掉耳朵没人管。"冬至未至，孩子就打电话和我约定吃饺子的事，可见特定的时候做必要的事，是马虎不得的。

冬至吃不上饺子会冻掉耳朵的事，我没有见过，也没有听过。但做娘的都很认真，总怕囫囵过去，真把孩子冻坏了呢。我家弟兄们多，在靠干活挣工分养家的年代，日子难免过得清汤寡水的。一件衣服，老大穿完老二穿，轮到老三，缝缝补补又三年，在这样的状况下谈吃饺子无疑是件奢侈的事。然而，每到冬至，母亲摸摸这个儿子冻肿的手指，看看那个儿子冻烂的耳郭，还是要下决心包一顿饺子的。

印象中，我家那时的饺子馅似乎只有两种，萝卜或白菜做馅，外加一根大葱、一点姜蒜末。年景好了，再买几两猪肉；不好了，就在鸡窝摸两枚鸡蛋提提味。但娘一宣布吃饺子，一群娃娃还是蛮激动的。弟兄们有洗萝卜洗白菜的，有剁馅的，有刮姜皮的，有剥蒜的，有择葱的，个个脸上是掩不住的喜色。娘揉好面团，搓成条子，剁成剂子，大家就开始忙活了。三哥手巧擀皮，大哥四哥动手包，二哥剥蒜瓣。我年纪小不会包，就专司运送面皮。父亲是家里的顶梁柱，地里的活都忙不完，整天累得腰酸腿痛的，就是有时间，今天我们也要让他歇一歇。饺子包一个，蒸箅上放一个。放满里圈放外圈，一圈一圈围满了，再换一空盘。人口多，包够两三盘，才算大功告成了。哥哥们很讲究，饺子馅里常常会偷偷埋进去一分、二分，或五分硬币。我没钱，吃到了自然是福利双收。但我会搞怪，有次我把大蒜瓣包了进去，忘了是哪位哥哥咬到了，哇哇大叫。大黑铁锅加上水，大哥就开始吧嗒吧嗒扯风箱。娘那天很开心，煮饺子时说了个谜语让我猜：前面来了一群鹅，扑通扑通跳下河。等到潮水涨三次，一股脑儿赶上坡。我左猜右猜不得法，又抓耳朵又挠腮，弄得手、脸、鼻子、衣服上都是白乎乎的面粉，惹得娘和哥哥们大笑不止。

门外北风翻卷着黄叶，但当热腾腾的饺子盛出锅，一家人围坐在一起，常常会把个寒冷的冬日吃得红红火火、热热烈烈。平日里端碗玉米粥，我不吭声。这一天，我却要很响亮地吧嗒嘴，生怕那绝妙的滋味没声没响地溜走了。两碗饺子下了肚，浑身暖和，两耳发热，额头鼻尖都沁满了汗珠。花狸猫、哈巴狗今儿也不出门，它们痴呆呆地盯着人直咽口水。人过节气，猫狗也享福，盛一小碟饺子给它们，个个乐得吱里哇啦又蹦又叫。

现在吃饺子当然不用那么费神了。猪肉的、羊肉的、酸菜的、芹菜的、韭黄的、茴香的随便包。还有人将糖、核桃、花生、枣和栗子等包进馅里。吃到糖的人，来年的日子更甜美；吃到核桃、花生的，脑筋灵活好赚钱；吃到枣和栗子的，盼着早生儿子早生女。自己怕麻烦的，可以进馆子，半斤八两、蘸汁或酸汤，只需呔喝一声，就有服务员给端上来。但吃来吃去，却没了一家人围坐在一起的温暖和感觉。是因为父母走了，兄弟散了，还是……

几年前，我在矿区工作过一段时间。除了轮休，平常和我工友们都不回家。大伙儿每天忙得灰头土脸的，就连好好吃顿饭都是件奢侈事。好的是每年冬至，单位都会组织包饺子。那一天，除了特殊岗位，所有的人都参加。大家在一起，你一言我一语，一起动手、一起品味，热闹极了，仿佛吃的不是饺子，而是满汉全席。

冬至吃饺子的习俗，据说是为了纪念"医圣"张仲景"冬至舍药"而传承下来的。其做法是用羊肉、辣椒和一些祛寒药材在锅里煮熬，煮好后切碎，用面皮包成耳朵状的"娇耳"，下锅煮熟后分给乞药的病人。日久成俗，后来每到冬至这一天，人们就模仿张仲景做"娇耳"，煮食并喝热汤。传统自有传统的道理，更何况这里面还包含着关爱、舍得和真诚的大义。所以，我喜欢。

冬至了，我们是不是都该吃顿饺子，暖暖身，暖暖心，顶风冒雪，慨然前行？

那碗旗花面

秦地关中，面食花样百出，我却独喜旗花面。这与我的一段人生经历分不开。

高中毕业那年，我待在家里无所事事，邻居哥哥过来说，他在外面揽了一处活，让我和他去咸阳北塬干钻探。走的那天，同伴们推出自行车，在后座架捆扎好了蜡木探杆和被褥，唯独我没有车子干着急。那位哥哥知道后，让同伴帮我捎上铺盖，他就和我合骑一辆自行车。

时值隆冬，一行人出了咸阳，天已经渐渐黑了。呼呼的西北风，初时吹得人耳朵痛，再吹就让人脑袋晕。两个人轮换着骑一阵，背上就感觉潮潮的，棉裤也裹在了腿上不利索。再后来，我每将车轮蹬踏转一圈，人都好像要虚脱一般，心里不只是盼望早点到达目的地，还埋怨不该来凑这个热闹。然转念又想：书读不成，又不能下苦，以后还能干什么？这么想着，我就一边骑车，一边数着路边擦肩而过的白杨树。不知转过了多少个路口，数过了千棵白杨，晚上九点多的时候，我们终于在一家土屋前停下了车子。

哥哥说："到了。这几天干活就租住在这里。"

房东是对四十多岁的夫妻。女主人按照哥哥的安排，净过手脸，挽起袖子，拿起枣木面杖就给我们擀起了面。她前后错脚，微俯腰身，擀杖一起一落、一前一后，叮叮咣咣的极具韵律。面擀好了。她擀杖一卷，菜刀一划，仔仔细细地切成了菱形片。男主人炒好素臊子，燃起炽烈的硬柴火，开始烧水了。水沸前，女主人从屋外的菜架上取来莲花白，当当几刀剁成丝，大水一洗，投进锅里，不一会儿就做好了一大锅旗花面。盛饭时，她又给锅里加了点酱油，白面条即刻活色生香。

那一晚，大家逆风骑长路，又累又饿，满满一堂屋人少有喧哗，只闻吸溜吸溜的吃面声。我平常吃啥都饭量小，竟然也一口气咥了两大碗。汤足饭饱后，我甚至庆幸，因为坚持，才吃到了最好的旗花面。也因为这碗旗花面，那处活我顶风冒雪干到了交工期，迈出了走向社会的第一步。

时隔多年，我和表哥到西府给村上买锣鼓。回程时途经一小镇，表哥他们想吃羊肉泡，我却被一家旗花面馆吸引住了。

那是家临街的铺面，厅堂不大，有两间宽，门楣挂一块厚重的木牌匾，上书：特色旗花面。室内七八张桌子，张张围满了人。等座位时，我抽空看了下菜单上的简介。旗花面的汤，以白条鸡、猪肉骨头为主料，先以大火烧开，撇去浮沫，再放入大料包，加砂仁、丁香提味。文火慢熬，至骨肉可以分离为好。做面，叫作"出叶子"。面要和硬、醒到、揉光、擀薄，然后切成菱形面片。正看得入神，店家一声"面好了"——桌面上已摆放了小盆般的大粗瓷碗。猛一看，吓了我一大跳，好在"碗大勺有数"，面距碗沿还有一寸多。这碗饭，汤宽面稠，醋釅油汪，上面浮满了蛋片和葱花，鲜鲜的味道直扑人鼻子。表哥吃得急，刨一口面片，烫得哈口气，一会儿额头、鼻尖都沁出了汗。表哥狼吞虎咽，嘴角流油，我只囫囵吃了半碗。表哥以为我嫌不可口，就问我要不要去吃碗羊肉泡，我忙说好着哩好着哩。但我心底明白，只是没有找到当年的味道而已。

几年前的九月初，古都咸阳举行"中国十大名面邀请赛"，我专门寻访了一下旗花面。转过几个曲折的回廊，我终于在一个拐角找到了。但令我诧异的是，店主女子案板上放的，却是柔韧筋光、细如线丝的长条面。碗是细瓷喇叭碗，面条最多一筷头，整齐折叠在碗底。顶端盖着肉丝、海带、黄花、葱姜丝等臊菜，红黄黑白，色彩悦目。案旁一口大汤锅，女子扬勺顺碗边浇上汤，红黄蛋皮和葱花顷刻便漂浮起来。我不敢相信自己的眼睛，又专门看了招牌，心里到底不踏实。我就说："这是旗花面吗？不是菱形片面吗？"女子说："这面在碗里看像一朵花，筷子一挑，又像一面旗，是正宗的旗花面呢。你说的那种，要说称呼，应该叫'关中旗花面'。"这一说，我可是大开眼界了，旗花面竟然有这么多的讲究和"门派"。女子给我和妻各上了三碗。我嘴里吃着面，心里到底是没过了疑惑关。不过，味道还是棒棒的，必须点赞。

过后我仔细想了想，之所以会这样，主要是我心里有个旗花面情结。与上面的两种面相比，大嫂的旗花面也许真的算不上标准的旗花面，只是我内心实实在在地忘不了而已。

年节豆腐香

"卖——豆腐喽！"天不亮，六叔洪亮的嗓音就飘荡在小村的大街小巷。这一声，在年节时候格外诱惑人。

单看字面，你体会不到这声吆喝的别致和韵味。只有躺在老家的土炕上，才能品到其中的味道和魅力。张开口，他先喊出一个"卖"字，然后就是悠长的尾音，就像擅长讲故事的人卖关子，你越是着急他越是不说，撩拨得你候不到下句，就放不下心。等到"豆腐"两字出了口，他又戛然而止，不商量也不解释，不由你不佩服买卖人的精明和干练。

六叔个儿不高，瘦瘦的，黑黑的，不显山不露水，做的豆腐却是十里八乡独一无二的。打我记事起，他就拉着架子车卖豆腐。一双槐木车辕，被他摩挲得溜光水滑。平常，他起得没这么早。年节到了，主妇们着急着备年节的吃食，他才早早地开了张。

六叔的豆腐是用石磨磨出来的。他家后院，有两间青瓦房，豁亮的开间里盘着一架石磨子。那两片厚重的磨石，块块尺把高、百十斤重。六娘端来泡得圆滚滚的黄豆粒，六叔就把蒙眼的小灰驴牵上磨道。这可爱的家伙草足料饱、趾高气扬，一条道朝黑走。六叔给磨眼里打一勺豆子，灌一勺水。很快，磨盘四周的凹槽里，就汩汩地淌进了白生生的豆浆汁。

六叔的豆腐是纯手工制作的。他用粗白布滤出汁，将汁烧开，就开始点豆腐了。这可是个技术活，卤水或酸菜水，多一点少一点都不行，需要拿捏好分寸。一次他病了，躺在床上直呻吟，六娘和儿子磨好豆腐想自己点，还没等动手，六叔就披着褂子站在了身后。六娘嗔道："没了你，人家还不吃豆腐了？""我活着，这口味就不能倒！"六叔脖子的犟筋都暴了起来。

有年腊月，我和父亲去六叔家买豆腐。一进门，热腾腾的豆腐脑刚出锅。六叔慷慨，取只土瓷碗就给我盛，父亲再三推阻都没拦住。

白嫩的豆腐脑，撒上黄豆、香菜、咸菜丁，再调上姜醋蒜汁、红辣椒，入口爽滑，唇齿生香。我坐在小木凳上，一边吃一边看六叔做豆腐。他将豆腐脑舀进筛子里，用白布裹住，还在上面压上大石块。挤压出的水渗出筛底，哗哗啦啦落在瓷盆里。六叔说："只有压得沉，做的豆腐才实在。咱的豆腐不敢说用马尾拴，掉在地上那是绝不会烂的。"父亲呵呵笑着直点头。

其实，做豆腐对六叔来说，并不好玩。每年秋季，他都要四下里奔跑着收黄豆。收回来了，清杂，拣霉粒，晾晒，仔细得就像婆姨女子绣花枕、纳鞋垫，常常累得腰痛脖子酸。磨豆腐时，六叔心疼驴子，有时还会自己推磨杆。转着转着，脚步一趔趄就昏倒在了地上。

做豆腐本小利也薄，六叔的日子过得并不好。起早摸黑多少年，院子里还是那几间破瓦房，破房里还是那架老石磨。那年儿子娶媳妇，他砍伐了院中几棵大桐树，连当年跫回来的黄豆差点都桌了。好在穷家出英才，儿女长大都出息了。前几年，老伴和孩子们都劝他不要再辛苦了。六叔不允，逢年过节的，还会悄悄收拾起已经落满灰尘的家当，练一练手，过一把瘾。我知道，他放不下的不只是那套拜师学来的手艺，还舍不得乡亲们热情的招呼和赞誉。黄豆、石磨、豆腐，已成了他生命里不可或缺的一部分。

豆腐是乡村的尤物，也是可以与肉类媲美的素食。每到年节，家家只有割了肉、买了豆腐，似乎才有了年节气。包包子、炒臊子，样样少不了豆腐。剩下的那几块，浸在清水桶里，等来了亲戚，或是娃娃口淡了，配上香菇，或白菜粉条，炒一炒，炖一炖，保准让年节的每一天过得活色生香。

我最难忘的是第一次吃麻婆豆腐。有年过年，我到表姐家里去做客。表姐把切好的豆腐丁在淡盐水里泡一下，热油将肉末炒至变色后，下入豆瓣酱煸炒，再放入酱油、盐调味，然后下入豆腐，用淀粉勾芡、鸡精提鲜。装盘时，趁热还撒了一层花椒面，满屋子都流溢着香味。孩子的心是单纯的，吃着这麻辣香软的热豆腐，觉得整个年节都灿烂了。

豆腐，"都""福"，寓意吉祥而朴素，细思其中有大爱。它物美价廉，却如同珍品，遇见就让人心生欢喜，不想有"福"都不行。快过节了，我又想起了六叔的叫卖声，想起了那幅慢时光里有情有义的画面。

黄金玉米

秋分一到，几场强劲的热风刮过，渭河河谷成片的玉米林就慢慢地褪去青纱，逐渐换上了成熟的妆容。等到中秋，围着圆桌吃过月饼，那掰棒砍秆的、肩扛车载收玉米的人吆吆喝喝地就布满了河谷两岸。

新玉米收回来，大部分会打包上市。留下的一袋半袋，是农家调剂生活的储备。吃玉米，熬玉米糁是首选。玉米糁熬制有窍道。熬时若加一小勺碱面，粥就特别黏糊，老幼皆宜。会吃这种粥的人，嘴巴顺着碗边转，吃完后碗里很干净；不会吃的人，左挑右刨，碗里就狼藉一片。吃糁子，最佳拍档是油泼辣子酸黄菜。夹一筷头菜，刨一筷头粥，酸辣绵软，口舌生津。关中乡下有句话叫"吃饱了，喝胀了，跟皇上他爸一样咧"，说的就是冬日暖阳下喝玉米糁的感觉和意境。

玉米粒晒干磨成面，打成糊饭叫"搅团"。关中人搅团有三吃，即水围城、凉鱼鱼儿、凉片片。水围城，是热吃。调好汁子，舀一勺热搅团在里边。稍凉后，就着汁子夹块吃。吃的时候不能急，要不会烫了嘴，烧了喉。凉鱼鱼儿，是用漏勺漏出来的。漏的时候，勺抬高点，鱼儿细长；落低一点，鱼儿就短粗，胖瘦俊丑全凭个人喜好。鱼儿跳水，手一划动，就成群结队地游动。看了，不由得你不心动。凉片片是热搅团放在盘子里凉出来的。吃时，切成小块，调上汁子、菜花就成。

吃搅团，配菜很讲究。炒菜，就炒嫩韭菜、野小蒜，最好再配上腌制的酸芹菜、酸荠菜。炎炎盛夏，凉鱼鱼儿凉片片浇上酸菜汁，放上红辣椒、绿韭菜，酸酸的、辣辣的、红红的、绿绿的、油油的、汪汪的，那个受活，给个县官也不换。

干玉米爆豆豆，很有特色。二月二剃过头，娘就端着簸箕拣玉米，准备爆豆了。爆豆据说是为了惊醒龙王，让他早日兴云布雨，助万物回春的。这爆豆豆，有爆豌豆的，有爆黄豆的，最普遍的还是爆玉米豆。小时候娘炒豆子的情景，我记忆犹新。土灶旁，哥添柴火我扯风箱，谁都想把锅赶紧烧热，好让娘炒豆子。娘把半盆沙子倒进锅，拿一个玉米芯，呼啦呼啦搅一阵，摊平手掌试试温，感觉灼灼的，就把玉米豆倒进去。她边搅动边吩咐我和哥改文火。突然，一粒豆炒热了，啪的一声蹦起来。噼噼啪啪，接着又有一群豆蹦起来，间或还有的炸开了花。我忍不住起身朝锅里看，滚烫的豆蹦到人脸上，麻酥酥地痒，热乎乎地疼。豆熟了，娘用筛子筛净沙，我捏三五粒抛起来，张嘴接住，嘎嘣一咬，满口溢香。

父母不在，我嘴馋时也偷学娘炒新玉米豆。豆半熟，调一碗底油盐汁，边炒边撩。嗞啦嗞啦，锅里就升腾起一团团热气。再煨一把文火，喷香的玉米粒就鼓突突、亮晶晶的，吃起来又香又耐嚼。上课时我忍不住，吃得嘴唇油乎乎的，老师看见免不了罚站的待遇。一段难忘的青葱岁月，就是在这快乐的嚼豆声中匆匆而过。

玉米的美味期，准确来说应该是从白露算起。那时，粗壮的棒子刚刚从秸秆上分身。剥开青皮，轻掐一下鼓胀的籽粒，白色的浆汁不小心就喷射到脸颊上。这时的玉米营养极其丰富，或煮，或烤，或熬，随你意。

煮玉米就是把嫩玉米剥去外皮，摘净须，放进锅里加水煮，等到馨香四溢为止。烤玉米也简单，农村家家几乎都有土锅灶，柴火正红时，丢几个剥皮棒子进灶膛，三翻两转，个个就金黄喷香。煮烤得太烫不好拿，娘就插上筷子让我们举着吃。村街上，小伙伴你举一个，我举一个，满街暗香涌动。

嫩玉米熬粥也别有风味。挑选几个颗粒饱满的嫩玉米，娘一手持刀，一手扶着棒子，刀片过处，白嫩的浆液就聚在青瓷碗心。等到水沸开了，玉米浆入锅，慢火勤搅，一会儿粥的表面就会结一层黄澄澄、油亮亮的薄皮。这时开喝，鲜香淡甜，滋唇润齿。

玉米美食花样百出。比如，我的朋友就有会用玉米面摊饼、做驴蹄子面的。那些美味，同样能让我们有过年般的任性感觉。动画大师宫崎骏说："世界上最美好的事情不外乎，我喜欢你，你也恰好喜欢我。"玉米是普通的杂粮作物，在食界不显山不露水，却能给人以欢喜，让人眷恋，足矣。

夏吃马齿苋

进入初夏，马齿苋很快就脱去了春时的稚嫩和憨态，开始伸肢展臂、斜倚漫铺。几天过后，它不仅身形大了许多，还出落成了叶片肥厚、秆茎晶莹的好身段。此时，当是食用马齿苋的最佳阶段。

马齿苋，又名马齿、马齿草、五行草等。小时候我乐意称呼它为蚂蚱菜，是当它翠绿的叶片间点缀了星子般的小黄花，我眼里就有了麦田蚂蚱的灵动和意趣。

关于吃，美食家李渔首倡蔬菜。他在《闲情偶寄》中写道："吾谓饮食之道，脍不如肉，肉不如蔬，亦以其渐近自然也。"天天山珍海味、燕窝鲍鱼对于普通人而言，不大可能，也太过奢侈，倘若做到野菜随季撷取、"旋摘旋烹"，也算是得其精华，尽享布衣之趣了。

马齿苋吃法很多。鲜食、干藏、腌制、炒食、烧汤、做馅、凉拌，无所不能。儿时，家境困窘，口味寡淡之时，母亲常唤我挎篮去挖野菜。那时的孩子，没有繁重的作业，不需要加时补课，放学后放羊、打猪草、拾柴、挖野菜最是平常。而其时野外荒地多，植被覆盖好，无污染，荠菜、野苜蓿、扫帚苗、灰灰菜等野菜，一丛丛、一蓬蓬轮番上阵，为挖野菜提供了天然的舞台。马齿苋喜欢潮湿的菜园。韭菜、茄子根脚，瓜棚、豆架下，都是它生长繁茂之处。用它补给餐桌，可以说是件很容易的事情。

马齿苋拔回来后，母亲掐掉老根，打一盆清水洗净，就切成寸段备炒。待锅响油热，炝过葱花、花椒、辣椒，把切好的马齿苋放在锅里爆炒，只需几分钟的工夫，一盘麻辣鲜香的炒马齿苋就做成了。

但我最喜欢的吃法，还是凉拌和做馅。

新鲜的马齿苋，放到开水里焯一下，用刀切好置盘凉一凉，轻轻挤掉汁水，加入捣好的蒜泥，再调上芝麻酱、香油、辣椒油，一盘又辣又滑、开胃爽口的凉拌菜就可以吃了。馨香在嘴里，酸辣在心里，筷子一挑，还能拉出又长又亮的细丝。

无论新鲜的，还是干藏的，马齿苋包包子都是绝好的材料。马齿苋、白菜或韭菜各半，合起来剁碎，拌入肉末、葱姜丝，再调上盐、油、辣椒等辅料，馅子就备好了。母亲没有女儿，她擀片的时候，我就和哥哥在她的指导下，学着包包子。人多手快，圆圆的包子很快就摆满了案板。剩下最后几个，母亲亲力亲为，她不是包起来，往往是对折一合，放进菜，捏成一个个船形的角角馍。这种馍含菜多，褶子少，吃起来更是汁浓味足，酣畅淋漓。母亲还有一种做法是将马齿苋切碎，拌进面粉蒸菜馒头吃。这个菜馒头熟的时候，香味特别浓郁。熟了以后，蘸着姜蒜汁，吃起来特别解馋。

我曾经在网上看到一段《关公辞曹》的戏词，很搞笑，内容是关于马齿苋的，贴出来逗大家一乐。

曹孟德在马上一声大叫，
关二弟听我说你且慢逃。
在许都我待你哪点儿不好，
顿顿饭包饺子又炸油条。
你曹大嫂亲自下厨烧锅燎灶，
大冷天只忙得热汗不消。
白面馍夹腊肉你吃腻了，
又给你蒸一锅马齿菜包。
……

看过这段唱词，我不由得感叹，老曹真是讨了个贤惠婆娘！怨只怨关二爷实在倔强，吃遍了好吃货还一走了之。

马齿苋很容易成活。每年秋深，它开黄花、结黑籽，就做好了来年的打算。惊蛰过后，淅淅沥沥几场雨后，地里就萌生出不少小粉苗。你拔下来扔垄上，就在垄上长；扔路边，就在路边生。就算掐一节扔远点，三五天去看，还是扎下了根。艳阳高照也没用，谁也遏制不了它生存的欲望。这一点不仅仅是倔强，倒很有人的个性。前年夏天，看着满菜园的马齿苋，吃又吃不及，不挖又会变老，我就怜惜地想把它存起来。于是，就挖了许多放在门口暴晒。但是三天过去了，它只是蔫巴了许多，并没有干瘪成丝，一时间我竟没了办法。一位路过的大姐看见了，指点我说，放开水里焯一下，就可以晒干。我一听有道理，当即清洗过水，果然如愿了。这才体会了它"晒不死"的别名不是浪得的。

吃野菜的最高境界是情景交融。有朋友从南方归来，生意小成，邀我到饭店小聚。在豪华的包间里，各类佳肴摆满了餐桌。酒至半酣，朋友说点盘"凉拌山蔬"爽口一下，大伙儿点头应允。端上来一看，灰黑的一盘，从形状上我认出是马齿苋。夹一筷头尝尝，味道不错，可临到末，我却始终没吃出母亲做这菜的味道。淡淡的遗憾过后，我知道我是在怀念一种吃饭的情景。夏日的夜晚，月光如水，阔大的场院里，一张小木桌，几方小木凳，家人团坐，海盘盛菜，粗碗装饭，品野味之鲜，食生活之真，是何等舒畅开怀啊。

马齿苋质朴随性，耐旱耐涝耐瘠薄，但入厅入馆，却有诸多不适应，比如熟后的色泽、微酸的味道，抬脚挪步间都现出另类之气。如某些人，游走城市多年，依然是城市边缘人，很难融入，亦拒绝接纳。再者，野菜之味，一些人觉得很"邪"，而"邪"又恰是野菜的本真。故此，我觉得食此类私房菜，更适合家常饮食，或二三知己于瓦屋土舍品味。那样，更显马齿苋左右逢源、进退自如的魅力。

要想像李渔说的那样，贴近自然，广接地气，就得寻找乡村标志性的东西，吃野菜应该是最实惠的选择。

浆水情愫

还未到立夏，我突然就收到一条意想不到的短信："兄弟，把浆水的做法给介绍下。最近可想念家乡老坛里的酸浆水了。"发信息的人，是从小和我一起玩泥巴、滚铁环的发小。这老兄在南方打拼十几载，多年都没个囫囵信，这春天打问夏天的事，怕是有乡愁萦绕于怀了。

一方水土养一方人。西北高原，黄天苦日，滋心养肺的浆水是不可或缺的时令小品。在乡村，谁家的浆水酸爽，谁家女人就能博得个心灵手巧的好名声。故此，每到初夏，女人们大都要早早采摘一篮水芹菜，或切好一盘莴笋条，手撕几片莲花白准备窝浆水。浆水富含乳酸菌，酿制的器具也有讲究。铁质铝质的盛器不能用，最好是陶罐或瓷坛，通风透气不串味。制作的过程很简单，菜品洗净，快速地在开水里焯一下，放入罐中。然后注入煮沸的稠面汤，盖好盖，置放在阳光能够照射到的窗台或矮墙上。温度适合的话，三五日即成。当然，若有现成浆水做引子，这一坛便酸得更快、更地道。

娘一生没有走出过关中道。她有生之年，除了和父亲靠几亩薄地养大了一群孩子外，剩下的怕只有案板上的勤俭和用心了。窝浆水是她持家的一个缩影。头道浆水做成后，她会倒掉罐底浓稠的沉淀物，将捞出的酸菜和撇出的清汤重新入罐，再添加补充一些新面汤，酿成二道浆水。两者相比，二道浆水清冽酸爽，味道更醇。往后，汤汁、酸菜且吃且续。为防浆水"白花"，她像照顾婴儿般尽心，三天一翻搅，五天一清底，捞菜的筷子都是专用的，看护得浆水色正味纯。

有了这坛浆水，盛夏的日子就好过了。三伏天，父亲头顶日头，打场锄地，娘会捧来一碗浆水给他解暑止渴。儿子眼馋人家喝饮料，她会偷偷给酸浆水里加勺糖，酸酸甜甜的也蛮过瘾。最难忘的是娘做的浆水面。入夏的麦子上了场，庄稼人大都要磨新面尝尝鲜。这时浆水就称了王。

昏暗狭小的厨房里，娘手脚麻利地擀好一案面，就搬回老坛炝浆水。菜油烧热，先下入姜、蒜、花椒爆香，接着倒进瓷碗里预先切碎的酸芹菜翻炒。炒至半熟，徐徐加入浆水汁，再丢进几段红辣椒。出锅的汤汁又清又亮，上面还薄薄浮着一层红辣油。尝一口酸酸的、辣辣的，那香气，扣着盆盖都飞出了窗框和门缝。炝熟浆水，娘俯下身子，一手压擀杖，一手握菜刀，刺啦刺啦，就划出满案板宽窄匀称的长面条。烧水煮面，趁沸腾盛出两碗面汤添浆水，随后面锅里倒进熬好的浆水汤，搅动均匀，色香味美的浆水面就做成了。吃的时候，给碗里撒上香菜、香葱末，那色、那香、那味就更醇厚了。转眼间，娘离开我已有二十年了，但每次看到妻做浆水面的身影，我都会想到娘佝偻的腰身和满头的白发。

当然，酸浆水浇搅团、调粉鱼儿也是无可挑剔的。

接连几个周末，琐事缠得人灰头土脸。前个周末，难得空闲，妻恰好也辞了那份没完没了加班的工作，两个人就都想到咸阳湖看樱花。

我对于樱花最初的印象，来自鲁迅先生《藤野先生》中的描写："上野的樱花烂漫的时节，望去确也像绯红的轻云……"绯红，轻云，那究竟是怎样的一种浪漫呢？雨后的咸阳湖畔，暖阳高照，清新怡人。一树树芬芳的樱花，远远望去，果然娇美绚烂、云蒸霞蔚。我独自站在一棵樱花树下，闭着眼，身心很快就沉醉在这优美的意境之中。四月中旬的樱花盛期已过，行走在蜿蜒曲折的花间小道，就有粉红或素白的花瓣飘落肩头。捡起一瓣闻闻，便有淡淡的芳香，沁人心脾。

全身心的投入，让我们彼此都忘记了时间。突然看见一群野餐的小伙伴，才发觉日已过午，饥肠辘辘，我问妻："大餐乎？小酌乎？"妻说随便，我突然就冒出一句"浆水粉鱼儿"。妻含笑默许。这一奇想看似偶然，其实是骨子里固有的一种眷恋。那一天，赏了樱花，吃了粉鱼儿，几个浅浅的小满足，连缀起来就成了大快乐。

浆水坛底的酸菜，凉拌、烹炒也是佐餐的尤物。不过，我最喜欢的还是酸菜肉馅包子。一出锅，热腾腾的；蘸上姜蒜汁，好吃得能让人忘了生日。

余光中先生眼中的乡愁是邮票，是船票，发小有了一碗家乡的浆水汤，梦里应该不会再有惊醒和忧思了吧?

乡村酒席

周末出门办事，妻叮咛说："快去快回，不要误了中午吃席哦。"不知道的人，可能会笑我是个吃货。其实，这和关中的乡风民俗有关。

我印象最深最早的一次吃席，是上小学的时候。

那天我放学回家，看见父亲和姨父在聊天。我打声招呼，就往厨房跑。姨父拍拍衣襟站起身说："快走，一直等你哩。"我不知道要去干啥，父亲说："把书包放下，和你姨父吃席去。"

乡里人办酒席，大都和婆媳妇盖房、小孩满月、老人做寿或过世有关。姨父带我去吃席，是侄女嫁在了我们邻村。20世纪70年代，能有一顿酒席吃，是件不容错过的好事。更何况我家弟兄多，日子困窘，难得见上个荤腥。记得那是个深秋时节，逼仄促狭的土街上塑料布搭了一溜帐篷。帐下两排朴拙的木桌木凳，虽然漆红已然暗淡，桌面裂纹油腻，但围坐的人面带喜色，呼朋引伴，似乎很享受这种氛围。那随风飘来的香味，更是馋得人直咽口水。

办一场宴席，是乡村里的大事情。谁家过事，几天前就会知会亲朋邻里。过事那天，村里能来帮忙的都来了，主家邀来的管事先生，按照各自特点，辈分长幼，合理分工。谁干啥不用去问人，贴在显眼处的执事单写得明明白白。一个村，就是个宗亲小社会，大伙儿一眼井里吃水，一条道上走路，一片坟地里祭祖先，抬头不见低头见，谁也离不了谁，谁也绕不开谁。你要是故作推托，能来不来，常常会被误解为傲慢，或心存过节。

主家门前，高朋满座，熙熙攘攘。后厨里婆姨女子，帮厨上灶，笑得叽叽嘎嘎。小伙子们精神抖擞，穿堂过街，掌盘传菜。上些年岁的，言辞庄重，接亲迎客。主家的客棚坐不下了，邻居主动开门延客。舀饭的勺子不够，有妇人不声不响就从自家案板上拿来了。执客们纯朴热情，谦恭有礼，敬事得就像干自家的活。

近几年，有了专门的服务队，炒菜上席，端碟子洗碗，四邻八舍看似用不上了，但是逢事主家还是会邀请大伙儿来撑场子。谁家人多气氛活，说明人缘交往好；谁家酒席冷了场，就像霜打的茄子软面蛋儿。西村的大奎有三个儿，老大当军官，老二当干部，老三当工人。有事没事，他端上紫砂壶，站在村口头仰着朝天上看太阳。有人经过，他没话找话地就炫耀兔崽子们又买回了好茶叶。有乡党想捏几丝品品鲜，他半咧着嘴巴笑着说："就凭你那罐头瓶子大茶杯，也能品出味？"这话说得，好像他家八辈子前就是穿长袍马褂的。八叔在一旁看不过眼，说："叔喝了大半辈子苹果叶，还真不知道喝好茶能成仙。我寻思，让你驼背的老爸喝几口，不定弯了的腰杆能挺直了。"一圈人哈哈大笑着，大奎拧过身子回了家，从此和乡党们结了仇。隔了两年，大奎家盖房上楼板，他村前村后撒话说准备好了鸡鱼虾，谁来帮忙敞开肚皮咥。可开工时，上板的架子都搭好了，稀稀拉拉只去了几个人。那几个人，不是他亲朋，就是实在回避不过的。其他人不去，除了不理他的脾性，还怕别人笑话嘴馋贪图一顿吃的。快正午了，楼板送不上，急得他脑门子直冒汗。最后，他带着婆姨、带着好烟挨家求拜，天擦黑才噼里啪啦把喜炮放响了。哑巴金元的娘去世了，老老少少帮忙葬埋还捐钱，到了饭时各回各家，都想着给娃省顿饭钱。谁料他姐姐心里过意不去，含着泪烩了锅热腾腾的旗花面，大家端着碗反倒觉得劳烦娃娃了。

乡村酒席，是村民们交流互动的平台。不回来的回来了，见不到的见面了，大伙儿聊种养，说生意，讲趣闻，谝故事，一会儿天上，一会儿地下，枪炮舰船、猪娃白菜、萨达姆特朗普都是话题。冬生是个腼腆的孩子，大学毕业后，四处打工，钱没攒下，对象也没谈成，性格愈发内向了。前年回家，父亲逼他去吃席，他拗不过，磨磨蹭蹭地去了。他心里老是担心人家问东问西太尴尬，可是到了现场，更多的人则是关心他工作累不累，前景怎样。更让他没想到的是，遇到了一位在某知名教育平台担任导师的哥哥。初入职场的冬生正苦恼如何培养理财意识，哥哥给他介绍了理财产品，推荐了前沿学习课程，还为他的职业规划提出了不少建议。乡亲们的谈话超出了他的预期，那一刻他才发现，淳朴的乡情是那么温暖、珍贵和不可替代。

菜端上桌了，有豆腐，有粉条，有豆芽……那个年月办酒席，都是家常菜，大肉也只在热菜上苫几片。简单归简单，但那吸溜吸溜的吃菜喝汤声，还是蛮诱惑人的。席是流水席，菜一道一道上，凉菜新鲜，热菜保温，盘上碟下，行云流水。收尾菜是肉丸还是甜品，我记不清了，总之是寓意甜蜜和圆满。灶台垒在主家的前院，顺墙一溜连三锅，炒菜、煮肉、下面条三不误。那时还没有蒸馍坊，家家过事的馒头都要自己蒸，所以在墙拐角处还有一个灶台蒸馒头。两个乡厨，一个红案，一个白案。衣袖高挽，颠勺揉面，脚手麻利。我父亲曾经是村子小有名气的蒸食匠，七十二行里我不知道那算不算数，反正经常有人来家里请。父亲为人谨慎节俭，也惜爱主家的东西。他在后厨，我去拿个热蒸馍，他都只拣形状不好的给，要想夹点肉更不可能，最多只给夹一筷头红辣子或咸菜。他怜惜主家过事不易呢。

乡村办酒席，讲究个量力而为。若是碎驴拉大磨硬撑，或者腰里有几个钱显摆，都会受人诟病。三牛有次在门口吹嘘，他过事花了好几万，是全乡第一个在席面上上大虾的。五伯撇嘴扭过了头。三牛知道五伯看不惯，辩解说："有花头上戴，有粉还不兴给脸上搽？"五伯在鞋帮上磕磕烟锅说："你有钱好说，穷汉家咋过？别给村上立下奢靡规矩。"五伯说得对，节俭办事照样舒心。关中乡村过事，早饭多是烩面。大锅熬汤，大火煮面，大勺舀饭，粗犷豪爽。逢上冬日，四下里霜雾浓浓的，人手插在棉套里，冻得吸溜吸溜的，一老碗煎汤面下肚，鼻头、额头渗出了汗珠，身上有了暖意，干活都舒展有劲了。

乡里人穷，人情却不减分。来吃席的人，或轻或重，都掂着一份礼品。主家厚道，也注重礼尚往来。三婶的婆婆瘫痪在床，回家时主家不忘给夹几个肉菜馍。小二放学晚，没赶上吃菜，倚着门框正眼馋，主家端来了两碗烩面片，额外还加了一小勺肉臊子。喜事喜办，这一天个个都不兴皱眉头。厨子忙碌一天，被油烟熏晕了头，不想吃也不想喝，主家晚上亲自登门给送上烟酒，外带还捎来一刀肉。厨子只留下烟酒，拍拍胖脖子说："烟我抽，酒我喝，肉你拿回去招待今儿没来吃席的人。我闻油气都长肉哩。"主家执意给留下，临出门撂下一句话："钱是人身上的垢圿，用完了还会来，咱弟兄们情谊重哩。"当晚，主家回请帮忙的人，自己好茶好烟招待，儿孙端盘递菜，凸显乡情厚朴。碰上丧葬，其中有一项重要礼仪，是孝子贤孙跪谢乡邻。那一刻，就算你腰缠万贯，身为县长，也免不了俗。

有一年，我帮朋友的孩子摄录婚礼，婚庆典礼终场时，司仪朗声代表主人答谢：

> 伴郎的，伴娘的，忙着收拾新房的；
>
> 吆车的，放炮的，还有招呼不到的；
>
> 看客的，收礼的，四面八方贺喜的；
>
> 铺席的，夹毡的，还有人窝里胡钻的；
>
> 切菜的，揉面的，烧锅搅柴砸炭的；
>
> 司仪的，摄像的，买烟灌酒上县的；
>
> ……

祝词诙谐幽默，问候周到，把民俗风情描述得活灵活现。每个帮忙的人听了都乐呵呵的，忘记了辛劳，忘记了困乏。

现在，大伙儿的经济条件好转了，但遇到娃娃结婚，还是会尽量放家里办，图的就是个热闹。那些在外面工作的、上学的、打工的，逢年过节回家，也都会加入这火热的队伍之中，不为一顿饭，只为感受一下浓浓的乡情，记住这忘不掉的乡愁。

蒸 年 馍

冬日的乡村是沉默静止的。但当一群毛头小子在腊月的街头炸响一串爆竹后，蛰伏的季节立刻就活泛起来了。

先是一群麻雀惊落在树枝上，弹弹跳跳地说心事。接着，我就看见剃了锅盖头的二娃，手里握着一柄桃木剑，攀住灰褐的杏树枝，唤他娘看探出了头的嫩芽苞。老者吆起向阳处趴着的大黄狗，挥舞权把晒柴火。女人们拆洗完被褥，湿手翻看了下年历，嘻的一声折回门，又抱出工作了一年的笼屉，依着水池，嚓嚓嚓地刷洗了起来。

张三割回了大肉、豆腐，李四提回了香葱、菠菜；王麻子的灰驴蒙着眼，在磨道里气宇轩昂地转圈碾辣子。一切骚动，都在筹备着一场年前的大戏——蒸年馍！

过了腊月二十六，走在街头，你常常会听到两句话，一句是"心急吃不了热包子"，关乎年馍；另一句是"扑得那么急，要去看你丈母娘呀"。看丈母娘拿啥？当然还是年馍。

蒸馍的先一天晚上，女人们烧好一大锅温水，平日里只当甩手掌柜的男人们，这时也不去下棋打麻将了。他们自觉地挽起衣袖，吭哧吭哧地在大瓷盆里和起了面。和好面，娃儿拿来秫秸秆或竹片扎的盖儿轻轻地盖上，夫妻俩捏紧盆沿，一声喊，就把面盆放在了土炕的火头上。女人担心面团不能按时发酵，就拉过娃儿的碎被子捂上。静了静，她又压上手边男人的大枕头。硕大的瓷盆，一下子占据了半边炕。男人瞅瞅炕，看看那绣着鸳鸯戏水图的枕头，皱皱眉，只好独自睡在了炕的另一头。

乡村习俗，过年间六畜都歇息。年馍多多蒸，女人们就能抽出时间穿红挂绿走亲戚，反正天冷不怕霉，索性吃他个十天半月的。

天麻亮，女人净菜、发木耳。男人切好豆腐、肉，就将大块面团置于案板上。他叉开步子，甩开膀子，开始了揉面这项力气活。几十斤的面团在面案上揉一阵，搓成条儿。折几折，再揉一阵，搓成条儿。七折八揉，一会儿面就筋柔了。母亲胳膊痛，我印象里总是父亲前倾着身体，肚腹抵着案板，一前一后地揉面团。

日头挂上了门楣，母亲系上围裙，坐上脚凳，一心一意地开始做花馍了。案板角放着刀叉和剪梳，她捉捉这个，摸摸那个，灵动的手指划弄过，一会儿案板上就丰富了。有蒸馍，有包子，还有鸟、鱼、虫、兽形象的花花馍。最逗的是有鼻子有耳朵像小和尚打坐的"眼儿馍"，那黑豆做的眼珠子滴溜溜转，谁看了都指指点点地笑那个调皮鬼。

馍上笼了。娘轻拍一下娃儿的后脑勺说："使劲烧，把汽鼓圆了。"啪嗒啪嗒，娃儿一仰一俯，风门一开一合，噗噗噗，锅上的汽就冲圆了。娃儿的光头冒汗了，父亲来换歇，徒手在灶膛里摸出一个火蛋蛋，按进烟锅里，馍锅就改文火了。屋里的香味越来越浓烈，娃儿手拿铁环欲出门，香味硬是拖得他迈不开脚。他着急得想掀笼揭锅盖，父亲横起烟袋锅，娃儿吐吐舌头，只好擦把口水蹲下了。

终于，等到年馍出笼了。娃儿却并不急着去抢面儿白、皮儿薄、芯儿暄的大馒头，他要等底层喷香诱人的肉包子哩。

出笼的包子一倒出，娃儿就赶紧拿过来咬一口，没承想那馅烫得他又蹦又跳地打转转。嘴里的温度还没降下，手里又烫得紧倒个。惹得娘嗔怪道："真像饿死鬼托生的。"吃饱了，娃儿挺着肚出了门，小伙伴们打问吃了几个包子。娃儿的嗓子眼被馍堵着，就伸出一个巴掌晃了晃。"五个！"二妞骇得张大了嘴。

　　蒸好的馍馍怕粘皮，个挨个地就晾摆在大晒箔上。这天村上像过喜事，乡邻们出了东家进西家，既相互品味，又暗察技术学手艺。有一年，麦生哥的姨父出远门，他去帮姨家蒸馍揉面团。姨的邻居秋莲也来帮姨做花馍。那女子一双手巧得能绣花，能剪纸，做的花馍活生生地把麦生迷得忘了家。

　　过年间，姨做媒给两个人牵了红线线。来年结婚后，他们就在县城开起了民俗大馍坊。

　　乡村的腊月，就是这样在年馍的香味里红盛着，在年馍的蒸笼里热烈着。等你有一天遥远地回不了家，年馍的馨香一定会温暖你躁动的心。

阳婆底下喝糊糊

几日前，天气忽冷忽热，我的肠胃跟着胀痛了几天。妻闻言，扭身入厨，很快就端来一碗热腾腾的面糊糊。

面糊糊，也叫糊涂。秦地关中，盛产小麦、玉米。用面粉熬糊糊，自然是最便捷、最营养的早餐。在乡村，农妇都是熬糊糊的好手。做之前，她们先用豁敞的大老碗盛半碗面，然后徐徐向中间注入生水。边注边搅，待到面糊均匀，没有疙瘩，就倒入沸腾的水锅中。水的多少，决定面糊的稀稠。这要看个人的喜好。熬制的过程很讲究。娘在世时，备了一双长竹筷。炉灶里，软柴细火慢慢烧，防止烧煳粘锅底。锅里，她用筷子顺着一个方向慢慢搅。筷动水转，筋脉连绵，锅内就形成了一个大漩涡。一圈儿，一圈儿，又一圈儿，面水相融，锅心的面糊渐渐透明起来，还咕嘟咕嘟地冒出了小泡泡。这时盖上锅盖，再稍稍地加上几把柴，香味就扑鼻而来。熬制成的糊糊是黏的，筷子挑起能挂线。除夕那天贴对联，都可当作糨糊用呢。

有年我过生日，娘大方地从板柜底的陶罐里摸出了两枚鸡蛋。早饭时，烧好的糊糊揭开锅，趁着轻沸，她倒进了打匀的蛋汁。那一天，我和哥哥们开心得像过年。我们蹲在门口的阳婆下，低着头，呼噜呼噜，一人差不多喝了小两碗。喝完了，我们还伸出舌头旋转着碗，一下一下舔得干干净净。多年以后，我都忘不掉那味道、那场景。

还有件事让我很感动。父亲劳碌一生，临近八十的时候，口里恓惶得只剩下了几颗牙。我在外地打工辗转顾不了家。为了让父亲吃好饭，妻早晚常常会给老人家熬碗面糊糊。糊糊里有剁好的菠菜叶，还有打散的鸡蛋絮。老人家吃好、喝好，精神就好，高兴得出了门逢人就夸赞妻。

秦人有喝糊糊的习惯和情怀。三哥高中毕业那年，应征到新疆去当兵。看着儿子要远行，娘又激动又不舍。她到邻居家借了一升麦子面，又掺和了一把玉米面，吩咐我用麦秸燃起火。娘又用筷子在油瓶里蘸了几滴油，呼啦呼啦用擀面杖搅动着，炒制了一锅干面粉。巧的是，舅舅几天前送来了一捧花生米和小半瓶芝麻粒。娘用蒜窝捣碎了，一并拌进了炒面粉里。哥走的那天，娘红着眼，把炒面粉（那应该是我最早见到的油茶）装进了他的包里说："到了部队好好干。想家了，就烫一碗糊糊喝。"哥点点头，就和伙伴们出发了。忘不了故土，记住了乡愁，哥这一走就是三年多，回来时已经光荣地入了党，提了干。

糊糊的制作原料不仅仅限于麦面、玉米面，还有豆面。每年冬春，关中乡村多古会集市。在熙熙攘攘的街面上，你总能听到诱惑的吆喝声：喝——糊汤，热糊汤来咧！豆面稀少，不能当作家常饭。售卖的糊汤里，有菠菜，有豆腐，有豆芽，甚至还有肉末子。它的颜色是黄褐的，人一靠近，喷香的味道就惹得你咽口水。每年过会，我都要喝一碗热糊汤，佐一碗又筋又光的凉面皮。有次吃完太忘情，走时忘了擦嘴巴，妻笑我还想留一缕香味做引子。

喝面糊糊很养胃。身体不好或大病初愈的人，十天半月地接连喝，不仅精神好转面生辉，说话都会有底气。在外打拼，行走江湖，美味佳肴偶尔我也能混一顿。但浮躁过后，回到土屋青瓦的老房子，摸一摸馍头镰把子，我还是离不开那一口。这会儿，端着妻子熬的面糊糊，我的心里就暖暖的。

做饭有快乐

　　闲暇无事，我总爱将网上看来的厨艺付诸实践。然而，当我挽起袖子准备一展风采时，身边的人往往都会凝眉侧目，仿佛要遭受天大的委屈一样，让我甚感失望。也难怪，由于厨艺不精，我做的饭有时真的难为了他们。

　　有年冬天，北风裹着鹅毛大雪在屋外狂舞，我正好休假，于是就想，今天要是给妻儿蒸上一笼葱花大肉包子，晚上他们回家围炉品尝，肯定是一种享受。想到这儿，我就立即动手和面。面和好了，怕发不起来，我还把面包起来放在了热炕心。等到一切收拾停当，我这才竖起衣领、戴上棉帽，踏着厚厚的积雪去割肉、买菜。回到家，我净菜、切肉、擀皮、包包子，直忙得满头大汗。

　　包子包好了，我将它们个挨个地摆放在箅子上。看着自己包的包子横看成排，竖看成行，我心里快活得不行。为了增加情趣，我给中间稍大的那个上面点了两颗大黑豆，给周围一圈小的额上都点了两颗小红豆，那模样就像妈妈旁边围坐着一群小娃娃，有趣极了。盖上锅盖，炉火呼呼地舔着锅底，我坐在热炕上悠闲地临窗赏雪，那种境界，很有点陶渊明采菊看山的惬意。

　　夜幕降临的时候，一家人聚齐了。我自豪地说："孩子们，开锅吃包子喽！"妻掀锅的那一瞬间，我们都静静地围在锅边，就像等待开启宝藏一样，人人屏住了呼吸。可是锅盖一开，大家都吃了一惊：这哪是包子啊？简直是一团东倒西歪的黄面团呀！我骄傲的眼神落寞了，嘴上却说："吃吧，就是碱面放多了点，肉和葱的香味还是不会变的。"儿子拿起一个，咬一口，立即龇牙咧嘴的，咋了？原来盐放重了。更可悲的是，锅里的水也烧干了，包子挤成一堆，简直就是烙了个黄面厚锅盔。

那一次蒸的包子，让我家的看门犬享受了福利，接连几天，我都看见它吃饱了满足地趴在阳坡打呼噜。而我，好久都不敢再有展风采的念头。

我曾在矿上上夜班，看同宿舍的工友们寒风里上班挺辛苦的。就想着给他们做顿家乡的风味饭——老鸹腾，让他们热热乎乎地吃一顿。和面时，没想到水加多了，稀得挂不起筷子，于是又加面，加了面又稠了，又加水。三加两加，面糊糊整了一大饭盆。当然只要好，多了也不要紧。问题是做的时候，不知道怎么越做越黏，下到锅里，全都成了混糊汤。虽然火一小再小，但熟了的时候，我闻到的不是香味，而是焦煳味。好在弟兄们那天很给力，个个硬着头皮吃了一大碗，只是可惜浪费了好菜和面粉！

当然成功的范例也不是没有。几日前，我看了一篇介绍杨凌蘸水面做法的文章。女儿上班回来后，我拿着"经本"，依葫芦画瓢给她做了一次，那次可是大获全胜。

杨凌蘸水面的特点是：面白薄筋光，油汪蒜辣香，汤面分盆装，越嚼口越香。围绕这个要点，我准备好了大葱、鸡蛋、口蘑、西红柿等，还捣了一小臼姜蒜泥。葱花、口蘑、西红柿先炒，等到西红柿出汁，微火三加水，再放入葱段、蛋汁，香味即刻很浓郁了。最后，适时加入少量蒜泥和鸡精，一炒瓢色香味俱佳的汤汁就烩好了。没有扯面不要紧，咱早就备好了饺子皮。面皮放进锅，再放几片菠菜叶，筷子一划拢，面随菜转，波清雾白。

热腾腾的面条端上来了，蘸一口汤汁，入口滑润、筋道，香得辣椒油都流了一嘴角。吃几口面，捞一根青菜，满嘴清爽。

女儿平常吃饭口很细，那天竟然吃了一大碗，我看着都满心欢喜。

做饭的快乐除了成功，关键在于分享之趣、物尽其用之乐。后院有一方闲田，妻常在那儿躬耕学农，故而每到盛夏秋末，总会采摘回一盆一筐的瓜果菜蔬。但由于家中人少，吃不及时，所以南瓜烂掉、辣椒坏掉是经常的事，实在可惜得不得了。几月前，看了文友马老师的辣椒腌制法，我今年早早地就做了准备。辣椒摘回后，洗净、晾干、切段，拌入姜、蒜、调料，再加入酱油、醋、白酒。搅拌均匀后，装入空罐头瓶，最后以香油封面，瓶口粘上保鲜膜，上好瓶盖贮藏起来。五七日过后，开盖即闻酒香，酸辣香的辣椒腌成了。前天在门口闲聊，我盛出一大碗给邻居分享，意外获得了不少赞誉。

小时候贪玩，我常常会听见母亲唤我吃饭的声音："六儿，回家来！娘给你做好吃的了。"那时，母亲腰系围裙，倚门而立。她身后低矮的青瓦房上，有土砌的烟囱飘着若断若续的炊烟。那秸秆烧成的炊烟，像母亲唤儿的手臂，一起一扬。我相信，那一刻娘的心里也是欢喜的。

会做饭，做好饭，会让生活荡漾无尽的快乐。不想回家的人，你们也回来吧，家里有人等你吃饭呢。

酸酸甜甜西红柿

像小名叫豆豆、桃儿、笨笨狗的娃娃们一样，西红柿另有个名字叫番茄。娃娃里叫豆豆的，机灵小巧。叫桃儿的，不是娘怀孕时突然间想吃了蜜般的桃子，就是小女孩长得粉嫩可人。叫笨笨狗的是个男孩，长得愣头愣脑，娘前脚走他后脚跟。娘说："汪汪汪，狗儿来。"这萌宝宝就蹒跚摇晃着挪过来。不同的是，西红柿别名中的"番"字有来自番邦的含义，听起来似乎有那么一点点欺生和歧视的意思。事实上，它的确原产南美洲呢！

但西红柿好像不计较这些，依然是自开自花，自结自果。它知道，开了花结了果，不愁蜂蝶不来，不愁你不赏识。

西红柿有阳光一样的心性。青青的、毛毛的秧秆底层刚刚开出几朵浅淡的小黄花，谁也不会把硕大的西红柿与之联系起来。绿底托儿、嫩黄瓣儿的花手掌一样张开，花心突出一柱黄蕊，个儿小得恓惶，拍照怕都得用微距。在某个夜晚或清晨，这小花上暗暗地就坐上了米粒般的果。等到日头一露脸，它就今天抽一丝，明天扯一缕。抽着抽着，青白的脸蛋就鲜亮了、红润了；扯着扯着，生硬的腰身就丰满了、水灵了。这时，挡狗儿的篱笆背后，就有娃娃们躲躲闪闪的影子。避过大人，他们溜进去，捏捏这个，摸摸那个。瞄上一个，满脸喜色，悄悄摘了，就蹦蹦跳跳地一溜烟跑了。

炎炎夏日，父亲锄禾间苗，常从菜地里摘下一草帽西红柿到井台的杏树下歇息。他摇起辘轳绞上一桶清水，我把西红柿倒进去洗洗，拿起一个掰开，沙红的瓤、粉红的籽，啊呜咬一口，酸甜的汁液就挂满了下巴。剩下的柿子拿回家，娘净几根葱，切几段青椒，磕一枚鸡蛋，哗啦哗啦炒一盘，再擀好一案旗花面，一会儿一锅酸辣香的面片就烩好了。哥哥们一人一大碗，吸溜吸溜，个个吃得额头冒汗。

我曾看过一部名叫《花为媒》的电影，有意思的是，我却见证了一段真实的"柿传情"。

一料西红柿的收入，是乡里人不可或缺的营生。篱笆、栅栏挡不住娃儿、拦不住狗儿了，乡里人就在地头搭一间草棚来"护青"。有年，大哥承包了邻村二亩西红柿园，放假了，我拿本小说帮忙去照看。一天中午，邻居木头哥打地头经过。看他走路没精打采、蔫了吧唧的样子，我猜测肯定又是婚事黄汤了。木头哥长得五大三粗，浑身力气，提刀砌墙、犁地、做豆腐样样都行。可就是年近三十了，说不上一门亲事。前几次，巧嘴的三姨给介绍了几个。可是一进他家门，人家不是弹嫌他弟兄多，就是嫌房子少，怕日后进了门，锅碗瓢盆有磕碰，所以板凳没坐热婚事就告吹了。一来二去的，此后也没人再搭理了。

日头红彤彤的，木头哥走进草棚说："和哥下盘'狼吃娃'咋样？""狼吃娃"是土棋的一种。我折了几根草棍当娃，木头哥捡几粒柿蒂扮狼，黄土地上画几道经纬，各自摆好阵势，狼来娃跑，群娃擒狼，两个人就杀开了。

激战正酣，路边突然走来一个红衣姐姐。那脸蛋长得红是红、白是白的，看得木头哥眼都直了。

他突然放下棋子，笑呵呵冲着过路女子说："米子，大热天的上哪儿去呀？"女子住了脚，眼睛眨巴眨巴说："我、我不是米子，我是麦叶。去看我舅婆呀。你是？"木头哥佯装尴尬，拍拍后脑勺说："哎呀呀，你看我这记性，竟然以为你是我同学哩。"就这样一来二去的，俩人搭上了话。跟女子分别时，他把我大哥分拣好准备第二天卖的大柿子，给人家拾了满满一篮子。麦叶不要，这家伙还气人地说："大热天的，咱舅婆病了，柿子拌白糖消火防暑哩，快拿着。"麦叶离开了，他还在后面边挥手边喊叫："吃完了，再来拿哦！我就是西村的木头。"他用我家的柿子巴结人，还那么热情，简直腻歪得我想吐。吃饭时，大哥来换我，我告了他的状。大哥呵呵笑道："木头啊木头，人还把你当个老实娃，你精得很呢！好了，柿子钱哥不要了。婚事成了，可别忘了请我坐媒席哦。"后来，木头哥趁热打铁，步步进逼，婚事果然成了。

在蔬果中，西红柿算是有情有义的。一根茎秧，柿子一层层迭次而上。最下面的红了，摘了，那一层的叶子也随之干枯、脱落，不再汲取养分、遮挡阳光。乡里人有句话叫"大哥比父"，意思是说，大哥年长，常常会学着父亲的样子关爱他的兄弟姐妹。西红柿就是这样大的让着小的，跟那些爱争家产的人相比，不知懂事多少倍。

西红柿善于随遇而安。有天晚上，大半夜滚过一阵雷，闪过一阵电，疾风裹着劲雨劈头盖脸砸了下来。满身负重的西红柿秆被风刮倒了、雨淋斜了，大哥心疼得蹲在地垄上抽闷烟。吃过早饭，一家人赶忙去扶。因为数量太多，稍慢些的隔天再去看，它着地的茎秧已生出新的白毛根。老爸说，这样的不能强行扶正了，会折断秆的。就这样，余下的我们就只稍稍地帮它们稳住了身子。过了七八天，它头颅朝上，果然照样开花，照样结果。虽然艰难，但满目红润。那种顺应环境，发展自己，哪里跌倒哪里爬起来的心态，让我很受启迪。秋深的时候，清冷的雨总是缠缠绵绵，但等到日出，它仍然会努力地开出几朵小花，挣扎着挂上果子，好像忘了生命还会有终点。因而，每年秋末整地的时候，父亲都会从秧秆上摘下一大篮子鸡蛋大小的青皮柿子。

"娘，我要吃青柿炒红椒——"父亲的篮子还没放下，我捧着一掌心线椒，声音已穿过了厅堂。

呵呵，听听这活色生香的名字，由不得你不流口水。

清淡黄瓜

黄瓜籽的结果梦，开始在谷雨的一场豪雨后。

说是豪雨，是因为春深了，雨们已不再像牛毛、像细丝，而成为无数粒晶亮的水珠。唰唰唰、唰唰唰，雨的个大了，步急了，声音也成熟老到了许多。

雨过天晴，阳光流淌到哪里，哪里就有莫名的萌动。蓝莹莹的天，暄腾腾的地，果蔬花草们满怀心事，各有打算。黄瓜籽本来舒适地躺在窗台上晒暖，忽而就被孩童风筝的翅角带到了泥地里。闻着了泥土的味道，成长的欲望就让它在一个燕子低空穿梭的黄昏，悄悄地钻进了泥土里。

夕阳里，盛开的油菜花正在坡坎上摇摆舞蹈。它们是春天里最美的新娘，浅绿的裙裾、灵动的黄眼睛，一招一式都婀娜飘香。它们本想给新伙伴打声招呼，可还没吱出声，黄瓜籽就已隐形匿身，找不见影子了。

籽进了土，就都想着在春天里拔个头筹。豇豆籽、地瓜籽、葫芦籽、丝瓜籽，它们和黄瓜籽毗邻而居，大家的年龄相仿，谁比谁也大不了几天。夜晚，你啜雨水，我饮清露；白天，日光一照，它们就都拼着命膨大着身子。

黄瓜籽身微个小，五七天挣裂了外壳，芽头就顶出了泥土。嘿，这下豁亮了。小瓜秧，过一日长一寸，浇一次高一尺。不到满月，绿绿的藤蔓上就有盛开的小黄花了。

手掌般的叶片间，小黄花上一朵、下一朵，朴实淡雅，但蜂蜂蝶蝶仍然嘤嘤嗡嗡地围绕四周，更有蚂蚁顺着瓜络远道而来。它们如此虔诚地载歌载舞，完全不像人一样，只是虚伪地卖个情面，它们衷心地祝愿花孕育一个丰硕的未来。黄瓜花不惊不乍，自信随和。风来，与风和鸣；蝶来，与蝶共舞。纵有奇花异卉侧目，也不显半点卑微，它是因果而生呢。

黄瓜藤修长翠绿、筋脉柔韧，是一味苦口良药。有年，五哥患了癫痫，每每发作呼天抢地、痛苦不堪。父亲听别人介绍了偏方后，就扯回了几根瓜藤，娘用沸水熬了。喝过三五次，五哥的病果然就减轻了许多。小的时候，我倒不在意黄瓜藤有无药性，瓜败了，只是爱拔几根藤蔓挂在门旁的木橛上阴干。要是去田里捉黄鼠，或准备伏在水草间捉青蛙，就抽出几根缠在腰间。黄鼠捉住了，青蛙捕来了，就把它们一溜用瓜藤串起来。那成串的活物，东蹦西跳，呱呱、吱吱，让整个季节、整个童年都生动鲜活了。

黄瓜是我见到的与水最为有缘的果蔬。一个小瓜冒出头，三天两头离不得水。水肥连得紧，指头长的小节节，两天就能长成个大棒槌。浇水迟缓了，不是瓜闪憋成了腰细腿短的大头娃，就是支棱着的叶开始打瞌睡。黄瓜喜水，爱美的女人却喜瓜汁。夜间睡觉前，脸上贴几片，脖子上贴几片。清晨起来，个个白皙妩媚，面若桃花。

在汉语白话文里，对黄瓜天性最美丽、最诗化的描写，唯有在萧红的《呼兰河传》中可以读到。在萧红的眼里，黄瓜不仅是一种蔬果，更是她家菜园里最自由最任性的花："黄瓜愿意开一个黄花，就开一个黄花，愿意结一个黄瓜，就结一个黄瓜。若都不愿意，就是一个黄瓜也不结，一朵花也不开，也没有人问它似的……"萧红，这位饱受苦难的女子，也幻想做一朵呼兰河畔的黄瓜花，可惜在薄凉的世界里她始终是那么无助，那么凄美，没有得到一个给予她自由、任性，能让她开花的怀抱，以至于最后黯然凋谢，让人思来嗟叹不已。

黄瓜清脆爽口、心性纯洁。乡野村夫，锄禾当午，渴了，摘一个黄瓜，在衣襟上擦擦，咯嘣咬一口，口舌生津，不饥不渴；达官显贵，吃完大餐，满嘴流油，咯嘣咬一口，清脆爽口，不由得从心底道一声：还是这东西实在！身处红尘，混迹江湖，若不擅谦笑，不擅媚俗，活得会很难。所以，看到黄瓜以自己平和的品性，守住了自己，上得了豪门盛宴，进得了百姓厨房，还获得了若干赞许，就不由得让人心生敬佩。

我总是这样自以为是地猜测着黄瓜的心思。其实，黄瓜活得很简单、很淡定，因为它们知道，就算说到天上去，自己也就是一个黄瓜。

一架丝瓜满院情趣

厨房门窗面东，吃饭时，夏日灼灼的骄阳总是烘烤得人汗流浃背，无处藏身。

那年，妻突发奇想说："咱种几棵丝瓜，搭个凉棚如何？能遮阳，还能吃丝瓜呢。"说的时候，时令恰近谷雨，我盛一碗凉水，就把在屋角找来的几粒丝瓜籽泡了进去。

丝瓜籽沾水就醒。过了三五日，瓜籽胖乎乎地就浮上了水面，微开的边缘还亮出了一丝嫩黄。我将籽播下，两天后土里便冒出了幼苗。看着这些头顶黑盔甲、嫩嫩生生的小可爱，妻怕烈日灼伤它们，就找了两片青瓦，头挨头地围护了起来。她三天一浇水，两天一松土，苗呼风喝露噌噌地就蹿出了半尺高。

我家看门犬黑娃生了一窝毛球球。这群新生的小家伙刚睁开眼没几天，对周围的一切都感到新鲜而好奇。它们在院子里追逐嬉戏，翻滚厮打，欢实得让人走路都不敢迈大步。有两只小家伙，无意中就注意上了丝瓜苗。它们弄不懂平展展的院落里，怎么就会冒出个异类呢。于是，它们勃然大怒，对着丝瓜苗怒吠起来。干吼一阵，见人家不理不睬，它俩一个咬根，一个扯头，就把丝瓜苗拔断了。妻起初觉得好玩，这阵却是既恼怒，又无可奈何。

说来也神奇，过了几天，那个丝瓜根竟然又萌出了新芽，我和妻喜出望外，赶紧找来几块青瓦遮挡住它们。苗劫后余生，好像要夺回失去的时日，很快就钻出了瓦口。

长过尺余，丝瓜嫩绿的茎叶间，伸出了细细蜷蜷的触须。我找来几根杆子，一头着地，一头固定在门楣上。那些触须像娃娃的小手，机灵地钩住杆上的节点或裂纹，然后，便悠悠地往上爬了。丝瓜一边发杈，一边长茎，没多久，门楣上、橱窗上就绿意婆娑了。

偷得浮生半日闲。有了这种天设的意境，我何不品茗读书雅上一回呢？有天，我又坐在丝瓜架下看书。猛一抬头，就看见密密匝匝的绿叶下，开出了金黄色的花朵朵。花儿半遮半掩地躲在绿叶后，惹得蝶儿、蜂儿像求爱的后生，嘤嘤嗡嗡翩翩起舞。丝瓜花大而色纯，每朵五瓣，朝开暮萎，含苞的、怒放的相伴而生，把一个单调的院落装扮得金黄灿烂。国画大师齐白石在《丝瓜蜜蜂图》上题书："瓜蔬中此予最喜者，香而甜，结瓜易大。"丝瓜入画实不多见，大师能有此悟，实为丝瓜知己矣。

逐香而来的还有蚂蚁、螳螂什么的。长长的青藤上，你会看见一两只蚂蚁款款前行。它们不急、不躁、不惊、不扰，那从容的样子，时常使我感叹不已，因为从来没有一个人会为一朵花长途跋涉。细腰大肚的螳螂，警惕地四处瞭望着，稍有响动，就高高举起大刀般的前足。我不觉得螳臂当车可笑，反倒为这满腔的勇气欢呼。

蛐蛐是秋夜的精灵。清月洒满瓜架的时候，这些白天隐身于草根壁缝间的灵物，此刻饮清露，啖花香，欢快地唱起了赞美诗。它们唱得欢，人的兴致就高。豪放舒畅之间，你猛一站身，就觉得有小棒槌触到了额头上。手一摸，毛茸茸的；凑近鼻子一闻，香香的。翌晨一看，原来是顶花带露的小丝瓜们探出了脑袋。一个、两个……说不来哪朵花、哪片叶的后面就躲着一个瓜呢。

天麻黑的时候，我踩一方小凳，扶一根瓜茎，采摘下几个丝瓜。妻拨开绿帘，隔窗打问："凉拌还是热炒？"我说："少了哪样都不成哩。红椒炒丝瓜、丝瓜炖豆腐、凉拌丝瓜片、番茄丝瓜汤……呵呵，忙乱得人都不知道吃啥好，索性就都来一份如何？我有的是满架丝瓜满架花。"围绕着丝瓜，一问一答，一炒一焯就把个秋渲染得韵味悠长、声色俱佳。

丝瓜长了，风就爱与它们嬉戏。风摆瓜动，瓜又逐瓜，打打闹闹，嘻嘻哈哈，像一群顽童在风里荡着秋千，硬是把静静看花的人，鼓捣得心里也喜洋洋的。

一花一世界，一木一浮生。一团绿意、满架黄花、几个丝瓜、两耳虫鸣，有此几项，就领略了大半个秋天，你还羡什么？

说蒜就蒜

种一料蒜，赶上年景好，能包住一年的花销。秋天，玉米棒子鼓圆的时候，按惯例父亲总要整一块向阳的土地，种几垄大蒜。

掌灯时分，父亲摘下墙上挂着的蒜辫子，安排一家人剥蒜种。庄稼行里活路杂，忙了白天忙晚上是常事。所以劳动困乏时，大家常常会讲些笑话故事，或吼两嗓子乱弹逗乐子。那晚，三哥出了条谜语让我猜：弟兄七八个，围着柱子坐，只要一分开，衣服就扯破。我抓耳挠腮、左思右想不得要领，想问二哥四哥，他们都佯装没看见。最后，还是大哥拿头蒜朝我晃了晃，才让我解了围。其间，我还学了一段顺口溜：一骨朵蒜，二骨朵蒜。他爸他妈爱吃蒜，把娃给到泾阳县。路又远，井又深，扳住辘轳骂媒人。乡谣以一个女子的口吻，揭露包办婚姻的危害。娘剥开一头蒜，指着蒜中的柱子说："这就是蒜的主心骨。蒜的生长、结果都离不了这个顶梁柱哩。"她的话我当时没往心里去，及至懂事，看见父亲为了家没日没夜地辛劳，我才慢慢体会到了其中的含义。我和哥哥们嘻嘻哈哈，东拉西扯，心里充满了好奇和快乐。直到沉默的父亲突然说："散了吧，都睡觉去。"回眸望窗，原来月光已漫过山墙，跃进窗棂了。

一盏油灯，照亮了父母额头上汗水滑过的日子，也温暖了我们无数个蒜一样围坐在父母身边的夜晚。

剥好的蒜瓣，捏住头，按进软土。浇一遍水，施一茬肥，嫩白的根须扎进土里，尖尖的绿芽就齐刷刷地冒出了蒜头。来年开春，再浇几遍水，施一茬肥，立夏打过蒜薹，蒜就一心一意地长骨朵了。

"小满不挖蒜，蒜在泥里烂。"杏子着色的时候，蒜叶败黄了，蒜头却长得像小孩的拳头，敦敦实实地在垄上列好了队。收蒜的客商赶来了，大人娃娃们铲的铲、挖的挖，提住蒜秆，抖掉泥土，挽成辫子的蒜骨朵就可批发、上市了。

新蒜收回来了，蒜槌、蒜臼就欢实了。农家饭平常滋味寡淡，这会儿女人们可着劲变花样。打搅团、蒸凉皮、摊煎饼，沟坎上掐回一把灰灰菜，渠岸边挖来一捧水芹菜，做麦饭、拌凉菜……把个小小的饭桌摆得满满当当的。男人话少但口很刁，下田回到家，洗洗手、擦擦脸，屁股还没坐稳，就卷起一张煎饼塞进了嘴，嚼了半晌，生冷地冒出一句："墙上挂的新蒜不吃，是嫌太香了吗？"女人这才悟到：只顾忙活了案板上，蒜泥都忘捣了！嘴里就说："你看你，饿得跟狼撵似的，没蒜不都咥了好几个？"她使一个眼色，孩娃子连忙屁颠屁颠地剥蒜、捣蒜了。

我家的蒜臼是陶质的，通身红釉，体态浑圆，深深的内腔糙糙的，蒜槌则是红枣木雕成。剥几粒蒜瓣放进去一磕碰，当当、当当声音清脆。我放学回家，人未进门，只要听见臼窝响，就知道今天又有好吃的了。久而久之，这下意识的反应就凝成了挥之不去的蒜臼情结。蒜臼和蒜槌，因为研磨才完成了使命，因为碰撞才构成了和谐，它们也有着人一样的际遇和活法。捣成的蒜泥，掺进一小勺辣椒面，煎油一泼，再加上各种调料，调啥啥香。

"吃面不吃蒜，味道减一半。"大蒜于陕西人而言，简直是神一样的存在。你走进任何一家纯正的陕西饭馆，餐桌上摆几头蒜，都是主顾无言的约定。吃面条时，大多数人习惯剥开蒜皮整瓣吃。有段时间我身体不好，看见啥都没胃口。有天，我和朋友到楼下面馆小坐，进来几个附近工地上干活的工人。他们洗把脸，点根烟，就唤老板一人来一大份油泼面。热腾腾的宽扯面，飘着辣椒葱油香。他们咬一口蒜瓣，吃一口面，鼓动的腮帮子上挂满了汗珠，简直就是风卷残云！看着他们吸溜吸溜吃面，咕咚咕咚喝汤，咔嚓咔嚓嚼蒜，我不由得也胃口大开，就着蒜竟然吃完了大半碗。我那天最简单、最真挚的感受就是劳动真好、健康真好、大蒜真好！

蒜作为一味佐料，有人喜欢，自然有人不喜欢。有位熟人，见人吃蒜他就捂鼻子，仿佛吃蒜的人不可救药，档次低得上不了台面。有次，大家一块去吃风味面。面片端上桌了，他们头儿剪了指甲，想吃蒜却剥不了，不由得絮絮叨叨发牢骚。他背着身子听见了，隔着桌子就跑去帮忙。下来大伙儿问他："不怕蒜味了？"老兄爆出一句："你们都坐得跟石佛一样，我不出手谁出手？"看来人对蒜味的好恶，还是可以改变的。

百草百性，人生百味。管谁待见不待见，蒜说：你要的快乐里，算我一个。

豆芽菜，生拐拐

多年前的一个秋天，我像落叶一样四处飘零，突然就接到了在西安工作的三哥的电话。他问我愿不愿意在西安某家杂志社干编务。我从小热爱文学，一听这个既有书看，又有机会求教写作的好事，激动得立刻告别父母就来到了西安。

三哥的单位在西门内。我临时借居他那儿，就和他一起吃食堂。

有个周末我回老家，见父母收获一大堆新鲜菜蔬，就说："这些菜要是放到西安就值钱了。"说者无意，听者有心。父亲说："好呀，这次你就背些菜过去。闲了，俩人也可以自己做做饭。"三哥那时的工资很微薄，为了减轻他的负担，我欣然应允。走的时候，父亲找了个蛇皮袋，给里面装满了豆角、茄子和韭菜等，还备了面粉和黄豆各一小袋。行李太多我拿不上，父亲就用架子车把我送到了汽车站。

我背了那么多的菜回来，三哥又惊又喜。当天上午，他挽起袖子就做了顿光滑柔韧、味道鲜美的油泼扯面。

吃饭间，三哥说要是再有一把豆芽菜，那才真的叫咥美了。

提起豆芽菜，我就想起了小时候的顺口溜：

> 豆芽菜，生拐拐，
>
> 留着吃，拣着卖。
>
> 老娘回来把你怪，
>
> 怪你羞嘴爱吃菜。

豆芽是个四季菜、家常菜，乡里人谁家一年不泡个三两盆？所以孩子们对豆芽菜的记忆都是很深刻的。记得有次和三哥在家乡逛古会，三哥在小吃摊点了一盘凉面皮。守摊大嫂调味时，三哥说给他多放几根黄豆芽。大嫂笑笑说："看你的穿戴，也不像个吃豆芽的人，咋还喜欢这个菜？"三哥低头笑着不说话。三哥那时是个团职干部，但在乡亲们眼中已然算是个"官"了。在他们眼中，当官的似乎应该吃鲍鱼海参，吃豆芽有些不般配。可他们不知，三哥穷孩子出身，本色不变，还是当年那个质朴的乡里娃。

我拿出带来的黄豆说："娘做的豆芽菜我天天吃，可豆芽菜怎么泡，我还真的没注意过。"三哥说："这不难，咱可以少泡一些豆子试验下。"

他找出一个搪瓷盆，清水泡了一小碗黄豆。晚上泡的，早上去看，豆子已经圆鼓鼓的变涨了。三哥说："豆子醒了。温度合适的话，一个礼拜就能吃了。"说着，他把豆子里的水更换了一下，还在豆子上盖了一块湿布巾。

谁料第二天，三哥突然接到通知出差了，照看豆芽的任务就交给了我。下班了我就围着豆芽看，很快便发现豆子努出小嘴了。隔天早上上班前，我把豆盆放到了晾台上，心想给豆子晒晒太阳加加温，赶到三哥回家前豆芽肯定泡好了。忙碌到晚上回到家，我揭开盆一看就傻眼了：豆盆里两天没换的水发馊了，一股烂豆腐的臭味直扑鼻子。手一捏，不少豆子都黏糊了。我难过得心里像打翻了五味瓶。

谁知，三哥回来后不但没怪我，还说我们总结出经验了，那就是要常换水、别暴晒。第二次泡时，果然进步了。豆芽三四天，就涌起了小半盆。抓一把出来，个个短粗苗壮，脆生生的，嫩得都能掐出水来。

有了泡好的豆芽菜，三哥烩面片、搓麻食、打搅团、蒸凉皮样样都能来两下。但我最享受的，还是他做的豆芽五花肉炖粉条。那年冬天天气奇冷，我穿上棉鞋抄着手，踩着厚厚的积雪打回了二斤五花肉。转过街角，又到干菜铺扎了一捆红薯粉。回到家，三哥用香料把猪肉炖到八分熟，投进泡好的粉条、豆芽和蒜苗段，咕咚咕咚烩了小半锅。窗外，北风挟裹着雪片起了号子，我和三哥一人盛一碗，香辣热乎的菜肴下了肚，鼻尖、额头立马就汗涔涔的。

跟着三哥泡过豆芽，我就对豆芽菜特别留心。有次，我和好友到咸阳去吃箸头面。筋光柔软的面条子，师傅条条扯得如筷头子粗细。沸锅里甩一把白菜片子大豆芽，两开后，盛进粗瓷大老碗，顶上一勺细盐两勺辣子面，热油一泼，嗞啦一声，油香、豆芽香就盈梁绕栋，直扑鼻子。所谓的酣畅淋漓，也就大致如此了。

转眼间，时间已过去了几十年，但和三哥一起泡豆芽的日子却依然鲜嫩和馨香。这不只是素朴，更是一段真实的日子。

木楼上的鸡蛋罐

我去老屋整理杂物，在昏暗的木楼上，翻出了个青灰的陶瓦罐，拿到光亮处一看：嗬，这不是我家的鸡蛋罐嘛。这罐高有尺余，小底大肚，浑圆朴拙，带着翻沿的罐口，能伸进一个成人的拳头。令人惊奇的是，罐底还铺有经年的干草丝。

这罐可别小看，曾经是我家的小银行。小时候，家中散养着几只芦花鸡，每下一个蛋，娘就小心翼翼地收藏起来。等到攒满一罐子，娘就会招呼父亲拿到集市上卖掉。家里称盐灌醋、娃娃上学，谁有个头疼脑热，大多都从这儿花销。我偶尔吃一颗，也多是逢上生日，佯装生病，或考试取得了好成绩才有机会。有次幸运地吃到颗双黄蛋，我在同学们面前炫耀了好几天。但我平常连鸡蛋罐罐在哪儿都不知道。娘看管得紧呢。

鸡的珍贵，操劳衣食的父母感受最深。老屋后院的东首，是两间南北走向的土厢房。为防盗贼、黄鼠狼，父亲把鸡舍盖在了厢房的对面。夏天到了，鸡粪味熏得人难受，但谁也没有一句怨言。唯一能做的，就是勤打扫、勤清理。就这样防范也有疏漏处。有年秋天，霖雨缠绵，湿透的后墙轰然倒塌。父亲急了，第二天就在断墙的两头各栽了根木桩，中间用铁丝密密匝匝地箍住玉米秆，把豁口给堵住了。隔天他还给二道木栅门加了把锁，心想着天晴了，打墼土坯，重新把墙砌起来。谁料，第三天天麻麻亮，娘就看见秸秆墙上穿了个大洞。她心一凉，再回首拉开鸡舍门，就"啊"的一声瘫坐在了地上。鸡被偷光了。

没鸡的日子，娘像丢了魂。到了冬天，父亲狠心粜了一袋粮，换回了几只来航母鸡。这种鸡体格壮、下蛋多。每听到咯哒、咯哒的鸡叫声，我就抢着去收蛋。刚收到的蛋热热的，我就放到眼窝里暖一下，还会爱怜地仰着头透过阳光看它。

春来了，花开了，娘翻出两个旧筐子，铺上破絮和烂草，挑选罐子里个大、品相好的鸡蛋摆进去，又抱来两只歇了窝、炸了毛的老母鸡。我才知道娘是要它们孵小鸡了。这两只抱窝鸡真"敬业"，除了啄食和排泄，几乎全天都拢着翅膀伏在草窝里。我靠近一步，它们会发出愤怒的咕咕声驱赶我。娘从地里回来，喂过鸡猪就翻腾鸡蛋，底下的挪上来，中间的散开去，生怕哪个受热不均匀。隔段时间，她还用手电、蜡烛照照，看哪个蛋坏了，哪个有了成形的鸡雏。

"鸡孵鸡，二十一。"有天早上睁开眼，我就看见屋心的大竹箩里，有了一群尖尖嘴、圆圆眼、毛茸茸的小鸡崽。它们叫着、跳着拥成一团，可爱极了。邻居有人来看鸡，娘系上围裙，又是端茶又是让座，眼角眉梢都是笑。那个春天好快乐哟，我放学了就带着小鸡去捉虫子、吃草尖。贫瘠的日子有了希望，又开始充实和亮丽起来。

围绕着鸡和蛋，乡村的故事连成串。村西五姨家的"花冠子"鸡是个"没记性"，走到哪儿吃到哪儿，蛋憋不住了，就近树坑、草垛就下了。怕丢蛋，五姨用绳拴过它。可一拴，它下蛋又少了，所以只能再放开。因为蛋，五姨没少和四邻犯口舌。有一年，她和桂花姨吵了嘴，原想着老死不相往来了。可有天她家大宝生了病，宝爸出门打工了，最后还是桂花姨的老公半夜开着三轮摩托车把娃送到了医院。经过这事她明白了，人情远比鸡蛋贵。

我家的鸡有喜也有乐。眼看着一群鸡要产蛋了，某个夜晚，有几只却被黄鼠狼给咬得满身血污落了架。父亲后来给鸡窝装了铁丝网，我还准备了副好弹弓，可是鸡瘟防不住，年底到底没剩下几只。

改革开放后，政策放宽了，经济搞活了，大伙儿你养鸡我养猪，你开网店我跑运输，八仙过海，各显神通，都不再指望着鸡蛋卖钱度日月，鸡蛋罐自然就不再神秘了。

前一阵，有人在门口给民俗村收陶罐，我抱着罐子舍不得卖。不是值钱不值钱的事，只因我家的往事、乡村的变化，都镌刻在这个小罐上。

捧 碗

几日前，妻买回几只新瓷碗，吃晚饭时她执意让我和孩子都要端上。我本来不太喜欢吃稀饭，说来也怪，那晚糊里糊涂地竟吃了一碗半。妻戏言道："真顽童也！端了新碗，吃饭都变乖了。"妻强调新碗的功用，我不由得就多看了几眼。这碗深腹圈足，温润莹净，一枚青花兀自绽放，还真是我喜爱的那种。

妻说："这些碗都是在流动小摊上买的，底部多少都有些小瑕疵。你要是喜欢，以后在超市买个好的吧。"我说："行了。金无足赤，人无完人，何必苛求一只碗呢！"

有一只称心如意的碗，当然是好事。但事实上，许多时候我们吃饭要的是一种心情，而不是一只华丽的碗。试想：鸿门宴上珍馐佳肴、金碗银筷，可又有哪个吃得心安理得？记得我小时候，家里贫穷，母亲每周六下午才擀一次面条，其余时候吃的都是玉米面馇馇或高粱面搅团（天天吃，真不觉得那是美食）。所以，每每看见母亲擀面条，我总是激动得手舞足蹈，仿佛到了年节一般。等到四哥烧开了水锅，母亲向锅里投面条的时候，我就端个凳子，小心地从案角的盐罐上取下我那只黑瓷小碗，洗了又洗，擦了又擦，生怕沾上一丁点污垢，搅扰了吃饭的心情。

农家人都知道粮食珍贵，置物不易。故而吃饭的时候，母亲常常叮嘱我要好好坐着，把碗端牢固了。因为吃饭打碗，不仅浪费，还是件扫兴的事情。

在陕西关中民俗里，碗是珍贵之物，有饭碗就有位置。儿子进了好单位，有人赞道"端上了金饭碗"；女儿考上了公务员，有人赞道"端上了铁饭碗"。就在婚丧嫁娶大事里，碗也是不可或缺的象征和标志。老人去世了，孝子会将一只盛满饭的碗摔碎，表示家里从此缺一口人了。迎娶新娘的时候，娘家人会给出阁的女儿送一副精致的碗筷，希望女儿以后衣食富足，生活美满。可见，能端上碗吃上饭，是一件极重要的事情。

中国古代的两句话"仓廪实而知礼节""饱暖思淫欲"都和吃饭有关。可惜的是，有些人端碗吃饭时欲望太多了，不但饭没吃好，心思恍惚，连碗也打碎了。

这些打碗的人，大多是聪明人。他们不出众，似乎也端不上那么好的碗。但他们不约而同地都犯了一个毛病，那就是吃了五谷想六谷，吃了该吃的，还想贪占更多的。明朝开国皇帝朱元璋没当过大夫，更不懂"望闻问切"的奥妙，但他讨过饭，当过和尚，在社会底层饱受过凌辱和苦难。"从小卖蒸馍"的经历，让他对于这种易犯的病症有着独特的思考和拿捏方式。他总结出了一个"新官堕落定律"，即初当官者既忠诚又坚持原则，官当久了，就容易变得又奸又贪。纵观古今落马官员，似乎许多人都没走出朱元璋说出的轨道，碎了金钵银碗，落了个身陷囹圄。诺贝尔奖若有反贪惩腐奖，是不是也该给老前辈追加一个？

人生的幸福，莫过于内心纯朴。陕歌《大老碗》里唱道：

> 蹲在我的家门口
> 端上大老碗
> 油泼辣子遍遍面
> 盛在碗里边
> 既能吃又能谝
> 你看有多谄（方言，好）
> ……

这首歌用的是方言土语，但热情率真，坦诚为人、干净做事者，必能体味到其中的胸襟和豪爽之情。

　　在我的故乡，人们吃饭时大多喜欢端着碗，蹲在村头的碾盘旁或大树下。他们端碗的方式，与其说是"端"，不如说是"捧"。我知道这是对劳动的敬重、对活着的感激、对生命的崇拜！因而，我捧着我的碗，不管它是泥是瓷，都期盼着能持久、稳定、心安。